谨以此书

献给天下所有的孩子和爸爸妈妈

献给所有残疾的孩子和他们的爸爸妈妈

特别献给所有自闭症孩子和他们的爸爸妈妈

康康3个月

那天，康康用力把头抬起来，努力坚持着不耷拉下去，爸爸抓拍下了这张珍贵的“儿抬头”。康康亮晶晶的眼睛看向远处，好像在努力探索这个世界。他不知道，这个世界太复杂，他永远也读不明白。

康康头上的帽子是买电池送的，上面印着“世界第一”。我们从没想到，这一生我们拼命努力的不是争当“第一”，而是争取能做一个普通人。

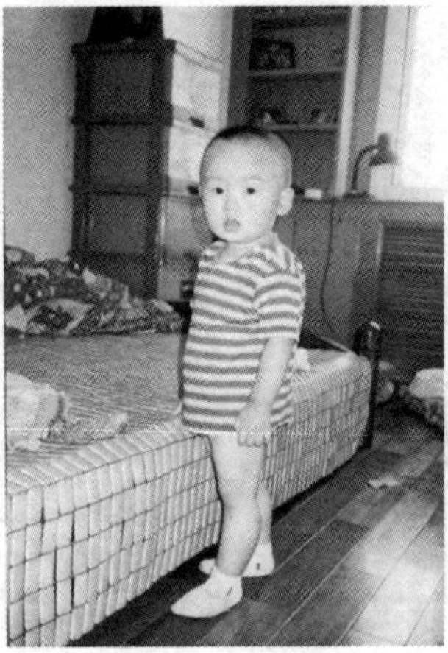

康康1岁4个月

康康4个半月离开我们跟外婆回老家，1岁4个月从老家回到北京。很多时候，他都孤孤单单地抱着他心爱的小枕头站在床边，或者趴在枕头上很长时间。我们想，他或许是在想念大姨。在老家，他一直把大姨当作妈妈。

康康2岁

2岁多的康康虎头虎脑很讨人喜欢，尽管不会说话，但大家都说是贵人语迟，他的一些怪异的行为也被解读为特别，我们私底下以为儿子或许有一些别人不具备的天才。

这张照片拍于2000年10月，海淀黄庄中国人民大学附近。爸爸希望儿子长大后像他那样上重点大学，做一个优秀的人。

3个多月后，康康在北医六院确诊为中重度自闭症伴随智力障碍。

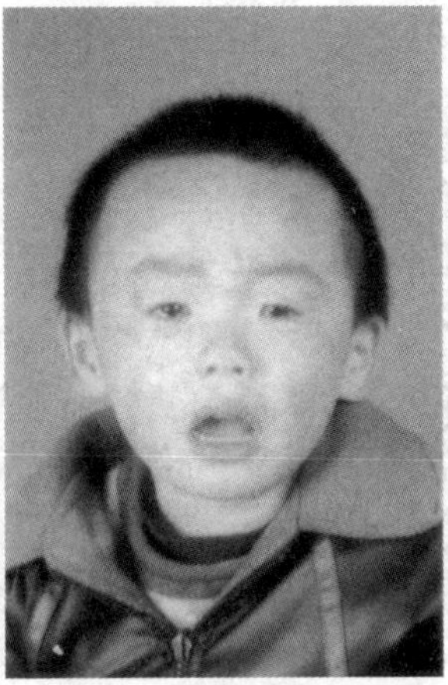

康康3岁

翻遍家里的相册，竟然找不到康康3岁的照片。他2岁10个月时确诊为自闭症后，我们遭受巨大的打击，之后全身心投入到康复训练中，竟然连拍照的心情都没有了。

这张照片是康康在一所培智学校的训练班做康复训练时学校拍的。那个时期，他总是哭得多笑得少。

康康4岁

康康很多动，一刻不停总是在跑来跑去上窜下跳，很难有安静的时候，除非睡着了。

这是他4岁时，我们带着他在北京动物园看完小动物，跑累了，要妈妈背。他安静地趴在妈妈的背上，还搂着妈妈的脖子。背着难得安安静静的儿子，妈妈一脸幸福。

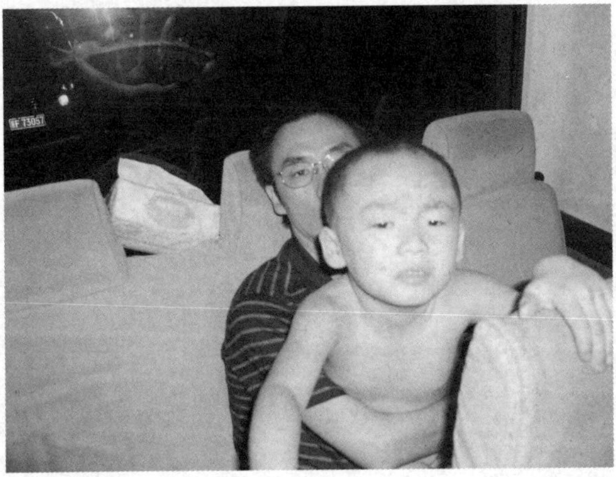

康康5岁

公司部门活动组织去京郊十渡，我带着康康和爸爸同去。

那天车坏在路上，天黑时康康想睡觉，因为触觉过敏和刻板，睡觉时他必须脱光衣服。爸爸试图让他穿上衣服，康康哭着喊着挣扎着坚决不穿。一直到7岁在青岛以琳训练时，方静老师用熊猫糖作为强化物，才改掉了康康脱光衣服睡觉的习惯。

这张照片真实地记录了那个时期处在困境中的康康和我们。

康康6岁

康康曾经害怕江河湖泊，即使抱着他走到水边都惊恐万分。为了消除他的恐惧，我们带他去河边，扔石头，溅水花，慢慢地他可以伸手摸摸水把脚伸进水里，后来逐渐消除对水的恐惧。

怕水的康康9岁学会了狗刨，11岁学会了自由泳和仰泳，现在游泳是他很喜爱的运动。

这是康康6岁时在北戴河跟爸爸嬉水，浪花和爸爸追过来，康康兴奋地往岸边跑。

康康7岁

2005年，青岛以琳六一联欢会，方老师给“飞毛腿”康康争取到了上台表演的机会，这是康康和他的同学们表演小花猫，带他的刘桂芬阿姨蹲在后面紧紧拽着他，否则他就会在台上乱跑。

我们没有想到，很多年后，他能够安安静静地登台表演。2013年，“中日自闭症儿童绘画展”在东京举行，康康代表中国的小朋友在东京塔上表演葫芦丝《我和你》；2015年加入了“乐为爱”公益乐团，成为乐团的葫芦丝演奏手。

康康8岁

对于普通孩子，上学是一件平常的事情。可对于自闭症孩子，上学无异是一个梦。

2006年9月1日，8岁半的康康终于穿上崭新的校服，背着书包走进课堂，成为北京市海淀区东马坊小学1年级的学生。

康康9岁

2007年“六一”节，康康握着小拳头宣誓，加入少先队。

那个开学第一天在升旗仪式上乱动乱跑，躺在操场上哭闹，无法控制自己的小男孩，在老师和同学们的关心帮助下，没有掉队，一年后跟他的全班同学一起戴上了鲜艳的红领巾。

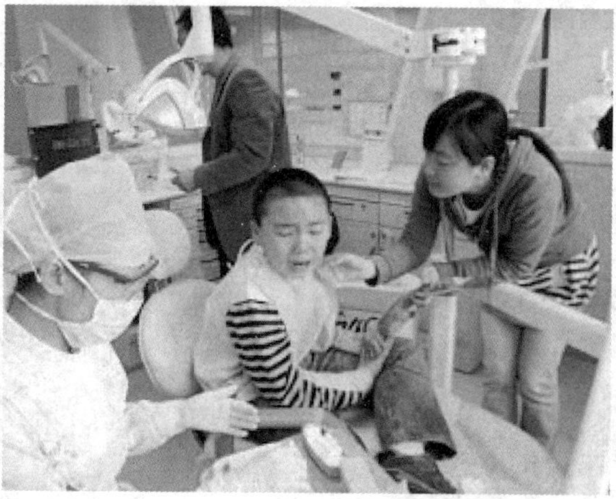

康康10岁

对于自闭症孩子来说，拔牙是一件天大的事情，有的孩子甚至需要全麻才能够完成。康康拔牙，我们做了很多铺垫，提前在家里一起做“拔牙小课件”，学习拔牙的过程。

打完麻药，他嘱咐大夫：“别拿钳子！”他害怕钳子呢。从打麻药到拔牙，很顺利。康康伤心地哭了，但仍然非常配合。我们看到旁边一个普通孩子，跟他差不多大，嚎得比他厉害多了。

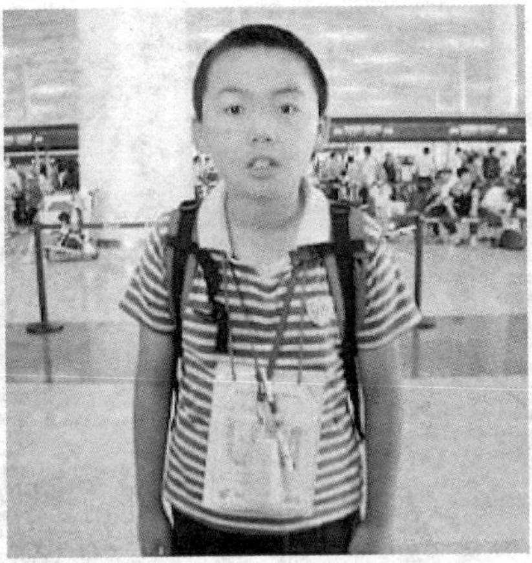

康康11岁

很多年里康康是没有安全意识的，外出时我们必须紧紧拽着他的手一秒钟都不能放开，否则他可能向路上飞驰的汽车冲去，也可能转眼间就跑丢了。他曾经走丢过好几次。他走丢时绝望不已的我怎么也不会想到，11岁的康康可以挂着无人陪伴的牌子，自己坐飞机从北京去福州的小玄弟弟家。

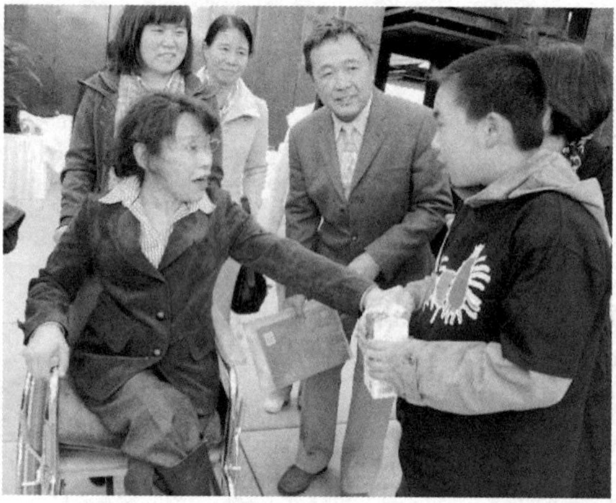

康康12岁

康康喜欢做面包，我们买来面包机让他学习。照着配料表，给各种原料称重，分门别类添加，烤好后取出来，切片，12岁的康康完全可以独立完成。

这是2010年第三届“爱在蓝天下”自闭症儿童画展上，康康向出席开幕式的张海迪阿姨赠送自己做的“康巴士”面包。海迪阿姨高兴地说：“孩子自己做的面包，我一定要尝一尝。”

康康13岁

康康出生，外婆就来北京带康康。在外婆的眼里，外孙儿康康什么都好。康康也很爱外婆，时常会搂着外婆的脸亲两下。

冬天，外婆每天晚上都要用保温杯装一杯热开水端进卧室。有时候外婆忘了，会让康康帮她。后来，晚饭后康康洗完碗，不用提醒，就会烧一壶热水，给外婆倒一杯送进房间。外婆很感动，用四川话说："稀奇（喜欢）外孙得靠（依靠）了！"

康康14岁

当康康得知他不能参加初一新生军训时，伤心地掉下了眼泪。在妈妈和康康的恳切请求下，学校领导消除了顾虑，终于同意让康康参加军训。

军训结束，康康被评为“军训优秀学员”，真可以用“棒极了”三个字来评价他的表现。学校领导和老师都说：“康康完成了一次超越。”这是康康人生中非常重要非常难忘的一段经历。

康康15岁

康康喜欢运动首先是因为喜欢体能教练道然哥哥。在哥哥的训练下，康康学会了打篮球乒乓球、游泳、跑5000米，运动能力和身体素质得到很大提升。除了运动，道然哥哥还带康康唱歌、下饭馆、坐摩托车飙车。2013年，央视十二频道拍摄了道然和康康的公益宣传片。

这张照片是2013年夏天，康康和道然哥哥在华北电力大学操场晨跑5000米。

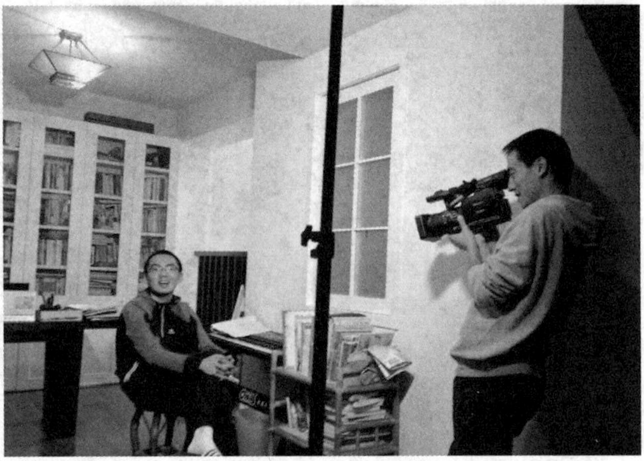

康康16岁

2014年1月，我和康康参加央视《新闻调查》关注自闭症孩子上学难的专题节目拍摄。康康上学的过程作为融合教育的典范。2014年1月25日晚21时30分，央视《新闻调查》CCTV-13新闻频道播出了“雨人们的上学路”专题。

这张照片是摄影师哥哥在家里拍摄康康的素材时拍下的，康康正在回答躲在边上的主持人王晓清姐姐的提问。

康康17岁

每当看到这张照片，我耳边就会回响起《奇异恩典》这首优美感人的音乐。2015年7月18日，康纳洲三周年庆典活动第二天，亲爱的油麻菜叔叔到康纳洲雨人烘焙坊，给烘焙坊的康康、阿萌、沐阳拍下了一组温暖的烘焙师照片，并用这组照片做了一个感人至深的“康纳洲雨人烘焙坊”H5公益宣传小片，背景音乐就是《奇异恩典》。

康康18岁

从2008年春节起，我们一家三口每年春节都会拍一张全家照。这是猴年春节，我们的“每年一照”。18岁的康康又高又壮，从当初他依偎着爸爸妈妈变成了爸爸妈妈依靠着他。

记得很多年前，康康爸爸说，这辈子儿子只要叫一声爸爸就满足了。爸爸肯定没有想到，有一天，儿子不但会叫爸爸，会搂着爸爸妈妈说我们是相亲相爱一家人，还能够认认真真地做饭给我们吃。

康康的世界

邹文／著

中国青年出版社

图书在版编目（CIP）数据

康康的世界 / 邹文著. -- 北京 ：中国青年出版社，
2016.4
ISBN 978-7-5153-4105-7
Ⅰ. ①康… Ⅱ. ①邹… Ⅲ. ①纪实文学－中国－当代
Ⅳ. ①I25

中国版本图书馆CIP数据核字(2016)第049161号

封面摄影：夏高强
责任编辑：彭明榜
书籍设计：孙初+林业

中国青年出版社 出版 发行
社址：北京东四12条21号
邮政编码：100708
网址：www.cyp.com.cn
编辑部电话：(010) 57350506
门市部电话：(010) 57350370
北京科信印刷有限公司印刷　　新华书店经销

710mm×1000mm　1/16　24.5印张　330千字
2016年4月北京第1版　2016年4月北京第1次印刷
定价：39.00元

本书如有印装质量问题，请凭购书发票与质检部联系调换
联系电话：(010) 57350377

推荐序一：康康的世界，我们的未知

许戈辉

亲爱的朋友，面前这本厚厚的书，你读得下去吗？

如果你望子成龙，渴望自己的孩子2岁背唐诗、8岁学奥数、10几岁读英文原版小说、18岁上藤校，那你可能没有耐心读下去——因为我们的主人公康康，2岁还完全不会说话，4岁才能用唱歌的方法数到10，7岁的时候，妈妈为了琢磨出他说的“梅歪”到底是什么意思，竟整整花了一年。

但是我想说：亲爱的朋友，如果你有孩子或者终将为人父母，那么请翻开这本书吧！一旦走进康康的世界，你会被其中一点一滴的细节打动，你会跟着那些活泼泼的瞬间笑与泪，你会忽然间明白——原来没有谁生来就会做父母，原来世界上也根本没有“笨小孩”。

认识康康妈妈是在我主持的《公益中国》创新大赛上，当时文静而又柔韧的她给所有人留下深刻印象。虽然“康纳洲烘焙屋”项目止步复赛，但是我心里清楚：她们的公益探索不会止步，因为这是妈妈们对孩子一生的陪伴。

陪伴……

是的，如果不是读了《康康的世界》，恐怕我们很难想象，这“陪伴”背后到底有多少伤痛、烦恼、愤怒、疲惫、无助与绝望，更难以体会对抗以上种种负面情绪所需要的勇气、智慧、耐心、宽容、温情与爱。

不用“伟大”和“奇迹”来描绘了吧，我倒更想说说康康的成长和妈妈的陪伴给我们带来的发现和启示。

先说“探索”。为了弄清电吹风是否能把湿的布吹干，康康毅然把尿撒在床上。天！在我们的教育渠道越来越多、手段越来越先进的时代，这是一个孩子多勇敢直率、原始本真的探索！幸亏康康有这样的父母，在看似无奈的漫长日子里以极大的耐心保护鼓励着孩子的每一次发现和试错。而我们作为家长，有没有过因为孩子弄脏衣服、打碎瓶子、拆散了电器或者不按照某种标准答题而去呵斥甚至惩罚他们？我们天天喊着发现与创新，可是我们又多么粗暴地关上了孩子们探索未知的大门？

再说“规则”。这个世界有它的游戏规则。很多时候，康康不懂规则，又或者，他学起来很慢很辛苦。可是一旦懂了，他是最忠实的遵循者，比如“鞋子要放进鞋柜里”，比如“参观博物馆不许拍照”……然而我们这些制定规则的人呢？

还有“标准”。在康康的世界里，有跟我们很不一样的标准。曾经一度，停水了、手机没电了，他会号啕不已。当我们觉得这样的孩子完全无法理喻的时候，其实想一想，这无非是个“标准”的问题。而我们的世界越来越多元，凭什么只应该按照一种标准来运行呢？譬如，假设以佛家的标准来衡量，那些带给我们无穷烦恼的大命题诸如房价涨了、股票跌了、职称没评上、剩女嫁不出去……也不算什么事吧？

最后说说“快乐”。《康康的世界》里，有一个情节特别打动我：钢琴老师说，康康是琴童里为数不多的能体会到快乐的。原来，恰恰因为父母不认为康康具备跟其他孩子去竞争的能力，不期待他去考九级十级，才让康康学琴的目的如此不功利，才让这段旅途充满欢乐。

说了这些，我忽然一闪念：康康莫不是上帝派来的特殊使者，让我们放慢脚步，放平心态，低头反省，看到自身巨大的荒谬与扭曲。

我的女儿是康康的朋友。虽然年龄差了7、8岁，虽然平时难得一见，但是看得出来，小小特别喜欢康康哥哥。也是，善良温暖如康康，有谁不喜欢呢！记得两年前我带女儿去参加康纳洲的烘焙课，小小因为跟大家不熟，显得孤零零的。这种时候，康康哥哥可热情了。他表达热情的方式也非常有意思，那就是拉着妹妹的手不断地问：“小小，你的小名叫小小，那你的大名叫什么？”被问了好几遍之后，我女儿就逗他说：“我小名叫小小，我大名叫大大。”所有人都乐了，只有康康认真地在点头。我没有阻止女儿的小恶作剧，我发现女儿跟康康哥哥以及其他哥哥姐姐在一起的时候根本无所顾虑，不会小心翼翼怕什么话会伤害对方。孩子的世界没有分别心，这样真好！

2016年春天于北京

（作者为著名电视节目主持人）

推荐序二：打开天使之门

温洪

书桌前打开着《康康的世界》样书，眼前却跃动着看似并无关联却绝对包含内在逻辑的幕幕场景：

——20多年前，一个本应虫叽蛙鸣的仲夏之夜。一位留德归国的青年物理学博士，一位崭露头角的青年画家，一位满腹经纶的社会人文研究学者，还有我这个国家机关干部，旁若无景愁云笼罩地围坐许久，始终只有一个绝望的话题。物理学博士痛彻心扉地叹息：孩子是人类生命的延续，我们已延续无望，生活还有什么意义！两年后他抛弃妻子离家远行再无踪迹；画家说我要去拼命挣钱，要攒够两辈子的积蓄，我死后无法独立的孩子才有条件活下去！学者沉默许久，讲了一个故事：普罗米修斯为人类盗取火种，被上帝判为永刑。把他永久禁锢的那条锁链幻化成一枚蓝宝石戒指，如今将永久性地戴在我的手上。此前，他为了治愈孤独症的儿子，不仅遍访中国的名医，而且算命的、跳神的、气功的均已尝试；之后他便将逐渐成年的儿子在家中一锁了之。我则无语。经历过怀胎九月胎死腹中的我，历经磨难出生的漂亮可爱的女儿刚刚被诊断为孤独症，一个终生难愈的精神发育障碍！诊断的那一刻骤然全身僵死，之后长长久久无以复加的心痛啊……

——2009年4月2日，世界第二个孤独症日。中国残联多功能厅。来自全国各地的孤独症服务机构负责人和家长们，经过一个整天紧张的会议，却延时再延时，深夜不散，涕泪长流。经历过绝望与挣扎，他们最终选择了自救和互救，却再度品尝了太多的拓荒者的艰辛！交流、诉说、抱怨，甚至控诉。仍然有些迷茫的大家，却鼓荡着泛滥着无边的期冀……

——2012年秋冬季节，北京亚运村和天通苑之间。一群大龄孤独症孩子的家长在严寒的风雪中游走。被日益成年的孩子康复无望、无处可去的问题困扰，他们忧心忡忡地集合起来，决定“不怨不靠不等”，以“壮士一去不复还”的决心，踏上了创办孤独症生命全程支持平台的的梦想之路。其后的日子并不是只有鲜花和掌声，那些失望、退缩和争吵，那些焦虑、彷徨和愤慨，也许并不亚于当初孩子带来的考验，但最终没有一人退缩，因为我们的终生职责是孤独症母亲，这一职责附加给我们的对于孤独症社会服务和权益保障的争取与我们生命相关血肉相连！

……

与邹文的相识与相交成为一种必然。2011年的邹文不仅在康康的世界里勤奋地播种和耕耘着希望，而且她以一位知识女性特有的智慧与品格观察着滋润着分享着康康的点点滴滴，康妈的博客在圈子里早已经小有名望；那时的我已将孤独症服务志愿者的身份保持了23年，正在中国精协孤独症工作委员会主任的位子上为成立全国孤独症家庭支援中心而东奔西走。同样的命运和同样的希望，借助康纳洲这一个共同的愿景实现了链接。从此，我亦有幸近距离地走进康康和康妈的世界。

如今阳光帅气的康康，你很难想象他4岁半才开口说话，8岁时曾经因为无法理解停电而躺在地板上打滚哭闹几个小时；在人前典雅温婉的淑女邹文，你也很难想象她会经常崩溃到放声号啕！那些十几年如一日的家庭康复与教学，那些生活和教学的琐碎记录，那些点点滴滴无一遗漏的细节，那是怎样的动力怎样的韧性怎样的水滴石穿啊！

如果你不是孤独症孩子的家长，也许你不了解这些“温暖的小事”承载着怎样的欣喜若狂，又沉淀了多少锥心之痛，浓缩了多少血泪和汗水！而正因为是孤独症孩子的家长，我则更能敏感于那些可以解读为百组辛酸、百组努力的小事，邹文却何以能够解读出了百组温暖！日复一日永无止境的山大的压力，与缓慢细微多次反复的进步，曾经或正在蚕食着家长们的耐力，而十几年如一日地以欣赏的眼光跟踪孩子的细小进步，这在孤独症家长一族，该有多么难能可贵！正是妈妈这种独特的智慧，让康康的世界里始终充满阳光——爱是一种无私的付出，一种包罗万象的胸怀，亦是一种温婉平和的智慧，我在这100组“温暖的小事”之中找到了身为人母的差距与方向！

也许有人会说康康是不幸的，因为幼小的他成为人类生存发展必然的代价之一；但我相信更多的人走进康康的世界，就会无可争议地看到康康之幸！他的独特的生命中有一个独特的母亲，18年一路陪伴走来，在不懈的拓展之中，为康康构建了一个“不是亲人胜似亲人”的世界。爱的播种与传递会荡涤污浊的空气，净化人的心灵，美化人的行为，构建和谐的社会。平凡世界里的康妈，因着这样一个特别的儿子而无可替代地升华了自己和周边许许多多的人们；而生活在一个有爱滋润的世界里，康康的一生一定会享有和感受与众不同的精彩！

徜徉在康康的世界里，我看到熊熊的炼狱之火及火中涅槃的凤凰。

孤独症或许便是一扇天使之门？

播种与传递的使者需要淬炼，而始终拥有勇气和智慧这两把至关重要的钥匙，才能打开重重叠叠的屏障，飞扬起爱与生命的希望！

2016年3月12日于北京

（作者为中国精神残疾人及亲友协会主席）

目录

引子

春节，在康康爸爸的老家，西南农村。有一天，在一个老婆婆的屋檐下看到一树花，深深浅浅的黄色花朵挂在枯树枝一样的树干上，没有一片叶子，很美，很奇妙。坐在老屋屋檐下的93岁的老婆婆说："那是梦花，梦花煎水喝了不做梦。"我在心里对老婆婆讲："亲爱的老婆婆，其实，有梦也很好呀。"

是的，我喜欢做梦，康康的爸爸也喜欢做梦。记得儿子出生前的一天，我搭着康康爸爸的自行车回家，被一辆突然强行靠边的出租车车门剐倒在地，当即去了旁边的部队医院做B超检查，所幸孩子和我都没什么事。康康爸爸很紧张，那位女军医告诉他："是个儿子！"这么多年过去，我仍然记得他那天听到这个消息时灿烂明媚的笑脸。

我曾经问过康康爸爸对儿子最大的梦想是什么，他说："太多了。首先是望子成龙，让儿子成为一个优秀的人！"在康康出生前和出生后，我也做过很多很美的梦，那些梦跟所有妈妈的梦一样，温暖又美好。直到有一天，梦被打碎了，打得很碎很碎。

那天是2001年2月13日，情人节的前一天，北京的天气阴沉沉冷飕飕的。我们一家人从北京儿童医院到儿研所最后再到北医六院。我们在诊室外面等啊等，想知道2岁10个月了还不说话不理人、充耳不闻视而不见、无比多动的康康究竟怎么了。医生甚至都没有看看他，他在走廊里上窜下跳一刻也不停，一见医生就拼命地大哭大闹根本不配合。医生让我们填了一张长长的表，然后根据那张表上的种种表现明确无疑地作出结论：中重度自闭症伴随智力障碍。

3年后，我写了一篇给儿子的文章——《从你的世界里走出来，我的儿子》，记录下了那个绝望的时刻：

当北医六院的大夫将诊断结果告诉我，你得的是自闭症，一种终身无法治愈的精神疾病，仿佛晴天霹雳，五雷轰顶，（我）顿觉天昏地暗。从那一天开始，我们踏上了一条不归路；也是从那一天开始，我们的生活随儿子而改变。

那个时候的你啊，犹如天外来客，即使是爸爸和妈妈也没有办法走进你的世界。记忆中，你总是孤独地抱着自己心爱的小枕头趴在小床上一动也不动；坐在地板上，一遍又一遍地排列那些大大小小高高矮矮的矿泉水瓶子；一圈又一圈飞快地转着圈总也不会晕；为一点小事情就哭闹不止……你在自己的世界里，高兴着自己的高兴，忧伤着自己的忧伤，对爸爸妈妈视而不见，对妈妈的呼唤充耳不闻，你是那样的冷漠、那样的无动于衷！这一切，让爸爸和妈妈心痛、窒息。妈妈在心底一遍又一遍地呼唤着：从你的世界里走出来，我的儿子！

“栏门在身后吱嘎一响，大千世界的美景啊，从此和我两茫茫。”我的悲伤我的痛无法言说。但我可以悲伤可以痛，却不可以绝望。

女人本弱，为母则强。我是妈妈，妈妈是没有退路的，我必须帮助我的儿子。

从15年前康康被无情地贴上自闭症的标签，“自闭症”这3个锥心的字眼就跟我和家人如影随形，而且还将终身伴随我们。这15年，我们一起与自闭症进行艰苦卓绝的战斗，尽管我们并没有打败自闭症，但康康还是发生了天翻地覆的变化，我和康康的爸爸也学会了如何与自闭症和谐相处。

康康这一路走来，十分不容易，也十分了不起。有朋友说康康像阿甘，我在心里对康康说："儿子，妈妈希望能够像阿甘的妈妈那样，做你最好的妈妈，一直陪伴在你身边喊：'康康，快跑！'"

温暖的小事之一

时间：1999年7月～2001年3月，康康1岁至3岁。

※康康喜欢排列瓶子。他总是坐在地板上，把七八个高高低低的矿泉水瓶子按从高到低的顺序排列，排好了推倒，然后再重新排，再推倒，乐此不疲。

※外婆说康康虽然不会说话但很机灵，比如他想喝太子奶，就拉着外婆的手，指着太子奶，意思是他想喝但是够不着，让外婆拿。

※电话放在一个矮几上，康康喜欢“打电话”。常常听到免提电话打通后的电子留言：“你好，这里是999急救中心！”“你好，这里是×××声讯台！”“你好，这里是北京市政府便民电话！”……当然，最多的是“你拨的电话号码是空号！”他喜欢听电话留言的声音。

※送康康上小区幼儿园。入园那天，没敢告诉老师他的情况，只说他不会说话很难带。老师们看着眉清目秀可爱的康康，拍着胸脯说：“什么样的孩子我们没带过？放心吧！”

※进幼儿园第一天，康康哭了很久很久，嗓子都哭哑了，还从小床

上摔下来。终于盼到了晚上回家，他好开心，给我们表演敬礼，亲亲妈妈，给妈妈梳头。

※老师说，康康在幼儿园，吃饭时走来走去抓别人碗里的，加餐喝奶时，把指头伸到别人碗里去蘸一蘸。

※还是老师说，康康在教室一会儿牵别的小朋友的手，一会儿趴在别的小朋友身上，一会儿撕墙上贴的画。

※老师说，一不留神，康康就跑进了锅炉房，她们的心脏病都快吓出来了。

入园时拍着胸脯对我们说“什么样的孩子我们没带过？”的老师最后对我们说：“还真没带过这样的孩子！”

温暖的小事之二

时间：2001年10月，康康3岁半，在培智学校康复班。

※康康今天从卡片上学认“1”字。我在家做了“1”和“2”的卡片，还做了树、花、小草、球的卡片。这些卡片上的东西康康都认识了。

※老师训练康康在垫子上来回爬，大约要爬40回，康康不愿意爬。但当抬头看见带他的韩奶奶在对面，他飞快地爬了过去。韩奶奶说康康可聪明了。

※早上带康康下楼，提醒他要双脚交替下楼（自闭症孩子不会双脚交替下楼），他用一只手按着另一条腿，否则就会忘记。

※今天晚上康康开始学认家里的物品。学认的第一个物品是厨房的电饭锅，学了好久也不认得。不知要多久他才能够认识。

※早上在车上拿着小画书，让康康找“碗”。他不但准确地翻到碗，还能指认并做出喝水的动作。

※康康坐在爸爸的车上，突然使劲用脚踢爸爸和方向盘。聪明的爸

爸立马明白他的意思，把车停在路边，给他脱裤子都差点来不及。他尿了一大泡尿。不会说话的他多可怜，尿憋急了，都不知该如何表达。也不知要到哪一天康康才能说话。

※2001年12月14日。今天对康康，对我们全家来说，都具有历史性的意义。今天，康康开口说话了！

中午，赵老师领着他到教室，对在场的家长和老师说："都别说话了，看康康表演吧。"

老师端了一张椅子放在屋子中间，让康康站到上面。赵老师发指令，叫他说"爸爸——"，康康就说"BABA"；叫他说"啊——"，康康也跟着说"啊——"。问他火车是怎么叫的，他就说"唔——"，还用手拍嘴打哇哇并同时发出"哇哇"的声音。

爸爸激动地打电话告诉我，我趴在公司的办公桌上哭了。

※康康不但学会了叫"爸爸"，还学会了说"吃"、"谢"（说得不太好）、"抱"、"要"（说得不太好）、"不"、"师"、"干"（饼干）、"哥"、"啊——"、"唔——"、"再见"（说得不太好）。

温暖的小事之三

时间：2002年，康康4岁，在培智学校康复班。

※康康有主动表达的意识了。他走到我跟前，伸出双手，说“抱抱”或“妈抱”，表达很正确。他拿着糖果喂给爸爸吃，爸爸故意不张开嘴，他就用力往他嘴里喂，还一个劲地说“吃，吃”，表达的意思也非常正确。

※他还会发“JI、YI”这两个音。有时侯他想做什么，特别想用语言表达，但不知该怎么说，就瞎发一个音来表示。

※康康不但会发音，还学会了写阿拉伯数字“1”和“2”，特别是“2”写得很好。

※康康今天会发“鸭”的音。如果让他“鸡”和“鸭”一起说，他总先说“鸭”，不然就只会说“鸡”。

※康康认识了几张卡片：车、拖鞋、眼镜、花、树、草、苹果、剪刀。还认识了以下几种实物：苹果、剪刀、汽车。

※到现在，康康所有会说的字和词有这些：妈、爸爸、抱、吃、谢、我、一、鸡、鸭、果汁、阿、呜、不、师、干、要、哇、这么多了！

※康康从田老师家出来又急忙返回去，不知他要干什么？过了一会儿，他从屋里出来，手里拿着从家里带去的没吃完的云片糕。能够记住自己的东西并带走，又进步了。

※哄康康睡觉时，他放了一个屁，我就很夸张地说："好臭啊！好臭啊！"他觉得非常好笑，笑个不停，用手捅我，意思是要我说了再说。昨天回家在车上，我抱着他，他又放屁了，我没有说话，他转过头掰我的嘴，意思是让我说"好臭啊"。我说出来他又笑个不停。能够把行为和语言关联，算是一个进步。儿子的每一个细小的进步都能令我们无比高兴。

※爸爸跟康康玩，让康康"轻轻打爸爸"，于是康康亲了亲爸爸，再打了一下爸爸。他只懂"亲亲"不明白"轻轻"。

※康康每天晚上坐到他的小课桌前写字时，都会将我推出门外，说"纸"，意思是让我帮他拿写字的纸。这是他目前运用比较好的主动语言。

※在长达几个月协助爸爸妈妈刷牙之后，康康终于开始尝试自己刷牙了。平时我们刷牙时他非常感兴趣，我们会让他帮着挤牙膏、接水、放牙刷。他踩在小凳子上，像模像样地将没有牙膏的牙刷放在嘴里刷几下，不小心也会吞进点水。

学刷牙，又上了一个台阶。

温暖的小事之四

时间：2002年底，康康4岁8个月，家庭康复。

※康康很喜欢玩“筛康康”的游戏——他躺在一块小毛巾被上，两个大人分别抓住毛巾被的两头，左右摇晃几下后将他抛到沙发上。最近玩的方式有变化，他要洋娃娃跟他一起玩。他找了条带子将洋娃娃捆在自己的腿上，捆得还很牢，有趣又滑稽。

※跟康康一起玩。他拿了随身听的耳机，将插头塞进我的衣服领子里，用听筒的那头在我身上移来移去，学着大夫给他看病的样子给我看病。然后，随手操起旁边的衣架，塞到我嘴里，准备检查我的扁桃。他每次感冒，大夫都会用一根竹片掰开他的嘴检查扁桃是否发炎。

※康康现在经常学样“当老师”，拿一本书，翻开，指着我，让我指认让我说，完成后再翻到下一篇。

※带康康爬山，他只愿意下坡，而不愿意上坡（偷懒）。他不走，我们假装都走了，并告诉他我们走了，你一个人留在这里吧。我们到前面小山坡下面藏起来，偷偷看他，只见他表情怪怪的有点胸有成竹又不怀好意的样子，慢慢走到小山坡上观察我们。发现我们还在等着他，就

迅速转身跑回去，等着我们去抱他，还抿着嘴笑。他会跟我们斗智呢！

※康康会说“我吃瓜子”这个句子了！

他很喜欢吃瓜子，我们引导他从说“瓜子”到“吃瓜子”再到“我吃瓜子”，完成了从说两个字到说四个字的飞跃。

※“爸爸”是康康最早学会的语言，也是运用最好的语言。几乎什么时候让发这两个音他都会愉快地保质保量地完成，平时也常常主动叫爸爸。

昨天，在老师家，一个孩子的爸爸帮忙抱他去另一间屋，老师逗着问康康：“这是不是你爸爸？你叫爸爸。”康康非常坚决地说“不”，无论老师怎样让他叫“爸爸”，他都一概说“不”。连后来老师让他发“爸爸”的音都不干了。

这是否说明康康认识自己的爸爸，而且明白“爸爸”的含义？真的很高兴，为儿子这点小小的进步。

※康康能唱数，从1到10，还能倒着从10唱到1，很让我惊讶。

※康康的语言在持续进步。最长能说六七个字的句子，偶尔还会有主动语言。

比如，我座在凳子上碍他事了，他会说：“妈妈走开。”（好精彩！）

让我穿毛衣，在我口形的引导下（我先做出CH的口形），他会说：“妈妈穿衣服。”

还会主动说：“开门”、“钥匙”、“爸爸妈妈”（曾经怎么也不会发“妈妈”的音），“爸爸戴眼镜”、“我要吃旺旺仙贝”（这是迄今为止最长的句子，引导下说出来的）。说话后被表扬了，他会做出很有成就感的样子，露出得意的笑容，说话的兴趣更浓了！

温暖的小事之五

时间：2003年，康康5岁，家庭康复，田老师个训。

※“叔叔”这个词的发音是康康的老大难。怎么挤眉弄眼、做嘴形都发不好这个音，但他仍然在努力。可爱的儿子!

※大年三十晚上，大人忙着准备年夜饭，康康也在旁边“帮忙”。在厨房活动一直是他的最爱：把洗过的菜倒入水池重洗；趁你不备拿起刀在菜板上乱切一气；迅速地把火打着或关掉；迅速抓一把花椒或舀一勺盐倒进锅里……

捣乱的成果是——认识了所有的调料和大部份厨具。

※在车上，他坐前面，转回头对着我哼哼。

我问他：“你要什么？”

问了两次后，他答：“旺旺仙贝。”

这次，在没有任何提示的情况下作出了正确回答。

※康康仍然喜欢爬高，一不留神他就爬到阳台外面的护栏上去了，野人一般行走自如。

※康康的机灵总是表现在生活能力上。吃汤元，他喜欢吃芝麻馅，刚起锅，很烫。他用筷子夹起一个，急于进嘴，爸爸告诉他“很烫”，他迅速放到旁边一碗凉白开中浸一下再拿出来吃，他知道这样可以冷却。没有人告诉过他，他自己琢磨的。

※康康对男人和女人的身体有点好奇，他偶尔会抓住我和阿姨的衣服领子，往外拉，然后够着脑袋往里看。看了我们以后，他撩起自己的衣服看看自己的小胸脯。不过，他说不出来哪里不一样。

※有一天发现他在卫生间不出来。进去看到他表情非常紧张，马上把裤子提起来。晚上睡觉的时候，发现他的小裤子里面乱七八糟粘着一条卫生巾。这以后吓得我们凡事都避开他，因为他喜欢模仿。

※在家里，我们有意识地让他充当传递员的工作，比如把什么东西给爸爸、给外婆。外婆咳嗽了，让他给外婆拿一瓶糖浆。半道上，他把瓶子从盒子里取出，不小心掉了，那一瞬间他立即下蹲，用双腿将瓶子夹住，再迅速用手拿起瓶子，居然没有让瓶子掉到地上。

※吃饭时，一般端饭的活总让他干。舀了一碗饭，让他给爸爸送去，他很乐意地端着碗去，在把碗递给爸爸时还精彩地说了一句：“爸爸吃饭！”

语言运用得如此正确和恰当，令我们欣喜不已。

※康康喜欢摸暖气管和烧开水的壶，但怕烫，每次就用抹布或将衣服袖子拉下来包着手去摸。

※康康想把他的玩具熊装到一个包里，但包已经满了，他很自然地

把包里的衣服取出一件，然后把熊放进去。

※让他去上课，他会迅速地跑进房间把房间的门反锁——以为这样就可以逃避上课。

※我曾经用剪刀剪过他的头发，他便牢记于心。趁我们不备，他差点把自己的头发剪成阴阳头。知道不可以这样做，以后每每拿到剪刀，他总会把剪刀放在桌上，并把头埋下去靠在剪刀上，眼睛看着示意我，想这样做可又不敢。

※康康学会了点数，15以内的；能识别上、下的概念；学会了说“帮帮我”；正在学习分辨“男”“女”；

涂色比以前有进步，基本不出格；巩固了“红、黄、绿”的概念；新学会了几首儿歌；学会了画飞机、椅子、毛巾、梯子（《幼儿学画》那本书，一周学两个）……

点点滴滴的进步，是我们的希望。

※康康开始对妈妈有依恋。他外出玩，一定要妈妈一起去，如果发现妈妈没有跟着，会返回找妈妈；出门的时候，生怕妈妈藏在后面不去，先帮妈妈拿好外套，准备好鞋子，乖乖地站在门口等着。

妈妈心语：儿子，我想对你说

儿子，爸爸妈妈就要送你踏上征程，离开家去青岛以琳训练，妈妈的心情是既高兴又难过。高兴的是我们终于能够到以琳接受训练，这是我们期盼已久的；难过的是妈妈不能够陪伴在你的身边，毕竟，你才只有5岁多啊。

今天，妈妈看了一本书，其中有关于体罚孩子的描述，妈妈也曾经这样粗暴地对待你，很长时间以来，妈妈常常为此懊悔不已，但总也减不掉心头无比的愧疚。今天，妈妈要向你忏悔！

在你还不到3岁的时候，因为你尿裤子，我曾经狠命地殴打你（用“殴打”绝对不夸张）。我还记得当时的情景，你缩在门边的一个角落里，惊恐的眼神我到死也不会忘，可当时像疯子一样的我根本无视你的哭泣、求助，妈妈简直就不是人！还有，你睡眠不好，经常很晚了还不睡觉，我和爸爸就轮流拿着小棍子吓唬你，逼你到床上，直到你哭，委屈地趴在床上；在你3岁多的时候，有一段时间喜欢将小东西从阳台扔出去，忘记了有一次是将我们的什么东西扔下去了，妈妈先打了你，爸爸接着又打你，失手打到你的腰上，你痛得大哭不止，要知道，儿子，你忍受疼痛的能力是很强的，轻易是不哭的。还有，由于你的多动，妈妈在情绪失控的时候，会用很大的声音粗暴地对着你吼，吓得你不知所措……

妈妈已经写不下去了。只有外婆，是最爱你的，还有你的大姨。当她们听到这些以后，大姨哭着给我打电话，说我简直就是后妈。外婆在你身边的时候，绝对不许我们打你吼你。外婆的道理很朴素，总是说："他只有这么小，什么都不懂，怎么忍心下手打？"还说你跟我们本来就没有感情，再打，就更没有感情。外婆总是像老鹰护小鹰一样地护着你。去年一年，外婆在我们家，是你最快乐也是你进步最快的一年。

后来，爸爸妈妈到网上学习，听老师讲课，知道了不能够粗暴地对待你，我们也慢慢地调整好了心态，不再打你，也不再对你大声地吼叫。而是慢慢地，耐心地引导你。你开始跟爸爸妈妈亲，特别是对妈妈，看到妈妈下班是那么的高兴，做什么事总希望妈妈陪着，洗澡要妈妈、上课要妈妈、睡觉要妈妈、出去玩也要妈妈亲，连爸爸都嫉妒了。而且，一天天地，你在进步了，尽管是一点一滴的，我们为你每一个微小的进步而高兴。记得你会叫"妈妈"的那天，爸爸到学校接到你，就给妈妈打电话，说儿子会叫"妈妈"了，我激动得将这个好消息告诉了我身边的所有同事，他们也都为我高兴。

儿子，我想告诉你，尽管我们曾经那样粗暴地对待你，但爸爸妈妈的确非常地爱你，只是那个时候我们没有调整好心态，我们错了！

现在好了，爸爸妈妈再也不会为难你，我们会全身心地爱你，呵护你。为了你，爸爸可以将公司的事暂放一边，陪同你去青岛。还有最爱你的外婆和外公，本来是要陪着你去的。他们商量好了，一同到青岛，给你做饭，做你最爱吃的饭。没想到，短短的时间，发生了那么多的不幸！外公去世了，外婆生病还在康复中。外公没有能够等到这一天，就差一个月啊，外公他就走了。外公临终前，听到妈妈告诉他，你说要去看外公！外公听到这话的时候是那么高兴，像个孩子似的笑了。可惜，最后也没能够看上你一眼。儿子，外公在天之灵会保佑你。

我们就要踏上征程，长路漫漫，爸爸妈妈陪着你，慢慢往前走。

2003年11月28日，其时康康5岁7个月

温暖的小事之六

时间：2003年11月至2004年底，康康5岁半，在青岛以琳训练。

※2003年12月4日。晚上，正在画画的儿子看到我穿外套，敏感地拉着我的手，说“妈妈不走，妈妈不走”，要哭的样子。我脱下外套，陪了他一会儿，然后悄悄地走了。强忍的眼泪，出门后不争气地流下。

※2003年12月18日。周末，到青岛看望儿子。想着丈夫和儿子生活在这里，感觉这座城市很亲切。尽管是在冬日寒冷的早晨，想想再过一会儿就要见到儿子，心里暖洋洋的，不禁加快了步伐。

回到家，陪儿子一起玩，他习惯地叫了一声“奶奶”，我问他我是谁，他立即答：“你是妈妈！”很让我惊讶。以前他都是简答，没有过这么完整的答复。奶奶说老师正在教“你”“我”“他”人称代词。

※听康康爸爸说，圣诞节康康将到大教堂表演“做操”，这个好消息几乎传遍了家里所有人，大家对他充满了期望。没想到由于他纪律性太差（不停地乱跑），被“拿下”了。正在为他惋惜，又传来好消息，他被选中参加“洗手绢”节目。因为他的入选，他们小组的上台率达到了100%。

※2004年1月20日。放假了，儿子回家啦！用爸爸的话说，儿子回家后送给妈妈的第一份礼物是“车站找人”。

火车刚停稳，我就挤上车，透过拥挤的人缝看到我可爱的儿子正乖乖地坐在下铺，等着下车。随着我的呼喊，儿子迅速地站起，从人缝中钻了出来，惊喜地跟妈妈拥抱，掩饰不住地高兴。验票出站，人很多排着队，只见他东张西望，好像在找什么，于是问他：“康康你找什么，找谁呀？”“二叔！”原来，一起去接他的二叔拿着行李走在前面，他没有看见。儿子终于开始关注到身边的人了！

※从青岛回到北京的家，康康充满好奇。他的表现仿佛一出哑剧：进门，站在门口张望，有点陌生，然后迅速走到卫生间门口，指着里面让我将淋浴房的门关上（自己好像不敢进去）；然后很快地将电视打开；进到他自己的房间，将抽屉打开，无目的地拿出几件玩具，摆弄了几下；将桌子上的书、笔、本等随意地翻了翻，走开；在很短的时间内几乎将家里查看了一遍。

我想，他也跟大人一样，离开家久了，回来后总有一种特别新奇的感觉。

温暖的小事之七

时间：2004年2月，康康5岁10个月，在青岛以琳训练。

※最近又发现康康的一个好玩的现象——如果他在哪里摔了，或是被烫了，总之是受伤了，他一定会让我们去重复一次。比如：他摔倒了，起来后定会拉着家里人到他摔的地方也摔一次；手被椅子夹了，会把我们的手拉过去放在两张椅子中间，往里挪椅子试图也夹一下。我猜想他是想通过这样的方法告诉我们，他受伤了。后来我故意装着也受伤的样子很夸张地尖叫，他就满足了。或许，他是要我们也感同身受。

※目前他偶尔会有一两个问句出现，顺着这股劲，赶紧给他设计了几组问句，每天练习。却频频出现让我们啼笑皆非的事。比如，早晨我们上班，奶奶会引导他问："妈妈干嘛去？"他总是说："妈妈上班！"还有爷爷在做饭时，奶奶引导他问："爷爷在干嘛？"他也是回答："做饭！"他想出去玩时，让他问："我出去玩，可以吗？"他直接答："可以！"

※康康以前害怕宾馆或酒店的洗手间，绝对不敢进去。后来慢慢地不再害怕了，又开始害怕洗手间里的烘手器。每次去洗手间，他先探头进去查看，烘手器是否开着，警惕的样子绝对不亚于我们对待非常恐惧

的事情，表情之严肃，让人忍俊不禁。出来的时候，他总是用最快的速度跑出洗手间，身手极其敏捷。出来后还要把我推进去，让我去烘手，他在外面警惕地看着。他认为恐惧的事，非让我去试。他以前也害怕理发店的电吹风，为了打消他的恐惧，我们在家里做理发游戏，慢慢地他就不再怕了。

※为了测试电吹风是不是能够把衣服或者床单吹干，康康特意把尿撒到衣服上，又撒到床单上。很遗憾的是，那时候我并不懂他是在探索这个神奇的世界，却把它当作行为问题，打了他一顿。后悔莫及啊!

温暖的小事之八

时间：2004年，康康6岁，在青岛以琳训练。

※自从学会“给我”这个词，康康便广泛地使用。比如：“妈妈给我吃饭！”“妈妈给我出去玩！”“奶奶给我撒尿！”。后来，句型有所改变，变成“给我+我要”，比如：“妈妈给我，我要吃饭！”“妈妈给我，我要出去玩！”“妈妈给我，我要撒尿！”

※中午在学校露台休息。康康去骑车，发现小自行车坏了，结果了不得，大声吼着“坏了，坏了”，让我给他修好，躺在地上哭得死去活来，直到哭累了才罢休。另一次是他要拉屁屁，没拉出来，哭着喊着“还拉还拉”，往地上躺着弄不起来。那个时期他不能够忍受东西坏不能够接受拉不出屁屁。

※格格来我们家玩。格格要滑康康的滑梯，他立即停止他的活动，也要玩滑梯；格格要荡他的秋千，他也要荡；格格要玩他的汽车，他也要玩；连格格坐在他的床上，他也气哼哼地，抱着小枕头横躺在床上；在圆明园玩，发现我的包被格格妈妈拎着，他也迅速跑上去拿过来交给我背着……这些是他的自我意识在觉醒？

※康康不听话的时候，我们吓唬他，若不听话，将秋千送给虎子或是送给某个他认识的小朋友，他会非常紧张，嚷嚷说“不”。更可笑的是，晚上他已经上床睡觉，听到客厅滑梯被挪动的声音（滑梯挡着他爸爸看电视，挪动了一下），也迅速从床上爬起来，探出头看看是怎么回事，没事才又放心地睡下。

※爸爸赶到学校接康康。儿子在学校的走廊里看到迎面过来的爸爸，立刻睁大了眼睛，站在原地不动，完全是一副“老爸，是你吗？”的惊讶表情。当确认眼前站着的人真是爸爸的时候，才高兴地向爸爸跑过去，但还是没有忘记到爸爸身后找妈妈。

※吃过晚饭，爸爸带着康康去爬山。在我们租的房子后面有一座小山，爬到山顶上，儿子嘴里不停地发出“啊、啊”的声音。爸爸问他怎么了，他告诉爸爸：“爸爸，我想啊！”原来，他是想喊呢。以前爸爸带他爬山，爬到山顶总会喊几嗓子，所以今天他提出了这个要求，但又不知道如何表达。听完爸爸在电话中的描述，我忍不住哈哈大笑，想象着爸爸和儿子在山顶上“啊”的样子。

※儿子各个方面的进步让我们欣慰：

进步一：VCD平时收起来，如果表现好，作为奖励，晚上对康康开放，即他可以自己选择光盘自己放。一次，爸爸忘记将线放哪了，他很自然地问：“爸爸，线呢?”

进步二：早晨，康康不让我们上班。我问他：“妈妈去不去上班？”答：“妈妈不去上班？”问：“不去上班干吗？”答：“在家陪你（我）”或“在家陪康康”。

进步三：阿姨带康康到小区健身处玩，看到两个比他大的孩子，他上去抱着一个，喊：“大哥哥！”阿姨以为听错了，问那孩子：“他刚才叫你什么？”“大哥哥呀。”阿姨欣喜不已。没想到后面还有更出彩的，大哥哥问他：“小弟弟，你叫什么名字？”他很自然地说出了自己的姓名。

进步四：康康在小区玩，两个工人在旁边做修理，看到他，问：“小朋友，你妈妈呢?”答：“妈妈上班去了。”“你爸爸呢？”“爸爸上班去了。”（如果再用上“也”就更棒了）

儿子的进步表现在方方面面，比如选择性地回答简单问题、判断屋里有谁没谁、正确地表达、正确执行多步指令等等。并且，变得比以前理性了，好像明白了一些道理，不再那么无理取闹，许多事可以跟他商量了。

※康康自己发明了一种游戏，跟妈妈或阿姨玩。由他先说：“山楂片！”（声音大而且重）等着你在他耳边说：“没有！”然后他哈哈大笑。为了逗他，我故意说成：“有！”他每次都会大声纠正我：“没有！”如果我再屡教不改，他会用很大的声音叫：“妈妈！”（意思是你怎么还不改过来）

※在饭店吃饭，洗手间仍然是他的最爱，以前害怕烘手器，现在情况有好转。一次，进入洗手间，他迅速操起旁边的一把扫帚，抓住扫帚头，将把伸到烘手器下，开始烘，并保持了他跟烘手器间的安全距离（表情是严肃并且紧张的），逗得旁边做清洁的阿姨大笑（还好，阿姨比较有爱心，未对他横加指责）。为了更进一步好好利用烘手器，他迅速将鞋子脱下伸到水龙头下淋湿，再拿到烘手器下试图烘干（这一系列动作极快，全是在我们防不胜防的情况下完成的）。

※为了玩电吹风，康康总是趁我们不备，到卫生间将头发弄湿，让我给他拿电吹风，要吹头发（要求很合理呀）。当然了，我事先打印好的

“电吹风，吹头发；吹头发，用电吹风”这些教材，他都熟记于心了。

※康康在外面玩，不喜欢阿姨总跟着。他的表达方式是——转身，将阿姨推开，说：“阿姨再见！”（意思是阿姨你别老跟着我行不行！）

※康康在家做什么都喜欢妈妈陪着，如果我让阿姨陪，找个理由，说妈妈要去换衣服，他会说：“妈妈不去，阿姨去换衣服。”

※吃饭前，由康康摆筷子。他边摆边说：“爸爸一双，妈妈一双，阿姨一双，外婆一双！”最后一句总是重音，并且声音特别洪亮。

温暖的小事之九

时间：2004年，康康6岁，在青岛以琳训练。

※康康也有小心眼。球技课有一项内容是站在凳子上传球，为了不让他靠着墙偷懒，老师通常将凳子放在离墙有一定距离的位置。听老师说，康康总会借故从凳子上下来，然后上去时用眼睛贼盯着老师，装出不经意的样子，悄悄地用脚将凳子往墙边踢踢，几个回合下来，凳子居然离墙很近了。他以为自己的小把戏就要得逞，没想到老师是火眼金睛呢。

※爸爸看见康康拿了一颗花生，并没有立即剥壳吃，而是直接到了厨房，拿出菜刀，用菜刀背将花生捶捶，然后才剥壳。爸爸担心儿子用菜刀有危险，悄悄放了一把钳子在花生旁边，于是儿子很自然地改用钳子捶花生。周六要出去玩，康康收拾了一包吃的东西，有水果、雪米饼，还抓了几颗花生。把花生装在包里后，爸爸见他来回走，若有所思的样子，估计他有事。果不其然，他经过斗争，还是将比较沉的钳子装到了食品包中。在爸爸的阻止下，才把钳子拿了出来。听完爸爸的描述，我在想，爸爸的思维方式是不是更奇怪，为什么不教会儿子用手剥花生，而是还配合他使用工具？

※教儿子提问是很难的，到目前为止，教会的问句句型只有两种：

“妈妈呢？”和“怎么读？”

“妈妈呢”的句型泛化使用得很好，只要发现身边少了谁，都会准确地问“阿姨，妈妈呢？”或是“爷爷，阿姨呢？”

在阿姨的教导下，康康前段时间学会了问“怎么读？”现在，凡是遇到不认识的字，他都会问“怎么读？”仰着小脸，认真的神态，很是可爱。

在饭馆吃饭，康康拿着菜单，问我：“妈妈，怎么读？”问得很对，可也有问得啼笑皆非的。

一天，看以琳老师的合影，他很兴奋，逐个指认（认老师可是他的强项啊）。没想到还是有一位新来的老师不认识，于是他很自然地抬起头，指着老师问我：“妈妈，怎么读？”我强忍住笑，告诉他，不应该问“怎么读？”要问“她是谁？”他非常快地回答我：“她是阿姨！”

※康康喜欢“吃饭馆”，最近却更喜欢吃完饭后的“打包活动”，打包的东西一定是由他负责到底拎回家，绝不容别人插手。

他是这样打包的：抢在服务员前面，拿袋子，迅速将盘中的剩余食品倒入袋中。他喜欢吃鱼，一次准备将剩下不多的鱼打包带走，他觉得太少，东张西望一番后，迅速拎起袋子跑到另外一桌，把人家剩下的半条鱼倒入袋子。

妈妈之痛：一言难尽回家记

很担心康康的旅途。前几次坐飞机他还太小，3岁多时有一次是上飞机就睡觉了。因此，之前还没有真正意义的带他坐飞机。

换票时特意换了在一起的座位，并且是在安全门的地方，前面只有两个座位，正好有一个座位的空地，可以供他稍微活动一下。他对安全带比较有兴趣，自己扣好、松开、再扣好，折腾了一会儿，发现了耳机，无师自通地准确插上、调音量，总算找到兴趣点，我暗自庆幸！没想到飞机降落前，收音机关掉了，这下可不得了，告诉我们“没电了”“坏了”“打开”，声音越来越大。别看他平时说话声音小得跟蚊子似的，但哭起来却洪亮极了，而且不停地在地上跳来跳去，一副死去活来的样子。整个机舱就听见他刺耳的哭声。无论如何解释都不管用（其实他根本听不明白），只能耐着性子安抚他，只希望飞机快点到达。估计是实在无法忍受，前排的乘客叫来了空姐，让她帮助我们。还好，我已事先做好了铺垫，上机后第一件事就是告诉空姐，我们的孩子是一个特殊孩子，担心他在飞行的过程中会有不适当的行为发生，到时希望得到她的帮助，但同时也告诉空姐，我们会尽量控制他的。所以，当空姐知道他是因为不能忍受收音机没电时，也没多说什么；还有好心的乘客来询问，孩子是否病了是否需要帮助；也有对我们侧目的……总之，我们的脸是被他丢尽了。好在我们也早已练出来，始终保持面不改色心不跳，实际上心里难受极了。他的哭叫一直持续到飞机着陆。

返程时心里我直打鼓，千万不要再这样。落座后，他直接提出要求，听音乐。因为他没找到耳机及耳机的插孔，所以告诉我他要听音乐。一看，坏了，这个飞机没有此设备。要求没有得到满足，他开始哼哼，说实话，我心里害怕极了，这才刚刚开始，两个小时，让我如何哄他？一个要求没满足，又提出下一个要求，吃月饼，天知道他怎么想起要吃月饼。了解他的秉性，现在绝对不能告诉他没有，要先答应他，告诉他回家后就给他吃月饼，他也反复不停地念叨吃月饼，但仍然气哼哼的样子，好像随时可能发作。空姐送来饮料，可乐橙汁都要了，但他哪种都不喝。没有他喝的，更不高兴，好在我灵机一动，要了些冰块，让他玩。快玩完时，饭来了，有他最喜欢吃的蛋糕，终于可以安顿了。坚持到下飞机，吃了3块蛋糕两个面包还切碎了一个面包，一路太平！心里大大地松了口气！

回家后，晚上突然想起在外婆家吃的撒其玛，要吃。家里没有，告诉他明天去买，不干，不依不饶，非要不可。他自己穿上鞋，说着“出去买”，跑下楼。追回来，还是不干。他爸爸拿出最高级别的强化物——他最喜欢的笔记本电脑，让他玩，没想到却没电了，而且要命的是充电器还不在家。从要吃撒其玛，转到了充电器，没电了，坏了，足足哭闹了40分钟。说实话，我当时真的被他哭得万念俱灰，觉得活着特别没意思！

他对于像停电了、停水了、电视机坏了等等事件，特别不能够忍受，每次总得大闹一场，我想，是由于他的理解能力太差，无法明白其中的道理所致。不知他何时才能够有这样的理解能力。

2004年2月

温暖的小事之十

时间：2005年初，康康6岁，在青岛以琳训练。

※2005年2月21日，这是节后上学的第二天。下午请假去医院看牙，晚上在家阿姨跟康康有一段对话，中间只简单提示一次（简直太棒了）：

问：康康，今天下午上学了吗？

答：没有上学。

问：没上学去哪里了？

答：去医院了。

问：去医院干吗了？

答：看病了。

问：你哪儿不舒服？

答：牙齿。

问：回来的时候坐的什么车？

答：出租车。

问：谁打的出租车

答：康康。

问：出租车怎么打？

答：哎，出租车（同时做伸手的动作）。

※跟阿姨通电话，突然听到康康在电话那边问：“阿姨，有没有刀子？”阿姨惊喜地问我“听到没有听到没有，刚才康康说什么了？”是的，在这以前，康康只会说“刀子”或“阿姨给我刀子”。这句问话是他自己学会并且自然主动地说出来的。

※自从带康康去医院看了牙，他便落下毛病——喜欢看别人的牙。在跟阿姨玩的时候，他总是自己先张开嘴“啊”一下，然后用眼睛示意阿姨也必须这样。阿姨不想让他养成不好的习惯，故意紧闭着嘴不理睬，结果他大声地对阿姨说：“阿姨给我啊一下！”乐得阿姨连“啊”了好几下。

※李老师送给康康一个石膏小人。小人穿着运动服在踢球，康康给他起名叫运动员。由于受了方老师奖励熊猫糖的约束，睡觉时不能再脱光衣服，他心里却还惦记着，于是一天晚上快睡觉时，冲着书桌上的石膏小人说：“运动员，脱衣服！”

※跟阿姨通电话，得知康康迷恋了几年的小枕头被阿姨轻松地换成了另外一个完全不一样的，填充物和布面质地以及布面花型都完全不一样，他居然很平静地接受了。这在以前是想都不敢想的。以前，没有小枕头他就无法睡觉，因此，外出旅行、回老家我们都背着这个小枕头，这可是跟随他南征北战好几年的贴身物。

温暖的小事之十一

时间：2005年春，康康7岁，在青岛以琳训练。

※2005年3月28日。

“阿姨，我要回北京。”昨天吃过中午饭，康康冷不丁地这么说。

“康康，你是说你要回北京吗？”这话让阿姨大吃一惊，以为听错了。

“是”

“回北京干吗？”

“找妈妈。”停顿了一会儿，接着说，“找爸爸。”

“那你还想找谁？”阿姨想考考他。

“找外婆，找姑姑。”

“你要不要奶奶？”爷爷用家乡话问他，爷爷的家乡话他能够听懂大半。

“奶奶康康不能吃。”康康误以为爷爷问的是牛奶。

这一段对话，让在北京的一家人喜忧参半，喜的是康康居然能够说出这种“高水平”的话，忧的是儿子对亲情的渴求，我们却没有办法满足他。这一段话，也让远在老家的深爱他的大姨有了“突然好像轻松些了”的感受。

当然，这段话也让奶奶乐翻了天，好一个“奶奶康康不能吃”。

※“康康，生日快乐！”早晨起床，我对着睡眼惺忪的儿子说。

“妈妈生日快乐！”儿子快乐地如此回应我。

“康康，今天是你的生日，不是妈妈的生日，你不能说妈妈生日快乐，要说谢谢。”我如是教导。

“谢谢妈妈生日快乐！”儿子聪明地再如此回复老妈。

“不对，应该说谢谢！康康生日快乐！”

“谢谢妈妈！”终于对了。

※去年夏天，康康放暑假回北京，半夜哭醒，起来后对着我们说：“梅歪。”我、爸爸、还有阿姨就一直猜，这个“梅歪”究竟是什么意思？他见我们听不懂，急，更加哭闹不干，可我们比他还急，三个大人绞尽脑汁猜呀猜，看什么东西跟这个发音比较像。爸爸跑去将棉花拿给他，问他是不是要棉花（感觉“棉花”的发音有点像），儿说不是；爸爸又去将玉米面做的面条拿给他，还是不对（那个时候，多么希望他能够将他说的写出来）；实在猜不出，为了糊弄他，就学着他的发音说“梅歪”，他知道我们没听明白，还是不干；最后，我们仍然不知道“梅歪”是什么意思。白天的时候他偶尔也会说这个词，只是我们谁都听不懂，就打岔，尽量不让他再想起这件事。

今年暑假结束，回到青岛。一天，他又对着我说“梅歪”，但这次是在他说了一个我能够听懂的词之后说的，我立即醒悟。为进一步求证，我用标准的普通话说出了这个词，并让他再重复，结果是“没坏”。问他是不是，他特别高兴地说“是”。于是我像发现了新大陆一样，一秒种都不耽误，将这个天大的好消息发短信给爸爸，告诉他我破译了小儿的“梅歪”。他先说的那句话是“坏了”，接着说的“梅歪”，所以我才得以破译。

原来，那段时间他脑子里天天想着东西坏了，但又希望东西没坏，所以不停地说“梅歪”（没坏）！

※给康康讲故事的时候，他总是心不在焉。为了吸引他注意，我灵机一动，问：“康康，妈妈给你讲饼干的故事，好不好？”他立即来了精神，眼睛一亮，爽快地答应：“好！”他被禁面食，饼干是他无比向往的。

有一块饼干，很大很香。一天，饼干对石宗雨（他的同学）说：“石宗雨石宗雨，你来吃我好吗？”石宗雨说：“不好，不好，我不能吃饼干！”饼干又对黄可吉（他的同学）说：“黄可吉黄可吉你来吃我好吗？”黄可吉说：“不好不好，我不能吃饼干！”饼干又对康康说：“阿康阿康你来吃我好吗？”康康飞快地说：“好！康康吃饼干！”

温暖的小事之十二

时间：2005年，康康7岁，在青岛以琳训练。

※康康跟阿姨逛儿童公园，据说康康表现很棒：

出门的时候，大声地跟奶奶说再见；到楼下路边，阿姨觉得有些冷，回去拿衣服，让康康等着不要乱跑，2分钟后下来，他乖乖地坐在路边的小石阶上等着阿姨；到儿童公园门口，阿姨去买票，让他等着，阿姨买票后，看见他已经进门了，正坐在门口旁边的小石头上等阿姨呢；坐小火车，他喜欢按着喇叭不放，管小火车的阿姨告诉他，这样喇叭会坏的，按一下就要松开，他果真照办，只是在最后下车的时候，试着再次长按了一下，眼睛示意管理小火车的阿姨，坏坏地笑（此为小儿惯用手法，如果心里想着要做坏事了，总是斜着眼坏坏地看着你笑）；跳蹦蹦床，由于秋裤的松紧带松了，蹦着蹦着裤子掉了，露出了小裤衩，小儿忙不跌地抓起裤子往上提，再蹦再掉，又慌忙抓起往上提，惹得旁边的人哈哈大笑（要在以前，如此良机，还不早趁机把裤子脱掉扔得远远的了）。

阿姨总是带着纸和笔，记录他们玩的一些东西，康康好像明白阿姨在做什么，开小火车的时候，提醒阿姨："阿姨，记小火车！"跳完蹦蹦床，提醒阿姨："阿姨，记蹦蹦床！"

玩够了，师徒二人内急，忙着找厕所。上厕所时，阿姨告诉徒弟：

“你是男孩，男孩要进男厕所！”徒弟乖乖地进了男厕所。师傅出来的时候，徒弟已经等候在外了。（点评：厕所可是他的最爱，以前，不将男女厕所跑几个来回是不会罢休的，在外面等着，想都别想。）

愉快地逛完公园，师徒二人打道回府，师傅没有忘记奖励徒弟：表现良好，奖薯片一包。

※康康有时候会故意逗我们玩。他提要求：“吃薯片！”问他吃几片，他伸出两个指头说：“吃2片！”说完后忍不住坏坏地笑，接着再伸手，“吃3片！”“吃4片！”一直到最后伸出两个小拳头，凑到我面前，拉长了声音说：“吃10片！”说完已经笑得弯下腰不能够自持。但凡带有欺骗性的时候，他都会这么坏坏地笑，比如要求玩照相机，问他玩几下，说“玩2下”，说完后也是笑得不能够自持，他知道只要得手，就不是“2下”的事了，明摆着欺骗老爸老妈。

※餐馆等位，带康康练习就餐的张春华老师告诉康康：“阿姨还没有做好饭，我们先到外边玩一会儿，10分钟以后再过来。”边往外走，康康边快速地数数：“1、2、3、4、5、6、7、8、9、10，吃饭了！”他以为10分钟的时间概念可以通过数10个数来代替，数完10个数，10分钟就过去了。

※想吃东西的时候康康特别有灵感，他可以一口气说：“爷爷也不吃奶奶也不吃爸爸也不吃妈妈也不吃张老师也不吃曲老师也不吃阿姨也不吃康康吃！”

温暖的小事之十三

时间：2006年上半年，康康8岁，在北京东马坊小学上学前班。

※康康自己去超市，买了一根8毛钱的红果冰棍，一块钱找回2毛。冰柜在超市的最里面，他没有乱动超市里的东西，也没有拿他不能够吃的食品。选好后，到收款台交款；出来，将找回的2毛钱交给等候在超市外面的三轮车上的阿姨。这是他第一次独立去购物，整个过程流畅完美。

※随着康康情况的好转，他开始对小动物感兴趣。一天，从平房玩回家，小狗熊熊追着他们的三轮车，康康对阿姨说："熊熊回家。"阿姨同意了，康康将熊熊抱到三轮车上，他坐在车斗的边上，让熊熊坐车斗里。回家后，他要求给熊熊洗澡，坚决不让阿姨帮忙。洗完澡后，用他的浴巾将熊熊包着抱到卧室，用电吹风把熊熊身上吹干。发现熊熊脸上还是湿的，他对着熊熊脸一阵猛吹，结果熊熊噌地一下跑了。追回熊熊后继续用电吹风吹，不过从吹脸改成吹脚丫丫。这一系列工作完成后，康康将熊熊抱到客厅的滑梯上，跟他一起玩滑梯。

※带康康去海洋馆玩，他要求去玩海洋馆门前的充气滑梯乐园。我去买门票的时候，他就往里走。刚进门，坐在桌子后面收票的阿姨叫住

他，由于离得远没听清楚她说的什么，估计是问："小朋友，你的票呢？"只见康康立即停步退回，站在收票的桌子旁边，双手伸进裤兜里，做出摸票的样子。这个小动作实在让我和他爸大吃一惊，高兴无比。在这样的公共场所，能够对陌生人的要求有所反应，并及时调整自己的行为去回应对方，对于康康来说是多么不容易啊。

※早晨送他上学。他发现车上有一块钱，对我说："妈妈，一块钱。"我说："是的，这是一块钱。"他拿起来，说："一块钱买一根红果雪糕。"下车的时候，我看见他手里拿着这一块钱装进裤兜里。

铭心记忆：学前培训第一天

昨天上午一年级新生学前培训。头天晚上，康康就开始收拾书包，整理书本，非常有选择性地放了几个新本子，有田字格本、算术本、拼音本等，新的铅笔盒、彩笔，收拾好才上床睡觉。都快睡着了又突然从床上爬起来，跑进厨房用他上学的专用水杯倒了一杯水放到书包外袋里，没有忘记上学还要带水。上学实在是他非常盼望的一件事，真没想到他如此盼望着上学。

第二天早晨我们早早地赶到学校，在公告栏里找到新生名单表，康康分在一年级二班，他的名字在名单的最后面，是用笔写上去的。从名单上，我已经感受到了儿子的与众不同。找到教室，他习惯性地走到最后一排坐下，学前班的时候他就是坐在最后一排。同学们到齐后，吴老师让他们排好队，从高到矮，康康自然是最高的一个，站在最后。好在至少还有5个同学跟他一样高，使他显得没有像在学前班那样扎眼。吴老师领着他们熟悉学校的环境，熟悉厕所，教他们男女厕所的区别等等，还教他们如何向老师问好打招呼；告诉他们上下课的规则，上课不允许喝水，下课才能喝水；上课要端正姿势坐好，说话要举手，下课才能上厕所等等。康康的表现让我们喜忧参半。

他基本可以执行老师的指令，但是打折扣地执行。比如站队，同学之间的距离，要求抬胳膊保持半臂间隔，小朋友听到老师的指令齐刷刷地举起手臂，有力有节奏，康康是软绵绵地抬起胳膊，抬一半又软绵绵地放下，不能够很好地保证距离；能够跟着队伍走，偶尔走出队列；吴老师点名点到他的时候，非常大声地答“到”，吴老师表扬了他；教室里听老师讲规则，小朋友都端端正正坐着认真听，他坐在最后一排，端着水杯，一会儿翘着二郎腿，一会儿盘腿坐在椅子上，一会儿将脚放到课桌的抽屉里，完全没有规矩。我站在窗户外面小声地提醒他坐好腿放好，他也能听，过一会儿又忘记了；老师过去提醒他，他也能听，可仍然坚持不了多久。学前班的时候，在坐姿上没有发现这么多问题，估计是暑假两个月将规矩忘记，所以这两天回家得赶紧再补这一课。

吴老师非常关注康康的一举一动和他的情绪，对他非常耐心并且态度温和。接下来的正式上课肯定会有许多问题出现，但基本都有心理准备，好在吴老师完全接受康康。培训结束的当天下午，吴老师主动打来电话，询问康康回家后的反应，她担心康康不适应不想去学校。从这第一天的学前培训来看，情况还是乐观的，至少康康情绪非常好，一点都没有表现出对新的班级新的老师新的同学的不适应，仍然非常热切地盼望着上学，但愿他不是仅仅盼望着发新书本。

我和吴老师讨论了一些细节的问题，但一切都要视开学后的具体情况来定。

第一天我抓紧时间，拍下了26个同学的照片（有7个没来），吴老师非常配合，列队的时候给我时间让我拍照片，还抄下了所有同学的名字，回家就陪康康将名单输入电脑。今天忙还没有来得及将照片打印出来，爸爸已经答应明天用彩色打印机将所有照片打印出来，上学后由康康送给每一位同学，康康自己留一份。照片和名单是他熟悉同学的一个很好的方式，送照片是希望用这样的方式让同学们从一开始就接受他并喜欢他。

昨天在学校，吴老师给小朋友讲上课规则的时候，有些小朋友没有带水，而学校没有正式开学也没有开水，我赶紧到外面买了些水送到教室，希望通过各个方面的努力，能够给儿子创造更加好一些的环境。

希望康康能够尽快地熟悉和喜欢他新的班集体。

2006年8月28日

铭心记忆：开学第一天

今天是2006年9月1日，康康上小学的第一天。

早晨7点，准时从家里出发，在规定的7点15分前到达学校。阿姨为主，康康协同，将桌子椅子8个腿都包上了布条，缠上胶带。妈妈交完学杂费，看到讲台上放着一张大课程表，赶紧拿出本抄写。抄写完毕抓紧时间告诉康康教室的设施哪些不可以随便乱动（讲台上有一套多媒体教学设备）。介绍他认识了座位旁边的几个小朋友，妈妈跟小朋友拉了拉关系，要他们跟康康玩，帮助康康。

正式上课时，妈妈轻轻退出教室，藏在窗户下偷偷观察了一会儿，然后离开，赶到公司上班。

到办公室，心猿意马，无法安心，中午请假赶路18公里追到学校。交给吴老师上午抽空打印出来的几十份课程表，请她发给小朋友。到校长办公室跟史校长聊了一节课。赶回单位继续上班。

这是妈妈的开学第一天。

盘点康康开学第一天：参加了升旗仪式；升旗仪式上出队一次，离开约十步远；升旗仪式上自娱自乐蹦跳数次；甩胳膊N次；被好几位亲爱的老师关注，帮助；课堂上，离开座位坐到教室后面的暖气台上一次；将脚放到桌子上一次，盘腿坐在椅子上一次；下课时跑到以前的学前班教室一次，抱了最喜欢的女同学胡新雨一次；下课时自己跑到操场，抓吊很高的单杠，让吴老师受惊吓一次；在操场上练习列队，怕累，旁若无人坐在地上休息一次；列队练习完毕回教室时，掉队很远，猛然发现后快步追上小朋友；终于领到新书7本，激动无比；下午上学时帮老师开教室门一次；下午放学时帮老师关电扇、关窗户、倒垃圾、锁门；放学后吴老师与他单独谈心一次（吴老师用温和平缓的声音，告诉他，上课要听老师讲课，有事要举手，老师很喜欢他，康康频频答应“知道了”“是”）；放学时吴老师夸他今天表现不错；吴老师还夸他是热爱劳动的好孩子。

回到家，康康说：“还要去东马坊小学。”

妈妈之痛：开学第二天

开学第二天跟开学第一天隔了一个周末。

早晨7点钟妈妈充满希望送你到校。终于可以亲眼目睹你参加神圣的升旗仪式。升旗仪式结束后，妈妈从校长手里领过刚刚在操场上出尽风头的你，严肃地告诉你升旗时不可以乱跑不可以乱动乱跳不可以跑到别的队列里不可以躺在地上不可以不听吴老师的话，你用害怕的眼神看着妈妈："是，知道了。"

因你刚才的表现和混沌无知，妈妈忍不住在校长和老师面前哭泣。你上完厕所回来看到还在哭泣的妈妈，说："不哭了。"校长对你说："你听话妈妈以后就不哭了。"你对着哭泣的妈妈说："今天的笔记本电脑不玩了，什么都没有。"

校长和吴老师安慰妈妈，让妈妈别着急。妈妈同意校长的建议以后你暂不参加升旗仪式。

事后找原因怀疑是早晨在车上误吃一粒蒙蒙哥哥没吃完的含面粉的芥茉豆，尽管及时服用了随时带着的消化酶也没能够完全控制住你少有的兴奋。

上午妈妈在公司情绪低落，打电话让阿姨随时关注你的表现，实在太闹就不上课了回家。

跟吴老师通电话得知你后来的表现大大好于早晨才稍稍安心。

欣欣姐姐第一天陪你到学校，你很喜欢她，可她还不知道怎么把握你。

晚上吃过饭你自己穿上新发的校服，三姨父、蒙蒙哥哥、欣欣姐姐、小刘阿姨、爸爸妈妈，我们全体鼓掌祝贺你终于穿上校服。

蒙蒙哥哥给你拍照，说要把你穿校服的神气样子发给外婆看。爸爸说为了你混上这身校服，真不容易！

今天妈妈胃痛一天，晚上没有上网没有写日记，你睡着后就睡下了。

2006年9月2日

温暖的小事之十四

时间：2006年下半年，康康 8 岁，在北京东马坊小学。

※今天在学校，康康受到吴老师表扬了。做完操回教室时，康康看见教室的地上有一团废纸，很自然地捡起来扔进垃圾筐里。吴老师看见后，在班上表扬了他，说别的小朋友看见了都没有捡起来扔进垃圾筐，只有肖靖康同学主动捡起来了，还评他为爱劳动的小标兵。

※上周五数学考试，今天卷子发下来了，姐姐让我们猜得了多少分。我说分数不重要啊，重要的是康康能够很认真地做完，就很了不起。这是迄今为止参加的第二次考试，上次是数学口算，这次是综合练习，需要读题审题，比上次难许多，在没有辅助的情况下（姐姐有两次小提示，指一下题目提示他读题），成绩是68分。吴老师很满意，我们也很满意。

※最近一段时间，康康在学校的表现很正常很稳定，姐姐也可以穿插着去学校陪，在家的学习一点都不抵触。由于最近公司事多，加上房子装修的事，陪他的时间比较少。周末抽出一天时间陪他玩，第二天忙装修，他本想跟着，给他讲道理，说爸爸妈妈去装修房子，他就很听话地跟姐姐阿姨在家里学习，还替我们拿好包，背到肩上，提出鞋子让我

们穿上，说："爸爸妈妈去装修房子，不上班。"看着他这么听话这么乖，真的很开心。

※康康说："要买很大的盆子，才能够游泳。""要……才……"这个句型他是第一次说（他想在浴盆里游泳，可盆子太小他太大）。

康康说："我明天想去卖易拉罐，卖的钱可以买自行车，买红果冰棍。"自行车和红果冰棍都是他目前的最爱，他喜欢阿姨骑自行车带着他坐在后面骑得飞快的感觉。

※上次康康拿了一块钱放进自己的兜里准备买红果冰棍后，他对钱的热爱一发不可收，最近简直成了财迷。我们回家后，他很喜欢翻我和爸爸的钱包，将100块、50块、20块、10块、5块、1块的钱分类整理好，自己总想据一部分为己有。趁机送他一个钱包，他喜欢得不得了，将妈妈钱包里的好几张100元拿出来，放进自己的钱包里，又去问阿姨要："阿姨给我10块钱。"看来，得好好设计教导他认识钱的作用，学会正确地花钱，知道钱不可以随便给别人，也不能够拿(或要)别人的钱。

※早晨送康康上学，在学校陪了他一阵。走的时候，在教室门口我跟他告别："康康，妈妈要去上班了。"他踮起脚，伸手环住我的脖子，在我脸上亲了一下。儿子的这些行为越来越自然。

※自从发现钱的好处之后，康康便开始通过非常手段"敛财"。晚上回家，他站在门口殷勤地接过爸爸的包，迅速跑到沙发上，迫不及待地将爸爸钱包里的钱掏出来，兴奋地点数，一大把，100块、50块、20块、10块以及N张1块的，实在太多，小手拿不住，更数不清楚，转身将一大把钱放到我腿上，说："妈妈帮帮我。"协助他点数完成后，一共是142块（100块的被爸爸偷偷拿回去了），他全部放进自己的钱包据为

己有，还反复强调："不还给爸爸！"装好钱，又问爸爸："卡呢？"原来，我送他的钱包有插卡的地方，还空着呢。爸爸给他一张青岛山大医院的就诊卡，他如获至宝地插入钱包。我想教会他认各种卡，给他了两张真的银行卡（以前单位发的，里面没钱）。

晚上睡觉换衣服时，问我有没有钢镚儿（他的存钱罐已经装满一个，又送他一个新的），我没有，让他问爸爸。他从床上探出头问正在看电视的爸爸："爸爸有没有钢镚儿？"听见爸爸在外面说"没有"，转过头对我说："爸爸说没有。"（这句话的延续实在非常精彩）

※早晨，给康康穿了一件薄外套去学校，没想到天很冷。下课后在操场上，他让阿姨脱衣服（阿姨穿的厚外套），阿姨以为他是想跟她换着穿衣服玩（有两次康康从衣柜里拿出阿姨的衣服穿上逗我们），就把衣服脱下来给他。穿上后，他让阿姨把丝巾也摘下来，自己戴上。阿姨实在冷得不行，要求康康还衣服，康康坚决不肯。直到姐姐把厚衣服送到学校，康康才爽快地脱下换上自己的。可惜这次阿姨理解错误，没有抓住机会情景教学，教会他正确地表达："我很冷，我的衣服太薄了，把你的厚衣服给我穿。"

妈妈心语：第一次家长会

今天下午，妈妈参加了平生第一次家长会。

记得妈妈小的时候，外婆开完家长会脸上总是喜滋滋的。时间过得真快，一转眼轮到妈妈开家长会了，就像当年外婆一样。可妈妈没有外婆那样喜悦的心情，从昨天开始，心里就有一些紧张和惴惴不安。

中午从单位离开的时候，好几个叔叔阿姨在sametime上问妈妈："是不是很紧张？"妈妈半开玩笑半认真地敲了几个字："紧张又高兴。"

他们纷纷安慰妈妈："没关系的。"还说："咱们家的孩子肯定没问题。"

带着他们的热情鼓励，妈妈上了路，其实妈妈知道这并不是紧张不紧张的问题。只是心里的感觉啊，怪怪的，妈妈也说不清楚到底是怎么回事。

秋日的阳光懒洋洋的，透过玻璃斑驳地洒落进车窗里，有一种淡淡的惆怅、失落，还有一丝丝的忧伤，在妈妈心里蔓延开去。蓝天下的美景一闪而过，就像美好的日子，总是转瞬即逝。带着些颓废和胡思乱想，妈妈第一个到了学校。

看门的大爷早已认识妈妈，打开大门让妈妈先进去。

终于等到会议正式开始，妈妈坐到了最后一排亲爱的儿子你的座位。课桌右上角贴着妈妈打印的上课规矩，彩笔涂抹过的颜色分外鲜明：上课不许说话；不许下位；脚不许放到桌子上。不知亲爱的孩子你都做到了哪些。妈妈还在座位上故意东张西望，看看窗户外面，体会你上课时的心情。

吴老师耐心地告诉家长们你们的进步和存在的小问题。说了许多，妈妈记得最清楚的是：要教你们学会助人学会欣赏人学会爱人，还说要让你们都有一颗感恩的心。

今天在学校，你的同学们看见妈妈都围上来跟妈妈热情拥抱，“阿姨好”的声音不绝于耳。

他们争着告诉妈妈你在学校的表现，还知道了柏俊哲和韩俊杰为争着领你上厕所而找到阿姨评理。吴老师说的学会助人学会爱人切切实实地记在了你的同学们的心里。你除了挖掘爸爸妈妈的无限父爱母爱还挖掘出了藏在同学们心里的爱和友情。

吴老师讲完话，将批改完的数学考试卷子发到家长手里，妈妈拿着的那张上面工整地写着你的大名和整齐地做完的50道题。一共47道正确，每题2分，你的得分是94分，妈妈还知道了考试时没有辅助没有提示也没有监督，全是你自己独立完成。

36个同学有18个得了满分，有3个没在规定时间内完成。

这是你的第一次考试，也是你给爸爸妈妈的第一份答卷。爸爸收到短信激动无比，回家后首先给你热烈的拥抱和亲吻。看着爸爸激动的样子，妈妈觉得爸爸的快乐是那么简单，得来却是那么的不容易。

今天的联络本上，吴老师用红笔在上面写着3个大大的字：“有进步”。

2006年9月29日

温暖的小事之十五

时间：2006年，康康8岁，在北京东马坊小学。

※康康端着一小碗自制芝麻糊，边走边吃，结果手滑将碗掉在地上打烂了。他飞快地跑回厨房对我说："打烂了！妈妈你别生气！"一副很害怕的样子。我立即安慰他："没关系，不是故意打烂的，妈妈不会生气，以后小心一点。"他才稍稍放下心来，自己说："小心点，以后再也不打烂了！"

※天冷了，换了床厚厚的被子。康康看到后对我说："青岛的被子。"确实是曾经带到青岛给他用的那床被子。他有了越来越多的对过去事件的记忆，并在正确的场景下能恰当地表达出来，实在让我惊喜。

※早晨穿衣服的时候，套头的外套领口有点小（主要是他头大），用力穿下去以后，康康对我说："不穿小口的衣服！"以前的说法是"不穿这件"。"小口的衣服"这个词是他自己发明的。

※早晨，康康不想起床，我们用煎鸡蛋诱惑他。他睡眼朦胧地起来后，阿姨问他："是你煎还是我煎（鸡蛋）？"他自言自语地重复一遍"你煎还是我煎？"认真地想了想，然后肯定地说："我煎！"你、

我、他人称代词，他还是不太清楚。

※每天早晨送他上学，我通常先他几步下楼，他总是迅速关好门跑下来追我，然后很自然地挽着我的胳膊。以前很羡慕别人家的孩子挽着妈妈的胳膊，我终于也等来了这一天。

※昨天语文期中考试，内容主要是看拼音写汉字，包括了8课的所有生字。康康第一个交卷（他还没有学会检查）。今天吴老师批完卷子，全班同学中全对的有3人，错误1～3个字的5人，康康竟然是这5人中的一个。吴老师给全部正确的同学颁奖，康康作为特别奖获得者，也被奖励一支铅笔。他上台领奖后，在走回自己的坐位时，表情是克制不住的高兴（亲爱的吴老师看到这份成绩比康康还高兴）。需要说明的是，整个考试过程中，姐姐没有给他一点辅助和提示。其中一个错误是：yiwei（一位）拼成了“因为”。

※晚饭后我们陪康康玩飞行棋。他扔骰子的时候，总希望是6点，如果不是，偶尔会要求扔两次。最经典的一次作弊是，还差三步就可以到终点，他把骰子放到手心，3点在上面，然后轻轻地将骰子平放到桌子上，不多不少正好3点。他赢了！

※康康在欣欣姐姐那里学会一招变魔术，他认真地给我们表演。尽管幼稚笨拙，却是童真可爱。我们早已识破他的小把戏，而他却不知道我们早已识破他，仍然那么认真用力地表演，表情纯洁如天使，认真的表情、幼稚笨拙的动作总是逗得我们大笑不已（其实就是把握在手里的东西左手换右手右手换左手然后上抛下扔几个回合）。

※康康和班上另外一个同学，代表一年级二班参加学校低年级组的

跳绳比赛。规定时间30秒，跳了27个。康康对规则不甚清楚，老师还没喊开始，他就已经开跳。输赢的概念已经建立起一点，完全明白比赛的含义还有一个过程。

这是康康第一次参加正式比赛。

※周日那天，康康学会了骑自行车。只学了两次，时间很短，就会了。

※周末，在新家的小区路上，远远地看到开过来一辆车，行走中的康康立即停步，往左边让了让又转向右边。整个过程很短暂，但爸爸还是观察到了儿子判断的过程：刚开始举棋不定，判断不准车究竟会向左边还是向右边，但很快便确定下来，选择了正确的方向避让。他判断过程中思考的小神态，很可爱。

※康康自己收拾书包已经很久了。他对着课程表，星期一到星期五，根据每天的课程，收拾书本，认真、仔细，一样都不会少。文具盒里一定是6支削好的铅笔（吴老师规定只能带6支）、一块完整的橡皮擦、一把尺子。书包里，书本的摆放位置按我们的要求，大书放在一起，本子放一起，文具盒放在贴背的另一面（不硌背）。

温暖的小事之十六

时间：2006年，康康8岁，在北京东马坊小学。

※康康在卫生间小便后，正准备离开，突然发现纸筒里没有纸了，他放下马桶盖，爬上去打开柜子取下一卷纸，放好，还没走出卫生间，再返回去，东张西望巡视一番，拿出挂在一旁的胶皮手套，将刚才踩脏的马桶盖胡乱擦试两下（没有找到小毛巾），将胶皮手套扔在马桶旁边，离开。

这是爸爸无意中观察到的，他感慨无比地对我说："不知道还有多少这种有意义的事没被我们看到！"

其实，在家里，我常常会忘记康康的不正常，感觉他跟正常孩子没什么两样。在放纸这样的小细节上他表现很自然。比如今天晚上他在刷牙的时候，我把盆子放在台子上接热水，正好压着他的牙膏，他发现后将牙刷含在嘴里，腾出手来将牙膏挪到台子的另一边。

※晚上外婆打来电话，说给康康的米花糖寄出来了，我告诉了康康。睡觉的时候，康康对我说："三姨寄的米花糖。"他牢牢记住了前些天QQ聊天时三姨说寄米花糖一事，拿起我的手机说："发短信。"我问他："你想说什么？"回答我："谢谢三姨。"分别坐在他小床两边的我和他爸爸真的是心头一惊，然后高兴地笑了。满足了他的愿望，辅助他给

三姨发了致谢的短信。收到三姨的回信后，他看了才满意地睡觉。

※在学校，我惊喜地看到，康康和另外一个小同学摇绳，别的小朋友轮流跳。康康在摇的过程中还会有适当的调整，比如快一点慢一点。能够跟别人一起完成这种需要共同配合才能做的事，他真是进步不小。

※晚上看《大头儿子》的时候，康康突然对我说："把电视放到后备箱里。"很奇怪他怎么突然想起将电视放后备箱里，于是顺着他的思路问："你想把电视搬到哪里去？""新家！"这段时间，周末经常带他去看正在装修的房子，他跑上跑下非常喜欢，没想到他会想将电视搬到新家。

※本子还有几页就要用完，这个时候康康总是非常希望尽快把这几页用完好换新的。一天晚上，我发现他站在我们的大床上正蹦着将手里的本子往对面的柜子顶上扔，问他为什么要扔到柜子顶上，他告诉我用完了换新的。其实还有几页没写完，他是想悄悄藏起来换一个新本子。

爸爸说，他小时候也是这样，巴不得快点写完换新本子，实在写不完就把后面几页撕下来。看来有其父必有其子。

※早晨送康康去学校的路上，他看到爷爷在锻炼，我没有看到，他急急地从后座站起来，对我说："爷爷！打开窗户喊爷爷。"

对外界的关注越来越多，对人的关注也越来越多，这是康康最近进步比较大的方面。

温暖的小事之十七

时间：2006年，康康8岁，在北京东马坊小学。

※康康今天去超市买日用品。通常，他自己的小东西我们总给他机会让他自己去买，提前跟他一起写购物清单。比如，昨天晚上发现牙膏用完了，他就说买一支新的牙膏，我告诉他今天放学去超市买。这种事情他总是记得很清楚，肯定不会忘记，而我们也一定会兑现许诺。在超市，他自己选择喜欢的牌子，顺便还买了一把非常漂亮的小牙刷，尽管牙刷不在此次购买之列，但姐姐还是同意了。回来后，康康写日记记录买了些什么东西，花了多少钱。记日记是在姐姐的辅助下完成的。我们希望通过这些事逐渐让他建立起完整的概念——钱可以用来买东西，教会他写购物清单，给他自主，学会自己挑选东西，学会排队付款。

社会实践对他是非常好的锻炼机会，经验是关在家里教不了的。尽管有时候可能会出点小情况，但又有什么关系呢。

※晚上，康康跑到厨房，拿起一小瓶酱油就往嘴里送，姐姐立即想阻止，我提示姐姐不要阻止他。我问他："你是不是想尝一尝这是什么味道？"康康说："是。"于是拿起瓶子轻轻往上推，嘴上沾了一点点酱油。问他："是什么味道啊？"告诉我："咸的。"我说："是的，这是酱油，是咸的！"他又拿起一瓶醋，我仍然没有阻止他，让他去

尝，问他：“这是什么味道？”告诉我：“酸的。”我再次肯定他：“对，这是醋，醋是酸的。”他没再要求喝，走开了。

他的诸如此类的小事，很容易被我们要么粗暴地阻止，要么忽略掉。其实，这样的体验，对他来说是很有意义的。今天看了Noah爸爸的日记，很受启发，无论什么时候，对孩子的真正理解尤其重要，而不是总想着他的种种行为是如何不正常。其实有些行为，即使确实看似不正常，但只要不妨碍别人，对他自己的安全和健康没有影响，是可以适当地给他自由的。

※康康今天晚上情绪非常好，原因之一是他玩WAWAYAYA后，看照片时自己建了许多复件，告诉我可以删除复件。今天我没有阻止他建复件，也没有阻止他删除复件。该做的作业已经做完，日记也写了，游戏也玩了，为什么不可以让他做点自己想做的事呢？即使是刻板的行为。我一直以为他建复件删除复件是刻板行为之一，但因无大碍，并没有特别阻止。玩中学，多么轻松。

※今天放学的时候，康康自己骑三轮车，阿姨在后面走。遇到一个下坡，他们都没有注意，车加速往下滑，康康在车上吓得大声呼叫：“阿姨！阿姨！”阿姨也吓坏了，立即起跑追车。还没等她追上车，康康自己拉下刹车把车停住了。

※康康用电脑，鼠标不动了。康康说：“坏了，电脑生气了！”

温暖的小事之十八

时间：2006年，康康8岁，在北京东马坊小学。

※晚上，儿子拿着联络本过来找我：“妈妈签字。”原来，他收拾书包，发现联络本还没有签字。送过来的联络本翻到了应该签字的那一页，手里还拿着一支笔，竟然是我包里的那支签字笔。这个细微的小动作又让我感动了。昨天签字的时候他给我一支姐姐的笔，我告诉他我喜欢用自己的这支签字笔，从包里拿出来给他签完字后放回包里。没想到他观察得很仔细，今天晚上这么恰当地用上了。都说自闭症孩子沉湎于细节，可这样的细节多么让妈妈温暖。

※上床睡觉，脱下厚厚的毛衣换上睡衣，康康说：“穿一件衣服真舒服！”我不敢相信，忍不住问他：“康康，你刚才说的是‘穿一件衣服很舒服’吗？”“是！”康康竟然能够表达自己的感受了。

妈妈真的，好开心！

※快睡着的时候，康康半眯着眼睛，对我说：“明天早晨跑两圈步，联络本交给梁妍，作业本交给孟佳……“声音越来越弱，睡着了。看到他天使般纯洁的小脸，想着未来有那么多的困难在等着他，心中的那份爱怜，悄悄地蔓延。

※康康和桢桢姐姐在姑姑家的小区骑车，两辆车并行着。康康的自行车搁物筐被爸爸拆了没有再装。康康热了，摘下围巾，瞄准扔进姐姐的车筐里，再单手扶着车把，保持着跟姐姐平行的距离，用嘴咬下一只手套，再换手，咬下另一只手套，准确地扔进旁边姐姐的车筐里。

整套动作如此流畅，车技真是娴熟得很呢。

※周末，我和康康爸爸在建材市场忙乎，阿姨带康康去姑姑家串门。据说小儿玩得很尽兴，骑车、玩电脑、自己吃饭，都非常棒。走的时候，没有忘记从果盘里拿一个苹果几个小桔子，边往衣服兜里装边说："拿两个在路上吃。"兜太小苹果太大，着急中没有塞进去。姑姑说"我帮你放吧"，小儿担心苹果被姑姑霸占，没有同意。在车上，兜里的苹果可能硌着他不太舒服，取出来放在坐位后面，又硌着屁股，总不合适。最后在阿姨的再三保证下，交给阿姨代保管，是先咬了一口才递过去的。

说明：康康禁食苹果和桔子，平时在家不给他吃，在外面通常相对宽松一些，同意他吃少量的，所以表现得特别馋。

※写完日记，康康通常会读一遍，如果我要求他多读两遍，他会坚决不从。那天，为了逗他，就说："我们石头剪子布，如果你输了就读两遍。"他果然输了，很爽快地拿起本，说："输了，读两遍。"这个表现让我有点吃惊。

感觉康康越来越遵守规则。比如玩电脑，告诉他到几点结束，即使玩得还不够尽兴，时间一到他会自觉地结束。

※上次拆卸完自行车一个星期之后，再次要求拆自行车，这次还多了一个额外的要求——拆完后不要装起来。问他为什么，答："因为买

一辆新的自行车。”原来，他想要一辆新车。

这次由他主要操作，爸爸辅助。康康还真能够使用工具，几乎完成了一半的工作。拆完后按照他的意思，没有恢复。

几天后，爸爸特意给他买了个工具箱，还配了两把小扳手、小改锥以及一把小打气筒。为了使用这些精致的小工具，康康同意把车组装起来。

※昨天晚上外出开会，我回家已近12点。康康爸爸也在外面有应酬，9点多回家儿子刚睡着。爸爸忍不住进屋亲亲他，问问阿姨情况。没想到康康还没完全睡沉，听到爸爸的声音猛地坐起来。睁开眼睛只看到爸爸，他飞快下床到客厅找妈妈。当听爸爸说妈妈开会还没有回来，康康伤心地哭着说：“妈妈开会没回来，我要妈妈。”

最后还有一句话：“不要爸爸！”

温暖的小事之十九

时间：2006年，康康8岁，在北京东马坊小学。

※上课的时候，坐在前面的马伯彰转过头来看康康的作业，把铅笔忘在了康康的桌上。这是最后一节课，下课后小朋友都去操场捡树叶劳动。康康收拾好自己的书本，手里拿着马伯彰的铅笔，路过马伯彰座位时，放到了他的桌子上。

好贴切的一个小动作。这路过时的一放，有几层含义：一是他记住了这支铅笔是马伯彰的，所以在收拾书包的时候没有装进自己的铅笔盒；二是他没有在收拾书包的时候特意去还给他，而是收拾好书包离开教室的时候，路过马伯彰的座位“顺便”放在他桌子上，他是有计划有安排的。

※康康从地上捡起自己的铅笔时，同时捡起了姐姐掉在地上好一会儿的笔帽，头也没回顺手递给了坐在后面的姐姐。

我感觉到康康不再是两耳不闻窗外事了，他能够看到听到感受到许多东西，而且有所反应有所表示。

看来，儿子确实在觉醒。

※晚上吃饭时，康康要求玩笔记本电脑，告诉我：“把鼠标和电源

藏起来，不要鼠标和电源，摸摸摸。”尽管是第一次听他这么说，也立即明白他这句话的真实意思是什么，他想表达的是：玩笔记本电脑不用外置鼠标，要用手触摸。手触摸鼠标是他自己无意中发现的，无师自通，一会儿就运用熟练，并且兴趣浓厚。不用电源，是因为前几天突然停电，他发现没有电源笔记本电脑同样有电，于是要求不接电源。这两样新奇的东西无限吸引他，以至于吃饭的时候，曲曲折折向我表达了他的要求。这种时候，我通常是帮助他说出想表达的内容，然后教给他正确的语言表达。

不怕说不好，就怕不说。

※自打发现卖破烂的好处后（上次卖破烂收入1元5角钱，买了1支铅笔2个作文本），儿子就总惦记着卖破烂这点事。家里有一箱他以前用过的旧书本，他总想着把它们跟易拉罐一起拿出去卖了。昨天晚上，他跟姐姐收拾了一晚上，整理出好几摞。我一看，有他在以琳的书本，有更早以前的，还有学前班的，当妈妈的一本都舍不得扔，视同宝贝。我给儿子做通思想工作后，让阿姨从爸爸工厂拿些纸板报纸回来给他，满足他卖破烂的愿望。

这是好的一面。不好的一面是，他收拾破烂成瘾，连续两天都要求收拾那堆旧书本，担心他刻板，可又不能强行阻止。今天晚上，他情绪比较激动，我试图阻止他收拾，他立即表现激烈，并借题发挥，强烈要求不刷牙、不睡觉。最后我妥协。到9点，用了捉迷藏的方式转移情绪后他才高高兴兴去洗漱。

规则对康康还是很重要的，不希望他成为没有规矩太随意的孩子，又要关注到他的心理需求，不容易。保持良好的亲子关系是第一位的，然后才是对规则的要求，怎么样才能够把握好这个度，真的很难。

看来，还是我没有真正地理解灵活掌握。

※今天在班上，吴老师又表扬了康康，说他语文作业写得好，还把康康的作业用投影打出来，让全班同学向康康学习（确实写得好，字迹工整）。

晚上睡觉后，康康想起家校联络本我还没有签字，就起床拿来让我签字。因为晚上收拾书本不睡觉我有点生气，就说："我写康康今天不按时睡觉，表现不好。"他立即反对："不要表现不好。"

对表扬和批评，他还是很在意的。

温暖的小事之二十

时间：2007年，康康9岁，在北京东马坊小学。

※康康给我打电话，说了几句后就听见他在电话那端说："我要钻进电话里面找妈妈！"

※康康在冰面上玩，把锤子掉进水里了，情急之下，他大声对姐姐说："帮我捞起来！"

※放学回家，康康端着一盘子梨，一边吃一边走到厨房对阿姨说："（先）吃块梨，阿姨别忘了买苹果！"（"别忘了"用得真好，阿姨头天晚上答应给他买苹果的。）

※康康尿床了，起床后对我说："没尿湿是好孩子。"我温和地说："没有关系，下次想尿尿就告诉妈妈，不能尿到床上。"小儿看我态度这么好，很高兴，主动对我说："不能尿湿了，下次注意点，再也不能尿湿了。""下次注意点"这句话是第一次听他说。

※吃饭的时候，我把手上粘的一点菜渣在桌子上摁来摁去，希望能够从手上摁到桌子上。康康坐在一边看着，表情有些不舒服的样子，顺

手抽出一张纸巾递给我，说："有纸。"

※还是我，吐了一口口水在卫生间的台盆里，被正在洗脚的康康看见，他有点生气地说："冲水！"

※一天晚上，看到小狗团团和康康先后从卫生间走出来。康康手里拿着半张报纸，走到团团身边，弯下腰轻轻拍了团团一下，说："团团，别哭！"我克制住惊奇和高兴，问他："团团怎么啦？""撒尿了。"原来，团团撒尿了，他学着我们的样子批评它呢。后来我找了一圈也没发现团团尿在哪里，估计小儿是在模仿我们，而并不是团团真的尿了。

※康康把报纸放到卫生间里团团的便板上，然后把团团抱上去，说："团团拉屎！"

※我们坚持不懈地解决团团上厕所的问题。姐姐说要把团团的大便放一点在便板上，比诱便剂管用，于是便板上放了一点团团的大便。康康进卫生间的时候捂着鼻子，指着便板喊我："妈妈，拿纸盖上。"

※最近，康康喜欢拍照，从人物转向物品。最喜欢拍的是家里的物品，对着冰箱里的咸鸭蛋左拍右拍，还给咸鸭蛋设计不同的摆放位置。有一张拍得不好，他告诉姐姐："拍得不好，删掉！"

上学的时候，康康站在学校门口，说："对着东马坊小学照一张。"拍出的照片，学校大门居中，还真不错。

※出门的时候，康康要求我："妈妈不戴帽子，漂亮！"小儿还挺有审美眼光。确实，妈妈戴帽子不漂亮。

※康康喜欢喝一种叫京都念慈庵的糖浆，但没咳嗽时我们不允许他喝。一天，他拿着糖浆瓶子坐在少发上，喊我：“妈妈，（我）咳嗽了！”然后假装咳嗽几声，告诉我，“可以喝糖浆。”

※下课了，康康握着秦月琪（他最喜欢的女同学）的手，对姐姐说：“我要去秦月琪的家里玩。”秦月琪说：“好啊，康康你来玩吧。”

※周末，康康的同学李想和展梦来找康康玩，康康对我说：“要秦月琪和柏俊哲（来玩）！”秦月琪和柏俊哲是他最喜欢的两个同学，他们和康康之间真诚的感情，挺让我感动的。放假了一定请他们来家里玩。连康康爸爸都提醒我给这两个孩子准备礼物。

铭心记忆：9岁这年，儿子终于喜欢上玩具

那天，看到康康在很短的时间独自拼出那么复杂的碰碰吸形状，吓了一跳，真是不看不知道。姐姐得意地撇了撇嘴："才知道啊！"

儿子没忘记提要求："拼会了就买一盒大的碰碰吸。"这是上次我们没有兑现承诺后的又一个承诺。

放学时，他仰起小胖脸，对姐姐说："买卡通玩具！"

有一天，他对我说："拼奥特曼。"

晚饭后，他拎出桶积木，倒在地板上，拼了一个动物园，还有机器人。

曾几何时，我多么羡慕别人家的孩子能够一说一大串这些专有名词：卡通、奥特曼、变形金钢……终于等到这一天，它们从我儿子的口里说出来。

终于等到这一天，儿子可以自己正确地玩玩具，不再是仅仅把它们弄坏。

儿子他爹，咧开嘴傻笑，大手一挥："走，上金五星，批发

玩具去！”

那天在金五星批发市场，除了儿子的积木、大碰碰吸、气球等等，儿子他爹也没忘记借儿之名给自己来一把枪——红外瞄准的，每天晚上睡觉前，必在卧室扮演狙击手，嗒嗒嗒……烦不胜烦。我警告他：“再敢在我的卧室练狙击，就喂猪去！你以为你是许三多他老乡啊！”

温暖的小事之二十一

时间：2007年，康康9岁，在北京东马坊小学。

※周日晚上我做饭时，不小心将装淀粉的玻璃罐掉到地上摔破了。随着我一声惊叫，康康跑进厨房，趴在我背上（我蹲在地上），说："妈妈小心一点，别摸（玻璃）！"

如果不是我亲耳听到，可能都不会相信，这话是康康说出的吗？

※康康和姐姐玩乒乓球，团团也凑热闹，叼走乒乓球。康康抢回来后，并没有立即就玩，而是拿着乒乓球到卫生间。姐姐问他干吗，答："团团咬过的，洗一洗。"

※康康跟团团玩。团团叼着它的玩具球环，叼得特别紧，康康总不能从团团嘴里取出来，就去找了一把爸爸的工具钳子，试着用钳子把球环从团团嘴里取出来。

※团团总喜欢粘着康康，他烦了，就把团团装到一个大纸箱子里，然后很放心地去干自己的事。这个大纸箱是因为他看了《大头儿子》里的纸箱房子很喜欢，我们专门从新房子给他拉回家玩的。

※团团学会了上卫生间大小便。对处理团团的大便，康康总是非常积极，他捂着鼻子，拿报纸包着捡起狗便，装进塑料袋，系上，放到门外面。他可以独立完成这全套程序，我们窃喜不已。

没有观察，就谈不上效仿。康康悄悄地在观察着我们的一言一行，此事便是很好的说明。

※鸡蛋吃完了，康康要求阿姨买14个鸡蛋。我很奇怪这个数字，后来才知道，冰箱放鸡蛋的格子正好能放14个。

于是，我们买回家的鸡蛋一定会是14个，而且由康康亲自放到冰箱格子里。

※周末，发现康康安静地坐在沙发上看报纸，是汽车版。我凑上去，他对我说："这个蓝色的车。"他看报纸，可是头一回。

※康康对不能吃的东西，非常自律。对没有吃过的东西或他认为不能吃的，都会主动让我替他看配料表，我确认可以吃他才吃（有段时间他禁面食和奶制品）。

认真的小样，很是好玩。

※康康想要姐姐的钱包，就把自己钱包里的钱装到姐姐的钱包里，之后准备写字时，对姐姐说："摸了钱，洗手。"教过他的规矩，基本都能够记住。饭前是一定要洗手的，如果忘记了，即使已开始吃，也要去补洗。

※康康去学校学电子琴，回来后我问他："你们老师是男的还是女的？"

答："女的。"

“姓什么啊？”

答：“程，程老师。”

我有些不相信，向姐姐求证，完全正确。

※从学校学琴回家，坐公交车，人多没有坐位，康康靠着一个奶奶的坐位站着，主动向奶奶问好：“奶奶你好！”奶奶夸他有礼貌，让了半个座位给他，姐姐提示地问他：“该说什么？”意思是应该说谢谢，康康立马对奶奶说：“Thank you！”听完姐姐描述，笑得我和爸爸直不起腰来。

温暖的小事之二十二

时间：2007年，康康9岁，在北京东马坊小学。

※做作业时，康康说了好几遍“锅巴”，我就问姐姐是不是今天又买锅巴了。姐姐知道我不赞成他吃这种零食，就说没买。我又问康康：“买了吗？”康康肯定地说：“买了。”姐姐立即反问他：“买了吗？”康康还是认真地回答：“买了！”最后，姐姐不好意思地告诉我是买了。

不再人云亦云，能够坚持自己所知，难得。事后就这事我专门跟姐姐作了沟通。买了不该吃的零食并没什么，但如果扼杀了康康说真话的动机，让他因此糊涂（本来买了要他说没买），才非常严重，姐姐也很认同我的说法。

晚上，他穿上姐姐的外套，背上姐姐的包，我们都夸他帅，他很自得的样子，边走边说：“很漂亮！”然后，换上鞋子，像是要外出的样子。我们顺着他的行为问他：“康康你要去哪里？”答：“去潍坊。”又惊呆我们了，姐姐的家就是在潍坊啊。谁知道他小脑袋里都想些什么事?

※爸爸越来越忙，不在家吃饭的时间越来越多。这是某一天晚饭时，康康和我的一段对话。

康康：“爸爸呢？”

我：“爸爸有事没回来。”

康康：“（我）想爸爸回来。”

我：“想爸爸回来干吗？”

康康：“一起吃饭。”

※吸取上次出差没给儿子带礼物的教训，爸爸前段时间出差特意记得给儿子带了份礼物——两盒不含面的杏仁饼。没想到儿子并不喜欢吃，问爸爸：“可以换一份礼物吗？”爸爸问他：“换什么？”他说：“学习用品。”（点评：这句问话很精彩，处理不喜欢礼物的方法很好。）

爸爸谨记在心，昨天出差时告诉儿子，这次回家一定给他带一份他喜欢的礼物——学习用品。但愿这次能够让儿子满意（礼物妈妈已悄悄准备好，一盒带转笔刀的铅笔）。

※上体育课跑步，按纵队顺序，前一个纵队跑完后下一个纵队接着跑。还没轮到康康所在这个纵队时，康康前面的小朋友就开跑，康康急忙上前拉住他，真到前一个纵队的小朋友跑完才放开。很精彩的一个小动作，如果配上语言，就更完美。

※跟小朋友一起打乒乓球，是康康下课后一项主要的课间活动。9岁生日时我送他一副球拍，他很喜欢，每天都带到学校。这段时间乒乓球技术提高不少，如果我们跟他配合得好，可以你来我往打10几个球。当然小朋友们就不那么照顾他了，凭真本事，很好。让他明白规则，并知道如何遵守。

※“祖佳明等于祖明佳。”乍一听，肯定不知道康康说的是什么。祖佳明和祖明佳是双胞胎兄弟，都是他的同学，祖佳明跟他在一个班，祖

明佳在另一班。康康生日时，两兄弟曾一起到我们家，当时孩子多，估计康康没有注意到他们的特点。前些天康康跟另一班的祖明佳打了半天乒乓球，回家后就念叨这句话。两兄弟长得一模一样，我和姐姐都区分不出来。没想到康康用了这么简单的等式来诠释。蒙蒙哥哥说，看来他对“等于”这个概念理解得非常深。妈妈当然不放过这个绝好的机会，教给他双胞胎的概念。

记得甄老师说景琳小时候，对棉被的描述用了一个词——“肥”，还挺贴切，跟康康这个“等于”是异曲同工。康康的语言受损很严重，语言不仅非常贫乏，还存在许多表达错误，需要在平时的生活中一点一点丰富，一点一点矫正。好在由于我们方法还算得当，他4岁半时才开口说话，到今天能够用语言进行最基本的沟通交流，算是相当不错了。

※“好好听话，好好上学，好好读书，好好上课，好好背课文，好好乖……”这是早晨上学时跟爸爸道别，康康抢在老爸前面说的。康康是坏笑着说出这段话的，而且自己还发明创造了几句，算是对老爸贫乏语言的补充和丰富。谁让爸爸语言贫乏如此，连小嘴笨笨的儿子都要嘲笑他。看儿子如此流利地说出这一堆话，笑坏我了，忍不住点评：“半斤八两！”事后，悄悄点拨笨爸爸：“你就不能够换点花样，比如，儿子，爸爸爱你、晚上见、你真可爱……”

温暖的小事之二十三

时间：2007年，康康9岁，在北京东马坊小学。

※9岁像个里程碑。9岁后康康的变化很大，更稳定，正常行为越来越多。

甄老师给自闭症几个阶段下的定义，非常准确精彩：学前，儿童孤独症；小学，带有正常人特征的孤独症；中学，带有孤独症特征的正常人；高中后期，保留孤独症特征的正常人。我现在的感觉就是，尽管他还是一个自闭症孩子，却越来越具备正常人的一些特征。前些天付宝宝妈妈打电话，历数宝宝的进步，最后说，越来越像个人了，我很有同感。以前也是个人，只不过是个原生态的人罢了。通过教育训练，逐渐具备一点社会性，离社会人更近了一些。朝着这个目标，我们的路还很长，但只要努力，距离总是在一点点缩短。

※最近康康很关注天气，看天气预报是他每天晚上很重要的一件事。为强化他的成就感，我们故意都不看，让他看完后告诉我们北京的天气。不过现阶段他只能转述最低温度和最高温度，至于是晴天阴天雨天还不能记住，他还不具备同时接收多条信息的能力。如果我们告诉他第二天有雨，他一定会把雨伞找出来，仔细地装进姐姐的小包里，说："明天有雨，带雨伞。"（认识天气预报不同的天气图案是

近期的小目标。）

※今天放学后，康康自己回家。姐姐提前回家，跟接他的三轮车司机丁阿姨讲好，今天康康自己坐车，请她务必送到我们家楼下。后来丁阿姨告诉姐姐，康康准时背着书包从学校出来，上车后乖乖地坐着等其他几个一起坐车的小同学，到楼下后自己蹭蹭蹭地跑上楼叫姐姐开门，并且该带回家的衣服、乒乓球拍一件都不少，老师布置的作业也抄得很完整。

在现阶段以及未来很长的时间，陪读对他是必须的也是相当重要的。尽管如此，我们还是要提前考虑将来如何撤消陪读、怎样慢慢地逐渐撤离、如何寻求同学的帮助替代过渡、这个期间为将来的逐步撤消作些什么样的准备、重点在哪些方面培养提高他的能力……

※让康康练习打电话并执行下楼拿酸奶的任务。

准备：事先跟姐姐说好。我到楼下后打电话，姐姐故意不接电话，让康康接，在电话里我告诉他下楼拿酸奶。

实际情况：他接电话后，转身问姐姐“可以下楼吗？”姐姐问“下楼干什么？”他说“拿酸奶。”姐姐说“可以”（其实还应该问他“谁打的电话”），他立即换鞋，换完鞋后发现电话还没挂，赶紧过去拿起电话，对我说：“妈妈再见！”挂断电话，跑下楼，取到酸奶。

这个训练有几个要点：接电话——听明白通过电话发的指令——执行指令——不需要旁人提示独立完成。为什么设计用酸奶而不是别的东西，是因为酸奶是他非常喜欢的，让他有兴趣完成这件事。如果让他下楼拿菜，他未必能够积极响应。类似的训练以后经常做，逐渐加大难度增加内容。

※下班到楼下，遇到康康和姐姐从小区玩回来。康康看到我一个

人，就问："爸爸呢？"我告诉他爸爸在工厂加班，他要求去接爸爸。于是我开着车带着他去工厂，工厂院子外面的大铁门有一扇是关着的，车开不进去。我想都没想，对他说："去把铁门打开！"他很自然地下车，用力把铁门推开，再坐回车里。

尽管是这么一个简单的动作，却用了好几年的铺垫和积累。首先，他要听懂这句话；其次，他要去执行，还得执行到位，不能开一半就跑了，或者根本不干。以后只要有机会，只要是他能做的，或者是告诉他就会做的，我都会让他去做。

温暖的小事之二十四

时间：2007年，康康9岁，在北京东马坊小学。

※周末带康康去大超市购物。事先我和他一起写购物清单，确定要购买的东西，他的和家里的，足足写了9条。出发的时候，他把清单从我包里拿出来，提出由他保管，我同意了（小子很看重这张清单呢）。二楼的物品购买齐了，准备下楼，我随便问了句："还有哪些东西没买？"康康认真地看了看购物清单，告诉我："七号电池、酸奶。"真是幸亏他提醒，七号电池在二楼，要不下楼了还得再上楼。看到这个小家伙那么理性那么正常，忍不住在他的胖脸上亲了一下。整个购物过程，他充当了优秀的小帮手，拿着清单，找东西，找不到的就主动问超市人员（遗憾的是人家要听懂他说话还是比较费力），跟我一起抬篮子。回到家楼下，很自觉地到后备箱拿东西，分了三袋轻的让他拎。

3年前在以琳听黄太的"努力试"课程时，曾看过泽林的一段录像，其中一个镜头就是从超市购物回家，泽林帮着妈妈从汽车里搬东西。当时我羡慕的心情至今仍然记得非常清楚。还有一个镜头是，泽林和家人一起打乒乓球。这两件都是我觉得想都不敢想的事，而今天，都实现了。

※康康的期末考试成绩：英语88分，语文56分，数学53分。这份成绩，对他，已经不容易了。爸爸说儿子能够坐在教室参加考试，他就知

足了。

※一天上午课间休息，康康对姐姐说："睁开眼睛。"并用手扒眼皮。姐姐没有明白他什么意思，后来才晓得，原来是他上课想打磕睡，挣扎着不睡，所以自己说："睁开眼睛。"想来，他很少有犯困打磕睡的体验，所以不知道怎么表述。

※课间，康康在学校花园玩水，大同学走过来，他赶紧让开，说："大哥哥来了，要喝水。"（他看到过大同学到水龙头下面喝水。）能够关注到有人来了而且知道来的人将要做什么，他主动调整自己的行为去适应对方，非常棒。

※接奶奶到家里玩，下车后上了一层楼，康康发现奶奶还在下面，立即转身下去接奶奶，喊："奶奶上楼！"

※我和爸爸加班没回家，吃饭时康康说："爸爸妈妈加班没回家。"听到外面车响，跑到阳台看，看那辆车像爸爸的车，跑下楼接爸爸。

※晚上睡下了，听到按门铃，喊"爸爸"。发现不是爸爸回来，问我："爸爸呢？"（爸爸出差了）

最近变得非常关注爸爸，爸爸不在家或者离开一会儿，他都会关注到并表达出来。

※康康会用越来越多的词汇：

那天送团团回家，他坐在车上，说："我就不用下车了。"（"就"用得好。）

某天我下班回家在楼下停车，并不知道他趴在阳台上看我。上楼后他说："倒、倒、倒，倒车。"我确实是揉了好几把才停进去。这几个"倒、倒、倒"描述得很贴切。

某天晚上他要求看"焦点访谈"，问我："有洪水吗？"我还没有回答，他说："好像没有。"他曾经在"焦点访谈"节目里看到过洪水的报道，很喜欢。（"好像"用得很好。）

"妈妈，好冷啊！"晚上开着空调只盖一床毛巾被，快睡着的时候，他缩在毛巾被里对我说。"好冷"这个词用得很好，越来越能够表达他自己的感受了。

※康康到超市买绿豆，找不到绿豆放在哪里，他主动问售货员，对方问他买多少，他回答："一斤。"阿姨没听懂，再问，他伸出一个指头，说："一斤。"售货员阿姨终于明白了。知道用手势辅助，不错。准备设计情景，去超市故意让他找不到商品，让他问售货员，自己想办法解决问题。利用他说话不清楚别人听不懂，促使他自己意识到慢慢说和清楚说的重要性。

温暖的小事之二十五

时间：2007年，康康9岁，在北京东马坊小学。

※晚饭时，我让康康帮我盛碗南瓜汤，强调只要汤，不要南瓜。结果他把我碗里原有的南瓜也倒回锅里，盛了一碗汤给我。

※妈妈讲故事，小猴子帮小熊摘梨。康康却一门心思想着玩刀片，说："小熊用刀片削梨。"再讲故事，小动物推车，他没有记住都有哪些小动物，却记住了小动物们推的那辆车的车牌号。康康最近迷上记车牌号，但凡开车到我家的，车牌号他一定是过目不忘。尤其喜欢奥迪车，让爸爸拿一块钱买一辆奥迪车。

※康康坐公交车，上车抢坐很在行，到书店看书全部看菜谱。

※一天，我大声地说康康爸爸某件事情做得不对，康康大声地对我说："妈妈你别说爸爸！"

※"小小妹妹我可以抱抱你吗？"周末，小小妹妹来我家。小小下车时，康康站在车外面如是说。

※“生日蛋糕插多少根蜡烛？”二叔过生日，我告诉康康给二叔订个生日蛋糕，他这样问我。

※“到点了吗？”“到时间了吗？”“妈妈看完书了吗？”“游泳快结束了吗？”“妈咪今天不上班吗？”这些是康康最近常用的问句，还学会了一个新词：妈咪。

※“头晕了吗？不头晕！”“肚子疼，肚子不疼！”通常，康康自顾自说这些话的时候，他一定是头晕了或者肚子疼了。

※玩空竹，康康看到姐姐边玩还边甩，说：“扔到白云上去。”他终于知道白云上面是很高的地方了。

※最近，康康很喜欢玩扑克牌。晚上吃过饭，他会要求我和阿姨、姐姐四个人一起玩。外出到别人家作客，可以跟我很理性、很安静地玩很长时间。而且，还学会了洗牌。

※康康穿裤子有点拧，我说（把裤子）转一转。结果他很听话地站在原地把身体转了一圈。

※康康以前说话声音小，现在声音大，大得经常在外面我要求他小声说话，他也立即降低声音，不过一句话还没说完声音又高了上去。

※跟年纪大的人见面，他首先关注的是对方的手是否皴。上次去顺义芦荟基地见到姨公，跟姨公握手，他捏起姨公手背上的皮，说：“姨公的手皴了，抹点护手霜就好了。”别人关注的他不关注，他关注的都是别人不会注意到的。

※康康不懂打扑克时牌不能给别人看，我们就设置情景教他。姐姐故意问："我看一下你的牌可以吗？"他通常会把牌递过去给姐姐看，我在旁边教他说："不行。"告诉他姐姐看了牌就会赢的，所以不能给她看。不知道他是否明白，反正是记住了，只要我们问："我可以看一下你的牌吗？"或者我们故意把头伸过去装着要看他的牌，他都会立即拿着牌往后躲，说："不行！"小心翼翼的样子很好玩。不过，如果我们换一种问法："康康你有老K吗？"他会马上把老K找出来给我们看，说："有。"看来，此训练得变换着方法，他心智单纯啊。

※跟康康玩眼神追踪游戏。桌子上放几粒棋子（或别的什么小物品都可以，但不要是他最喜欢的），我用眼睛看其中的一个，让他根据我的眼神找出我看的是哪个。刚开始的时候，我比较夸张，眼睛瞪得大大的，头还微微偏向所看的，让他能够较为准确地找到。他非常配合，但玩得比较平淡。然后角色转换，他看我找，不许用手指，头不许动，不许说出来。这一轮比较有意思，他瞪着的眼睛象斗鸡眼，定定地看着不敢眨，笑死我了。我指认，然后问他："对吗？"他会根据情况，说"对"或者"不对"。我故意指错，他会认真地说："不对！"然后头离这个棋子更近了，一动不敢动（担心我指不对），还忍不住想用手去指，告诉我是哪个。这个简单的游戏，好玩极了，主要是他的表情极具喜剧效果。下次再玩时让爸爸拍下来。

感恩的心：写给北京市教委的感谢信

尊敬的教委领导：

我是北京市海淀区东马坊小学一年级二班肖靖康的妈妈。今天，我怀着激动的心情，写下这封感谢信，感谢北京市海点区东马坊小学的史校长、吴老师、肖老师……感谢这个给予孩子温暖的集体。

我的孩子不幸患有自闭症。2001年2月在北医六院确诊。从此，我们踏上了与病魔抗争之路。经过5年多时间的艰苦训练，孩子在各方面都取得较大的进步。一转眼，他已经过了上学的年龄，8岁的康康能不能上学，到哪里上学成为我们全家心头的痛。是啊，上学，对于普通孩子来说，是一件多么平常的事情，可对于自闭症孩子，上学无异是一个梦。为实现这个梦，他们要克服常人想象不到的困难，承受来自各方面的压力，付出多少倍于普通孩子的努力。今天，我想说的是，我的儿子康康已经将这个梦变成现实。

2006年2月20号，我永远不会忘记这个特殊的日子，这一天，康康终于背上书包走进课堂，正式成为北京市海淀区东马坊小学学前二班的学生。当我看着儿子认真仔细地在新书上写下“东马坊小学　学前二班　肖靖康”的时候，忍不住泪流满面，通往学校的路我们走了整整8年。

8年了，带着儿子一路走来，我不会忘记，这一路上帮助我们的善良的人们：孩子的老师、我们的亲人、朋友、同事。可以说，孩子成长道路上的每一个脚印都是用爱印上的。

康康身患自闭症，他是不幸的。但今天我想说，康康是一个幸福的孩子，因为有这么多人爱他，关心他。正因为大家的爱，使他从一个懵懂无知的自闭症孩子，变成一个小学生。如果没有东马坊小学，没有史校长、没有吴老师，没有这个关心、爱护他的集体，就不可能有康康的今天。

今年春节，康康结束了在青岛以琳（一家自闭症训练机构）两年的康复训练回到北京，回到我们身边。在尽情地享受跟儿子团聚的幸福时，我们又开始了深深的忧虑，8岁的康康是否能够上学这个问题沉甸甸地压在我们心头。尽管这几年他取得非常大的进步，可跟普通孩子相比仍然存在很大的差距。去正常学校上学，他在控制行为方面的问题、沟通上的困难、学业的压力，无论哪条都让我无法放下心来。从青岛回家后，他很爱做的一件事情就是每天晚上收拾书包，把书啊本啊笔啊放到书包里，对我说：“去学校，上学！”每次听他这么说，心里就特别难受，我不知道我有没有能力让他走进学校，圆他上学之梦。

我知道许多跟康康一样的孩子求学之路非常艰难，更多的是根本无学可上。当普通孩子的家长在为自己的孩子选择哪所好学校、选择哪些课外辅导班而发愁时，许多自闭症孩子的父母却在为孩子争取上学的权利而苦苦挣扎。那一段时间，我每天想得最多的就是：上学！上学！

我们开始四处寻找学校，经历种种坎坷。当我们怀着惴惴不安的心情来到东马坊小学，找到史校长，向她详细谈了孩子的情况后，在她充满同情和理解的眼神里，我们看到了康康上学的希望。听了我们对孩子情况的介绍，史校长也无法确认孩子究竟能不能够上学，因为，他们从来没有接触过自闭症的孩子，不知道他能不能够安静地坐在教室听课不影响别人，不知道他能不能够跟得上学业，不知道他在学校会不会发生危险……为进一步了解情况，她和另外一名非常有经验的吴老师专门来到家里看康康。史校长和吴老师来我们家的前一天，我紧张得无法入睡，不停地设计让康康做什么，才能够给她们留下最好的印象。紧张的时刻终于来了，按照我事先设计好的方案，史校长和吴老师进屋的时候，我领着打扮得非常精神的康康向她们问好，然后让阿姨带着他进屋学习，这样可以避免他可能出现的不好行为。一切都在我的安排中进展着。正当我们在客厅讨论他上学过程中可能出现的一些问题的时候，康康不顾阿姨的阻拦，拿着日记本跑了出来，他要给校长读他刚写完的日记！这可不在我的安排中，我们都微微捏了一把汗。他读完一遍，得到史校长的夸奖，又接着读了第二遍。由于他发音不很清楚，校长只听懂了一部份。他把日记本给校长看，校长夸他字写得好，他这才满意地回到房间继续学习。

史校长学过儿童心理学，对特殊孩子的认识很充分，短短的时间便对康康有了大致的了解，认为这个孩子是可教的。康康认识许多字，会写日记和简单的算术，会做手工、画画，还会溜冰、骑车、玩电脑游戏，眼神中透着机灵，动作也很灵活；欠缺的是认知、理解、交流和表达。看得出，史校长很喜欢他，愿意尽可能地帮助我们。她说过的一句话至今仍然深深地记在我心里，她说："每个孩子都有受教育的权利，哪怕这个孩子是不一样的。"为了更好地让康康适应学校新的环境，她破例同意了我们的请求——陪读。我们终于迈出了第一步，在求学的路上，康康是幸运的。

一学期学前班的学习，给康康上一年级打下了良好的基础。这期间，史校长时时关注着他各方面的情况：是否能够静得下来、坐得住，是否建立起基本的课堂常规，是否具备最基本的学习能力。她还常去教室看康康上课，向孙老师了解他上课的情况，跟我讨论孩子的问题。经过一学期的学前准备，临近放假时，史校长主动找我谈话，想安排康康直接从学前小班升入一年级。说实话，史校长跟我谈话后，我心里既激动又惴惴不安，激动的是康康终于要成为一名正式的小学生，不安的是我担心他各方面的能力还没有达到。史校长看出我的担忧，告诉我，班主任吴老师非常有经验，既有爱心又有耐心，可以先让孩子试试，实在不行再回到学前班。史校长的话坚定了我让康康试一试的决心。

暑假里，吴老师知道即将成为康康的班主任，主动找我要自闭症的资料，她想提前了解什么是自闭症，为更好地接手康康这样一个自闭症孩子作准备。当我将一大本厚厚的资料交到吴老师手上，我们彼此都感受到肩上那份担子的沉重。因为，我们担负着孩子的未来和希望。

九月一号终于来到了。正如我的预料，开学以后康康非常不适应，情绪出现较大波动，无法在课堂上坐下来听课，随意下座位、坐到暖气片上、脚放到桌子上、说话、走动……透过这些行为，我们看到孩子的不安和他的困难。要知道，自闭症孩子适应变化的能力非常差，从学前班到一年级，这个转折对于康康来说是很困难的，我们必须要有足够的耐心帮助他度过难关。如果，康康不能够约束自己，建立不起基本的课堂常规，不能够安静地坐下来，势必会影响到老师正常的教学，那么他是否能够继续在班里学习将成为很大的问题。对于普通孩子来说是最简单的事，上课不乱动、不说话、不下座位，对于他来说却非常难，需要老师无比的耐心和包容，以及一点一滴的训练。

记得那段时间，我几乎每天跟班主任吴老师通电话，讨论康康在学校的情况。尽管吴老师没有从事过特殊教育，没有教过康康这样的孩子，但她对孩子的理解和接纳，对孩子异样行为的包容，给了孩子极大的安全感和信赖感。她反过来安慰我，不要着急，给孩子时间让他适应，千万不能逼他。她的观点非常朴实，告诉我如果太逼他，让他反感不愿意上学了，再要找回他上学的热情会很困难。所以，她尽最大努力给孩子营造宽松的环境：康康上课下座位了，她总是耐心而温和地提醒他回到座位；上课出声音讲话，如果没影响到别人就忽略他，从来没有因此而批评过他；还经常找各种机会表扬他，建立他的自信心。记得有一天吴老师在电话里告诉我："今天康康的眼睛跟我对视了（自闭症孩子通常不敢跟人对视），尽管只是很短暂的几秒，但我能够感觉到他眼睛里有交流的愿望，很微妙。"她为康康的这点进步高兴不已。康康喜欢锁门，做清洁，帮老师倒垃圾，每天放学后吴老师就陪着康康把这些事情都做完再走；康康喜欢帮吴老师发本子，因此，为了让康康尽快认识同学，吴老师把同学名单给我，还同意我给每个同学拍照，回家后做成花名册，让康康熟悉认识他们。短短一个月，全班32个同学，康康全部都认识了。

康康不会跟人交流，吴老师就鼓励全班同学跟他玩，帮助他。早晨跑步的时候，小同学们都陪着他；上课铃声响了，康康不知道回教室，小同学们会拉着他一起回教室；我去学校送康康的时候，孩子们会争着告诉我："阿姨，康康又进步了。"亲爱的吴老师，通过康康，挖掘并培养起全班小同学的爱心，他们都以关心康康、帮助康康为最大的光荣。

除了吴老师，还有肖老师、韩老师、李老师、王老师、严老师、龚老师，每一个任课老师都给予康康特别的关照，他们接受他的差异，关心他的感受，随时照顾到他学习上存在的困难。要知道，老师们都承担着繁重的教学任务，既要保证正常教学的完成，还要特别关照康康。英语课上，肖老师总是给康康提供机会，让他回答问题，赞扬他，鼓励他，硬是让一个说话都不太清楚的孩子，培养起学习英语的热情。音乐老师严老师，在音乐舞蹈课上选择的舞伴总是康康；李老师在体育课上，鼓励康康做操、跑步；美术老师王老师，第一次上课后就将康康的作品给我看，夸奖他画得棒。我记得史校长曾经对老师们说过这样一句话："如果，康康是你们的孩子，你们希望他得到什么样的帮助？"

从校长、老师到同学，这个集体给了康康最大限度的接纳、包容和关爱。这一点一滴，像温暖的甘泉，慢慢地滋润着孩子的内心，他从刚刚开学时的不安、烦燥，慢慢变得安静，他在努力调整着自己。那个开学第一天在升旗仪式上乱动乱跑躺到操场上无法控制的小男孩，现在能够在半个小时的升旗仪式上规规矩矩；那个课堂上随意下座位随便讲话的孩子，现在能够安安静静地坐在教室不影响别人，还能够努力听一点点老师讲课；那个完全对他人不理不睬的孩子，开始与小同学们有一点点交流的愿望。他的自我意识、自控能力都在慢慢复苏，尽管还很微弱，但他已经开始向所有关心他爱护他的人敞开一丝心灵的门。

一学期结束了，他的语文、数学、英语各科成绩都有较大进步。学会了拼音，学会了背诵课文，学会了简单的加减法，建立起了基本的数的概念，学会了电脑打字、玩游戏，喜欢上了画画，和同学合作的画还被选中在学校的橱窗展出，体育技能也有提高，还代表班级参加跳绳比赛……尽管，他还不能够完全跟上各科的学习，但他在努力，他在努力追赶着同学们的步伐。

据不完全统计，目前中国有60～80万自闭症孩子，能够像康康这样接受正常教育的孩子少之又少，康康多么幸运。元旦前的一天早晨，我在校园里看到学校制作的新年展板，其中一幅是专门为康康制作的，主题是“全面贯彻义务教育法”，将康康的成长教育作为学校的一项重点工作。去年11月，史校长以开放的心态，同意我们请来国内自闭症专家、北京联合大学特殊教育学院的张俊芝教授到学校跟老师们讲特殊教育、讲自闭症。在学校教学活动繁忙、时间紧张的情况下，史校长安排所有老师挤出时间参加这次培训。培训结束后，史校长表示要将特殊教育这个课题延续下去，她非常希望老师们能够提前做好知识的储备，针对不同的孩子，用不同的方法实施教学。

在康康上学的过程中，我深深地体会到，一个充满爱的集体对孩子是多么重要。我无法想象，如果没有史校长、吴老师、肖老师、韩老师、李老师、王老师、严老师、龚老师，没有他们对孩子的理解、尊重、宽容、接纳、关爱，没有这个充满爱的集体，康康怎么可能在短短一学期的时间取得这么大的进步，他进步的后面凝聚着老师多少辛勤的汗水。

在这里，向各位老师表达我们深深的感谢，谢谢他们给予康康这么多的爱。

向教委领导致以我们深深的敬意，在你们的领导下才会有如此优秀的老师队伍。

我相信，在东马坊小学这个充满爱的集体里，康康一定会越来越好。

肖靖康的妈妈：邹文

2007年2月5日

温暖的小事之二十六

时间：2007年，康康9岁，在北京东马坊小学。

※跟康康玩打手掌游戏。两人玩，两个人都伸出右手，一手在上，在上面的掌心朝下，一手在下，在下面的掌心朝上。下面的手打上面的手，要眼疾手快，上面的手要迅速躲闪，以免被打到。这是我们小时候常玩的一种游戏，很刺激。跟康康玩，得先说好结果奖励，如果他打我，打到多少下可以做他喜欢做的，比如玩扑克牌；如果是我打他，打不到多少下可以玩他喜欢的。由于有奖励刺激，他非常乐于参与，并且越来越狡猾，动作越来越敏捷，得胜的机会越来越多。这个游戏对训练他的注意力比较好。

※家里新买一台笔记本电脑，自带了许多康康没有玩过的新游戏。他迷上一种叫海龟的麻将牌游戏，我准备找时间看看说明然后教他玩，没想到也就三五天时间，还没来得及看怎么玩呢，他已经把它玩开了。胜利后电脑屏幕就放鞭炮，我故意夸张地说："哇，你又赢了，恭喜你！"后来，又玩赢一局，他拉着我的手说："我赢了，恭喜你！"（对于他而言，要明白你、我、他，远比破解电脑游戏难多了。）

※吃过晚饭，康康要求玩电脑游戏海龟，我告诉他只许玩一局，玩开

了就跟妈妈和姐姐一起玩词语接龙的游戏。我拿本书坐在地板上看，过了好一阵，想小儿今天怎么总玩不开，因为没有听到放鞭炮。姐姐过来说，发现他快玩开的时候就重新发牌，所以玩了这么久一局都还没有开过。

※每天游完泳，康康跟姐姐坐公交车回家，姐姐故意坐在离他很远的地方。每次听到售票员报下一站是我们家那站时，他就站起来走到门边刷卡，刷完卡没忘记去叫姐姐："姐姐下车！"

※在游泳馆，爸爸故意带康康到深水区，想着深水区他踩不到底，可逼着提高他的水平。康康坐在池边，说："这是深水区，水太深了，爸爸下去。"他心里清楚着呢，并不上当。

※"爷爷知道密码吗？""李老师表扬我棒了吗？""妈妈你知道了吗？"又一组问句。最近发现他问句越来越多，不过到目前为止，基本是这一种句型，有待继续拓展。时间、地点、人物、事件等还没有出现过。生活中设置情景教，这点还是做得不够。

※在饭馆吃饭，康康总喜欢跑到别人的桌子旁边去看人家桌上都有什么菜，乍一看他外表如此正常，却做出这种不合适的行为，让人很是惊愕。

※康康突然发现用手抠抠肚脐眼有臭味，每次抠完就坏笑着把手伸到我和姐姐鼻子下面，让我们闻。

※在饭馆洗手间，康康总想看看女卫生间里面是什么样，他记住了妈妈的话——"男孩子只能上男厕所"，但还是忍不住要站在女厕所门口往里探看，看完后会告诉妈妈："有5格。"（或者3格）

温暖的小事之二十七

时间：2007年，康康9岁，在北京东马坊小学。

※在农贸市场，康康总喜欢跑到卖鸡蛋的摊前，用手去捏捏鸡蛋，尽招来白眼。那天爸爸还赔了人家一个鸡蛋。

※写购物清单是康康最乐意做的事情，范围通常是他的吃的喝的和厨房的粮食调料等，大到大米，小到酱油一应俱全。今天的购物清单足足写了23条，家里的东西什么有什么没有，他比我清楚。以至于今天带他到超市，买了点虾，拿不准美极鲜汁还有没有，问他，他肯定地说："家里还有！"信了他，没打电话回家跟阿姨核实，回家一看，果然还有。不过，冗长的购物清单可以在商量下有条件地压缩，要随了他，钱包该遭殃了。

※康康今天写了3篇日记，非常自觉主动。原因嘛，当然不是勤奋好学，而是因为日记本就剩下3页了，他一心惦记着要把它写完，所以中午一篇，下午外出归来又一篇，还有一页纸，实在没得写了，自己绞尽脑汁，把拌皮蛋的过程记录下来，终于如他所愿把这个本子写完了。要知道，皮蛋是他亲手剥、亲自切、亲自拌的，放了至少不下6种调料，那几种调料的名字有两种对他是非常难的（特晒酱油的"特晒"两字，蒸鱼

豉油的“豉”字），害得他跑了好几趟厨房才把这篇“日记”写完，精神非常可嘉。说实话，他拌的皮蛋很好吃，绝对不亚于妈妈。姐姐总建议将来他往厨师方向发展，如果有可能，当然是不错的主意。看他写的日记，我才知道原来还放料酒了，赶紧告诉他，料酒要炒菜才放，凉拌菜不能放的。

附日记：

今天我剥皮蛋，拌皮蛋。放了许多调料：古币香油、山西老陈醋、海天酱油、特晒酱油、料酒、美极鲜汁、蒸鱼豉油。舒阿姨帮我炒了辣椒。我拌的皮蛋很好吃。

※新笔记本电脑的密码，一直没有告诉康康，担心他放假在家总迷着玩游戏，规定只有我们下班回家才可以玩一会儿，密码由我输入，他必须闭上眼睛。刚开始几天他都非常老实，眼睛闭得紧紧的，后来就越来越不老实了，总想睁开一条缝偷看，不小心被他看到个大概。小子以为得逞了，立即把我输入的密码删掉，把他偷看到的输入进去，一脸坏笑。

※早晨送康康上学，在北清路上车速比较快，突然看见路前方一个下水道井盖被掀开，已经来不及避让，随着我的“哎呀”惊叫，车骑着上面过去了，有惊无险。这时，康康突然冒出一句：“好吓人啊！”姐姐忍不住赞：“康康这句话接得真好！”

不知是否因为得到表扬，康康接着发挥他的精彩。没过一会儿，一路口行人横穿，我按了两声喇叭示意，声音并不大，他又立即接话：“吓死我了，妈妈按喇叭！”

注意这两句话的不同：“好吓人啊！”“吓死我了！”分别用在这两个地方，再贴切不过了。

“吓死我了”，是继好几个月前在家里摔破一个玻璃瓶子后的第二次说，只不过，从他口里说出的“吓死我了”别有一番味道，基本上感觉不到吓的那种状态，主要是因为语调和表达的内容不匹配，挺逗的。特别是第一次，当他在厨房把瓶子摔坏了，他一字一顿地说：“妈、妈、吓、死、我、了！”惊喜的同时也笑坏了我。

偶尔，他总会闪出一点火花，给我们惊喜。

※不知不觉，康康已经拿下乘法，除法正在攻克中。他的机械记忆好，乘法口诀背得快。课堂上吴老师提问，别的同学答不上来，他飞快地替人回答。

温暖的小事之二十八

时间：2007年，康康9岁，在北京东马坊小学。

※一不小心，康康学会了跳“八字”（两个人摇绳，其他人排着队轮流跳进去再跳出来，难度比较高）。

※康康不会笑，是的，就是不会笑，我肯定没有说错。平时大家看到照片上他的那些笑，全部是坏笑，他只有干了坏事或者试图干坏事才会有那样灿烂的笑。于是姐姐教他笑，终于在国庆回老家的前一天学会了。当他为了讨好我故意冲我笑时，我是第一次看到他这种笑，被他的笑搞晕了，直接笑倒在沙发上。那怪异的表情配上几声诡异的笑声，从我到他爸爸再到大姨三姨外婆蒙蒙哥哥，所听者无一幸免，笑倒一片。

从另一个角度说，康康带给我们很多欢乐。

※康康偶然发现漏勺盛水会漏，于是想办法，用抹布包住，绳子系紧，还是漏。再用毛巾包住，包几层，仍然漏，只不过漏得慢一些。我们引导他再试，用保鲜袋包住，果然不漏，然后帮助他归纳总结。

※暑假里，康康偶然把碗摔破了，这激发起他想试试碗如何才能摔不破的兴趣，于是准备实验。带他去市场买了两个便宜的碗，从单位带

回几张包装海绵，让他参与包装好，分别在不同的高度摔到水泥地上、草地上。高度高一些他就小心翼翼，放低了轻轻摔到地上，他担心摔坏。再用报纸包住摔。除了包装的知识，还引伸出陶瓷类、塑料类、玻璃类、纸制品、木制品等分别的属性及特点，他基本掌握。自己还学会泛化，琢磨出陶瓷杯子在木地板上摔不坏。实际应该是木地板上不容易摔坏。对这种比较模糊的概念，比如“不容易”“差不多”“有一点”等，他比较难理解。记得甄老师说过，要从典型的开始教，不要教边缘性的东西，否则孩子很难理解，比如教感觉——冷，一定是很冷的，热一定是很热的。教认知也一样，越典型，越容易理解。

实验完成后，让他在本子上做选择题检验学习效果，真正理解才达到目的。没有忘记最后要归纳总结。学习完成一件事情后的归纳很重要，有助于他形成推理。康康喜欢凡事琢磨，这种理论结合实际，让他在体验中感受学习的方式很适合他。

※昨天下午，康康参加学校跳绳比赛，单摇，30秒钟，27个。成绩一般，重在参与。晚上让姐姐看时间，我试了试，30秒钟40个，我比康康好不了多少。

※康康会用《新华字典》有一段时间了，不过只会通过拼音查，偏旁部首查还没学会。以前是用手机或电子词典查不会写的字。

※康康又上学校光荣榜了。在这学期第一阶段的数学口算、字词验收中，成绩优秀。

※康康终于在大约1个月前把游戏《小兔子的旅行》中最高难度级别的“过小桥”拿下，那高兴劲是少见的。中间经历了无数坎坷和曲折才学会。

※康康以前无论写作业还是玩游戏，都只做简单的，现在专捡难的做。以前不会做就哭，现在说：“妈妈教我！”

※某个周末下午，我在睡觉。康康路过我房间的时候，主动对姐姐说：“嘘，小声点。”然后轻手轻脚地离开。据姐姐说，因为表情不自然，样子十分滑稽又可爱。

※一天，让康康把南瓜搬进屋，他首先问姐姐：“南瓜重吗？”（如果重，小子就不准备搬。）

※“妈妈，床打破了。”那天窗帘掉下来，窗帘杆把床边磕破了，晚上睡觉时康康指着床边对我说。

※国庆后上了一次公开课，老师家长约10来人旁听。由于教室的电教设备坏了，临时换了教室，姐姐没进去陪。吴老师说康康非常稳定，自己安静地坐在座位上，没有任何不合适的行为，表现超出她的预期。

※“我只要今天，不要明天！”星期天下午，康康在外出玩回家的公交车上，恨恨地说。（明天是星期一，要上学。）

温暖的小事之二十九

时间：2007年，康康9岁，在北京东马坊小学。

※软陶课，同学们都喜欢做沙画，康康也喜欢。那天上课时，老师进教室就告诉同学们今天做沙画，康康立即拍手欢呼，完全是有感而发，十分自然。姐姐说其他同学也拍手欢呼了，康康的欢呼跟他们完全同步。那天的沙画，康康做得很漂亮。

※半夜，康康笑醒了。问他笑什么，答不上来。问他梦到谁了，笑着答："王教官。"王教官是他军训时的教官，好几个月了，康康还总念叨他，经常学着王教官的样子，在家一边大声喊"一、二、一"，一边操正步，极其认真。甚至在刚买回家的一本新书第一页填写"最喜欢的人"那栏时，"王教官"代替了"妈妈"。想必，军训中王教官跟他玩"拔萝卜"，给他留下了很多美好的记忆。

※在球馆练乒乓，康康说累了要休息一下。一会儿回来时，他手里握着两枚游戏硬币（乒乓球室新增了类似游戏的篮球投篮，康康很喜欢玩，2元一个币，姐姐只让他玩一次），他自己去服务台换的（我们办的卡，消费是记账刷卡）。姐姐到服务台问，服务人员告诉她："那个小孩子说是姐姐同意了的。"他越来越有心眼了。

※“小草盖被子了吗？”这是在放学路上，康康看到路边的万年青四周都搭上架子（准备盖上一层毡子过冬天），向姐姐提出的一个问题。姐姐给他讲了这些植物为什么要盖一层毡子过冬天的道理。

※“绿灯，可以过。”这是早晨在上学的路上，路过一个红绿灯路口时康康脱口而出的一句话，特别应景，特别自然。我再一次体会到多用陈述的方式对他说话的好处，我们后来不再总是动不动就问他考他，不让他养成被动回答的习惯，而是激发他主动说话，说适合情景的话，做到有感而发。

※周六下午，准备去球馆打乒乓球。康康对爸爸说：“爸爸不用车。”我们明白他这句话的背景。前几天打乒乓球，爸爸一起去，中途有事把车开走了，打完球后，我们只好走路回家（球馆比较偏僻打不到车）。这次，他是担心爸爸又把车开走，所以提前给爸爸打招呼。能够将过去的经历和未来事件结合起来并提出合理要求，这说明他的记忆力、思维能力都在提升。

※一天晚饭后，跟他玩听力游戏。我快速地说出7位数字，他可以准确地复述，当我说到8位的时候，他就记不全了。这时，他看到桌子上的手机，立即拿起来，问：“可以输吗（把数字输到手机里面）？”于是，我再报数字的时候，他都飞快地输入手机，然后回答全部正确。

有些时候，发现他解决问题的能力超出我们的想象，其实我们所有的训练，不就是让他具备在实际生活中解决问题的能力吗?

※跳完绳，康康指着旁边花瓶里的富贵竹叶子问我：“这是什么叶子？”

类似这样的问句，对于他仍然是很可贵的。

※康康还想玩电脑游戏，但事先说好的时间已到，不能再玩，他告诉我："看一看漏斗怎么漏的？"漏斗，游戏里是用于计时的。他问得很准确，十分符合情景，小心眼要得很成功。

※晚上到我们该下班回家的时候，康康就站在窗户边等。那天我加班，爸爸有事，他左等右等没等到我们，咧开嘴哭了，说："爸爸妈妈没回来。"他对我们的情感依恋越来越好。

※周六，家里的南北阳台都封上了。收拾干净后，晚上我和姐姐把他以前学习的小桌子搬到他那间屋的阳台上，在墙上贴上他喜欢的中国地图。他兴奋得很，在阳台上转来转去，一会儿要在阳台写毛笔字，一会儿要在阳台学习，并且自己把屋里的书啊本啊玩具啊搬到阳台上，把拼好的碰碰吸玩具摆来摆去，在阳台上写了两篇毛笔字才罢休。（他对新鲜事物的好奇，跟普通小孩子一样，表现也十分正常。）

温暖的小事之三十

时间：2008年，康康10岁，在北京东马坊小学。

※大约在一年前，以一根冰棍为诱饵，康康在几分钟内战胜自己，学会了骑大人的自行车，骑得溜溜熟（当然前提是会骑小车）。后来，基本没有再训练。上周带他出去骑车，不敢骑了，不停地喊："妈妈辅助！妈妈不辅助会摔倒的！"老妈和姐姐辛苦几个小时后，他又可以自如地骑了。只是，上下车还得帮他。

两天后，经过指点，他可以自己上下车，只是上下车都是初学者的姿式。上车是上死车，将右脚踏板调整到比较高的地方，右脚一脚踩下去，屁股一撅，坐上去。上车是静止的，比较顺利也比较正常。而下车是动态的，难度大。正确的操作应该是捏住刹车，右脚伸到左边，踩地，下车。但康康是捏住刹车，左右脚一齐从左边或者右边跳下。左边跳下比较易于把住车，右边跳下难度较大，通常是跳下后将车扔下，自己站稳。

星期天上午和下午，天气不错，我在小区跟着他跑了差不多两个小时，他骑多快我就得跑多快，好久没练长跑了，累得腰酸背痛。目前，下车仍然在进一步训练中。

在骑车这件事情上，看到康康战胜自己、挑战困难的勇气，挺让我们感动的。

※几天前，姐姐示范了一把百度搜索游戏，妈妈再稍加指导，康康已基本学会。如今，他可以熟练地在百度上搜索喜欢的“连连看”游戏，如宠物连连看等，在线玩，不亦乐乎。看来，张老师让我给小子申请了一个邮箱，她要跟他用邮件交流的愿望不用太久就可以实现了。

※姐姐带康康到湖边玩冰。回家时，在马路边的超市门口，姐姐突然躲了起来，康康转身看不到姐姐，立即原地站住，东张西望找，寒风中足足等候了10分钟，直到姐姐出现。

※一天晚上，我告诉康康：“明天妈妈和姐姐要去医院看病，到北医三院。”提前让他有思想准备明天自己在学校上课。第二天早晨，我随口问他：“康康，今天我和姐姐要去医院看病，去哪个医院啊？”

“宠物医院。”他脱口而出。我们大笑，他立即觉得不对，大声地说：“宠物医院，不对，去北医三院！”

因为团团的原因，最近去宠物医院次数比较多，他记忆深刻。趁机，我给他强调宠物的概念，正好他在学的《语言起步》上有宠物这一节内容，现在，概念掌握得非常好了。

※昨天晚上吃饭时发现电饭锅坏了，讨论修电饭锅的事。维修点在昌平，姐姐说她可以带康康去。我们认为太远太冷，还是爸爸有时间开车去。康康自顾自吃他的饭，没发言。没想到说者无心听者有意。今天上午在学校，他就对姐姐说：“下午去昌平修电饭锅！”下午1点多，接到他打来电话，告诉我要去昌平修电饭锅。想想也是一次社会实践，索性让他去。晚上6点多钟，我们下班回家，他和姐姐已经修好电饭锅回来了。姐姐说他坐车特别听话，在维修部也很听话，只是好奇地看着工程师叔叔拆开电饭锅、换零件。这正好是他非常喜欢的活儿。

※在WII游戏上打网球的时候，康康选择双人的，左手打右手。这是他自己发明的玩法，真强!

※“张老师教不会了吗？”那天，张俊之老师特意来家里看康康。康康教张老师在电脑上玩青蛙祖玛，教了好久张老师还操作不好，总输，康康急了，哭着问，而且还哭得很伤心。

本来让康康教是为建立他的自信，但没想到亲爱的张老师确实在玩游戏上悟性不高。这不是故意设计的。他教的时候我们全程仔细观察，用张老师的话讲，太正常了。康康手把手教她，简单的就放手把鼠标给张老师操作，看着要输了就赶紧自己上，一只手按着张老师生怕她再乱玩。等他把局面控制住又交给张老师玩，如此反复多次。

※“可以把照片导出来吗？”晚上康康问我。“可以啊，一会儿我教你倒照片。”只示范了一次，他就基本学会了如何把照片从相机倒到电脑里面。“哇，康康学会了!”我们很夸张地赞扬。他很有成就感，说：“还要继续会吗？”其实他是想说还想再倒一次。我说：“当然可以。”他举起相机，对着妈妈、姐姐、书桌、电脑一阵猛拍，然后，插上数据线，在电脑里新建文件夹，给文件取名，相机里面拷贝，到新建文件夹里粘贴，完成。真的好棒。从此，妈妈可以偷懒，一声使唤就成：“儿啦，把照片倒出来吧!”

温暖的小事之三十一

时间：2008年，康康10岁，在北京东马坊小学。

※康康跑步有大进步。早晨陪他在学校跑步，突然发现他现在跑两圈400米，中间不用休息，基本上可以一口气跑下来，当然是匀速地跑。最好的成绩是体育课上跑了800米。记得一年级时跑200米需要停好几回，甚至坐在地上，气喘吁吁的。他的耐力比以前好了。

※康康特别记录：10岁这年，开始自己洗澡，自己睡一张床；10岁这年，开始对吃饭有要求，经常安排外婆买他喜欢吃的菜，做他喜欢吃的菜，最近喜欢粉蒸肉；10岁时体重43公斤，身高1.40米（9岁时，体重34公斤，身高1.30米）。

※“大舅妈，你把团团带来给我玩吧。”在康康姑姑家，2岁半的小小对我说。

“好啊，你把糖给我，我就带团团跟你玩。”小小手里拿着一小袋奶糖，摇摇头，赶紧把手背到后面，怕我抢。

说时迟那时快，坐在我旁边一声没吭的康康以迅雷不及掩耳之势，飞快地从小小背后把糖抢了过来扔给我，看着小小露出他招牌式的坏笑。奶奶、姐姐和我吃惊得睁大眼睛，反应过来后立即哈哈大笑。从来没有看到过康康这样的动作和表现。平时跟小朋友抢抢东西倒是有的，但这次的行为跟单纯抢东西完全不一样。原本这事跟他没关系。但他关注到了我跟小小之间发生的事，理解了我们之间的对话，还做出如此精彩应景的举动。我们怎么能不惊喜？

太棒了，可这种精彩通常只是昙花一现。

※康康在姑姑家玩。姑姑病了去医院，可能是觉得康康很乖很听话吧所以去医院都带着他。下午医院快下班了，他们俩火急火燎赶到医院，挂号后到急诊抽血，姑姑抽完血在旁边整理单子。突然听到康康大声地说："康康不抽指血，康康不抽指血！"姑姑一听不对，回头一看，护士正拽着他的手抹酒精消毒，准备下针呢。姑姑冲过去把康康解救了出来。先不说护士怎么粗心，且说康康，估计他是看姑姑抽完了，自己把手伸进去想试一下好玩，结果被粗心的护士捉住，自己又辩解不来，只会说"康康不抽指血"，护士还以为是孩子害怕所以这么说。真险！

※"三年级上了上四年级，四年级上了上五年级，五年级上了上六年级，六年级上了上初中，初中上了上高中，高中上了上大学，大学上了上研究生，研究生上了上博士，博士上了上博士后，博士后上了就没有了。"这段话，康康在暑假里时不时念叨。起因于他知道开学自己就是三（2）班的学生了，于是顺着推，四（2）班、五（2）班、六（2）班。当他刚推到七（2）班时，我告诉他正确的答案。于是他牢牢记住这个答案并颇有兴趣。只是，他竟然告诉我，他也要上博士。

※自打春节三姨来我们家做了一次手抓羊肉，康康就爱上了这口，时常念叨着要吃。昨天外婆又做了，只是大大低估了他的实力，爸爸回家连肉腥都没沾上，全被他干光了。吃完后，康康腆着他的肚子对外婆说："羊肉太少了，明天多买点羊肉！"我们看排球时，他从冰箱里拿

出外婆没做完的生羊排，对我说："这个不做，冻起来，买新鲜的。"晚上睡觉时也没忘记嘱咐我："23号去城北市场买新鲜的羊肉（我承诺他23号周六去），康康想吃新鲜的。"

终于等到这天，他也会提需求了。

※康康会睡懒觉了。暑假里创下最长的懒觉记录是：从头天晚上12点30一直睡到第二天中午12点，还是我们叫醒的。许多年前康康爸爸曾经说过："如果有一天康康能够睡懒觉就好了！"当年有严重睡眠障碍的康康，今天能够睡懒觉，谁说不是我们的福气？正因为如此，对他睡懒觉，我们总是非常宽容，而且欣赏。

一定要让他享受普通孩子的乐趣，睡懒觉就是其中之一。

铭心记忆：康康在旅途

带儿子长途旅行，放在两年前，想都不敢想。他4岁半的时候，一家人去威海旅游，那次回家后爸爸发誓这辈子再也不带儿子出去旅游。当年爸爸肯定没有想到，儿子现在简直就是一个小小旅行家。从去年北戴河三天短游，到今年再游北戴河，我已经完完全全坚信，可以放心地带他旅行。

票是一定要给他看的，让他了解出行的时间安排。临睡前在床上看完机票，他笑了又笑。第二天早晨在上学路上问："我可以微笑吗？"这是他表达极度高兴的特有方式，源于他经常坏笑，我们告诉他不许坏笑，他自己总结出微笑比坏笑好。当然，我批准他微笑了。

听到我无意中跟姐姐说，可以考虑试试让他自己坐飞机，他便提出要求来："康康自己坐飞机去成都，挂无人陪伴的牌子（暑假时源源弟弟挂着无人陪伴牌子坐飞机过来，他十分羡慕），妈妈不去！"本想试一下我偷偷跟着他乘同一班飞机，但考虑再三，还是没敢答应。这次先看看情况摸摸底，明年再实施，12岁以前都有机会的。

因为他总念叨要在飞机上喝饮料吃面包，所以定了中午的飞机。喝饮料吃面包都可以满足，还有一顿正式午餐。放下小桌板，三杯番茄汁下肚，他抹抹嘴很惬意。他的快乐就这么简单。

在飞机上，陪他上了一次卫生间，告诉他如何反锁门。之后的几趟飞行，上卫生间的事，就完全由他自己搞定，我甚至都不用远远地在座位上遥望。他没有动不该动的东西，也没有玩水上瘾久久不回，更没有影响他人。卫生间有人的时候，他安静地站在外面等候，里面的人久等不出来，他又回到坐位等（在卫生间门口朝着我喊了几声“妈妈”）。返京时，他在飞机上掉了颗牙齿，流了血，也是自己到卫生间处理的。还是在返京的飞机上，我和他爸爸放行李还没坐定，看到他拿一个手机，把手伸到前排椅子缝，说：“手机给叔叔吗？”原来，是前排另一个阿姨的手机掉了被他捡到。不用我们告诉他，他知道捡了东西要还别人，还可以自己判断出是前面的人掉的。只是，他还不会用准确的语言表达，于是我教他：“阿姨，这是你掉的手机吗？还给你！”“阿姨，你的手机掉了。”语言仍然是他最大、最外显严重、影响他交流的障碍之一。

起飞前，空姐提醒关闭手机，他听清楚了并牢牢记住。每次上飞机坐定后，不用空姐提醒，他都会主动问：“爸爸的手机关了吗？妈妈的手机关了吗？”还要挨个检查。规矩对他，很重要。

返京时，托运了三个包一个大纸箱子。等行李的时候，他很专心地看着传送带，我们的行李远远地过来了，我和他爸站着没动也没吱声，他迅速跑到前面使足劲取下行李拎过来放到推车上，四件行李都是他这样搬运下来的，我和爸爸手都没伸一下。

从丽江客栈出发，客栈老板给我们找了车。当司机进来帮我们拿行李时，我正在跟老板说话没看见，康着急地过来，说："包包不给别人吗？"他担心包被别人拿走了。无论对人还是对事，他的关注度都非常高，并且有正确的反应。

在丽江，我和他爸爸还做了一个非常大胆的尝试——一天晚上，把他单独留在客栈，提前跟他说好："爸爸妈妈出去买点东西，你玩电脑游戏。"另外，把我的手机留给他，告诉他："如果有事就打爸爸的电话（让他背了一遍爸爸的电话号码），不要出去。"他答应了。中途我们打了个电话回去，他说他在玩游戏。两个小时后我们回到客栈，他仍然在安安静静地玩他的，还吃了两颗金丝猴奶糖。

一路上，尽管是自助游不跟团不用太紧张，但整个旅途还是蛮辛苦的。坐长途汽车，他晕得一塌糊涂，呕吐后很听话地半躺在靠椅上；在泸沽湖拉肚子拉到脱水，上吐下泄肚子痛那么难受，他除了哎哟哎哟呻吟，让我给他吃药，念叨再也不吃辣椒了（他以为是吃了辣椒拉肚子肚子痛），一点没有哭闹。稍稍好些后，下午他还坚持跟我们一起出去转悠了好几个地方。他的听话配合更不用多说，即使行程临时有所改变调整，只要说给他听，他完全能够接受。基本上，我们不用特别想着要照顾他。

整个行程安排，我都提前告诉他，哪天到哪里他记得清清楚楚。转往另外一个地方的那天早晨，他睁开眼睛的第一句话一定是那个地方的名字。到了目的地后，他又开始盼望着下一个地点。或许，没去过的地方永远最有诱惑，对他也不例外。

从旅行中点点滴滴的小事，都可以感受到他的进步。无论是自理能力、独立解决问题的能力，还是遇到各种问题的承受能力（比如晕车拉肚子等），都有比较大的进步。并且，整个旅程，他都充满热情和期待。

实践是孩子最好的学习方式，也是社会性教育的最好机会。一路上，我提前做了些准备。从出发前看机票了解行程，到坐飞机办理登机牌、托运行李，每个过程都带着他，先做什么再做什么，边办边讲给他听，并尽量提供机会让他去尝试，比如看登机牌找登机口、找座位等，让他亲历亲为，不断学习体验。每到一个地方，也是边玩边讲，这个地方所属省份、我们玩的主要景点名称、最有特点的风俗、最有特色的小吃，都一一告诉他，重点的写出来强化，让他了解。回家后带着他把所有的机票、车票和门票整理好，一起回忆并记录整个旅行的要点。时间、地点、当地玩的主要景点、吃过的东西、当地的主要民族、见到的人，他基本可以简单地写出来。他经历过感知过的，记忆就最深刻。

旅行中，我感受到儿子的轻松和快乐，除了身心的彻底放松和难得一家人十几天的亲密相处，更有他感受到爸爸妈妈对他深深的爱和他对我们的无比依恋。这趟旅行我们彼此收获都很大。爸爸甚至说，以后要带着儿子做背包族。

期待着那一天。

补记：整个旅程，他的最爱就是棉花糖，吃了一路，后来竟然会说："天上的白云像棉花糖，可以吃吗？"（这个"像"是在我的提示下完成的）

2008年10月17日

温暖的小事之三十二

时间：2008年，康康10岁，在北京东马坊小学。

※昨晚，我突然很想看康康洗澡，他刷牙时我就到卫生间候着。结果人家刷完牙准备脱衣服了，很正式地对我说："妈妈出去，别人不能看，把门锁上。"我只好很自觉地出来。前不久有一次，他半夜尿尿，闭着眼迷迷瞪瞪，我扶着他到卫生间。尿到一半，他突然清醒，看见我站在旁边，说："妈妈出去吗？"等我出来，他把门反锁了，才接着把那半泡尿尿完。

※晚饭后康康边玩边学，爸爸看儿子这么听话这么可爱，过来跟他起腻。结果儿子顺杆爬，要爸爸荡悠荡悠。学完后，康康自己抱来沙发上的毯子，爸爸突然板下脸说不行，说儿子太重毯子会破。儿子兴致正高，爸爸怎么这么没意思？我递了几个眼色他竟然装着没看见，只好直接上手掐了两把，这才理会。我和爸爸加姐姐分别拽着毯子两头，儿子躺在毯子上，只荡了几下就荡不动了。45公斤呢。然后我和姐姐装着很夸张地说："哇，康康你太重了，我们荡不动了！"看我们累得气喘嘘嘘，他高兴得很，把毯子扔到一边，激动地说："不要毯子，直接荡悠荡悠！"好一个精彩的"直接"！这个词儿绝对是第一次说，而且用得那么准确！后来我教导榆木爸爸，通过我们夸张的表情让儿子理解到自

己重，比直接告诉他效果好得多，再说这样的游戏他十分开心，还体会到什么叫“累得气喘嘘嘘”，一举多得，何乐而不为?

※最近几天，康康开始念叨他幼儿时期的老师。问我：“幼儿园有董老师吗？幼儿园有宋老师吗？”这两个老师都是他幼儿园时期的主要老师。再问：“幼儿园有田老师吗？”田老师是他在培智训练时的个训老师。前些天去爬百旺山，我告诉他周末爬百旺山，他第一句话就是：“在上庄家园的时候不去百旺山吗？”他总是以提问的方式表示肯定。天哪，他竟然记得在上庄家园的时候爬过百旺山，那个时候他应该只有4岁。并不是说他现在才有记忆，而是现在才开始慢慢具备表述以往事件的能力，目前还处于刚刚萌芽阶段。或许将来某一天，他还可以把以前的感受讲述出来。

※桐桐家有个张阿姨，张阿姨是做饭的。康康在桐桐家饭桌上，问张阿姨：“你叫什么名字？”张阿姨说她叫张国全（音），康康于是想起自己家的李阿姨叫李桂花，之后更展开广泛而丰富的联想，问：“张阿姨的手不并起来吗？”“天哪，乖乖，你家李阿姨的手残疾，我的手可不想残疾！”吓得张阿姨花容失色连连声明。我们几个哈哈大笑。（注：桂花左手残疾，有3个手指只有半截并且连在一起，但不怎么影响干活。康康很好奇，自己总结：“李阿姨的手并一起了，分不开了。”后来告知他李阿姨手残疾了，但他仍然喜欢说“并一起了”。）

※晚上带康康做阅读理解，课文是《冬天的风》。其中一题目：看例句，用加点的词写话。

冬天的风，一会儿吹到东，一会儿吹到西。（一会儿一会儿下面加着点）

康康用手托着头，使劲想使劲想，把例句读了又读，终于，灵感来了：

冬天的风，一会儿吹到北，一会儿吹到南。

※“这个广告牌换了。”上学路上有个路口常年立着一块巨大的广告牌，早晨路过那里，康康告诉我们。我和姐姐都没有看见。快到学校时，他又说：“大风车在转。”我和姐姐也没有看见，就问他：“什么大风车啊？”他说：“电线上的大风车在转。”原来是高压电线上的什么东西被风吹着，确实像风车。

他对外界的关注越来越多，越来越好。

※晚饭后，康康把我和他的中药倒出来放到微波炉里加热，然后倒两杯白开水一人一杯。他先端着杯子闭上眼睛一口气把药喝完了。轮到我喝的时候，我故意大声地说：“好难喝啊，怎么办，喝不下去啊！”他看了看我，很平静地说：“妈妈闭上眼睛，勇敢。”

现在他的自然语言越来越多。

喝完药学习，他问我：“我勇敢了吗？”原来我忘记表扬他了，赶紧说：“你太勇敢了，比妈妈还勇敢。”他接着说：“咕咚咕咚就喝下去了。”他喜欢获得肯定和赞扬了，更高层次的需求在发展。

温暖的小事之三十三

时间：2008年，康康10岁，在北京东马坊小学。

※“星期六去哪里玩？不去王阿姨家了，去过了。”昨天晚上睡觉前，康康问我。“你想去哪里玩啊？”我把问题抛给他。他说：“去河边玩冰。”这是他第一次主动问“去哪里”，值得纪念。

※总忍不住想记下康康的点点滴滴。这些平平常常的话平平常常的事，对于他来说，不平常；对于我们来说，很宝贵。清楚地记得他5岁半的时候在青岛，爸爸带着他在家门口那条路上散步，看到一棵圣诞树，他脱口而出：“圣诞树！”爸爸稀罕得不能够再稀罕，激动地连夜给我打电话报告。只是那样的分享式语言之后几乎再没出现过，直到今年才又重新萌芽并呈现欣欣向荣之势。

关于提问，学会的第一句问句是“妈妈呢？”是6岁那年在青岛的家我故意躲起来，让阿姨拿着写着“妈妈呢？”的纸条，教会他问的。这之前他如果没看到妈妈就嘴里喊着“妈妈”四处找。从6岁到10岁这四年里，他慢慢地学会了更多的提问，直到现在，还没有问过“为什么”。

经常在网上看到小孩子的家长问孩子不会提问怎么办，这是一个漫长的过程，必须等到他的能力全面提升，认知、理解、语言方方面面从量变到质变，才可能水到渠成。

继续努力，盼望！

※“哎呀，今天真累！康康，我好累啊！”地铁里，就一个座位，康康坐着，我站在他旁边如是说。听到我喊累，他起身站起来，说：“妈妈坐！”我的小儿，他终于也能够听懂一点点话外音了。再补充一例：爸爸从成都回来，买了他最爱吃的手撕牛肉，吃饭时他拿了一片撕着吃，我故意咂咂嘴，说：“手撕牛肉好香啊，我好久没吃过手撕牛肉了。”他看了我一眼，把手上那半块递给我：“妈妈吃。”

※周末带康康到圆明园玩。在冰面上玩的时候，忽然听到脚下的冰咔嚓咔嚓响，原来是冰太薄，一踩就裂缝了，但水还没有溢出来。我心里一惊，说时迟那时快，只见儿子像兔子一样，舍下老妈迅速跑到岸边跳了上去。我一边小心翼翼地往边上走，一边笑，儿子惊慌的样子和像兔子一样敏捷的身手实在好笑之极。事后，对他重新强调了薄冰危险，不能够上去，表扬他往边上跑是对的。没有告诉他应该救妈妈，这应该是下一步的事。回家后，他自己主动写了“冰咔嚓咔嚓响冰太薄危险”，这件事给他的印象特别深刻。

※“妈妈，到点了吗？天亮了吗？”早晨5点，儿子起床尿尿后，躺在我旁边，迷迷糊糊地问。“睡吧，天还没亮呢。”我摸摸他的头，轻轻地在他的被子上拍着。“太阳出来，天就亮了。”儿子的声音越来越小，又睡了。我却再也睡不着。2005年夏天，朋友苏红的一对女儿从美国回来，在我家住了两天。3岁的平平跟我睡，早晨她用半生不熟的中文问我：“天亮了吗？”爱死我了，同时又很心酸，那时不知道我的康康何年何月才会像平平一样问“天亮了吗”。那个时候，他还在青岛以琳训练。转眼3年半过去了，终于康康也会像平平一样问：“天亮了吗？”

※“妈妈我要拉屁屁。”洗完澡穿好衣服，康康打开卫生间门向我请示。知道他这段时间的习惯是凡事都要通报妈妈，于是我首肯。他准备拉屁屁，关门时探出头补充一句：“穿着睡衣拉屁屁。”洗完澡可不是穿着睡衣吗？过了好一会儿，听他在里面说“太臭了”，动静还挺大。终于打开门，我进去看到马桶刷放在一边，洁厕净也放在一旁。他主动告诉我：“马桶太臭了，用洁厕净洗一洗。”说完又按下冲水按钮，然后笑着说：“脸太麻了。”“怎么麻了？”“洁厕净麻了。”听他这么说我心里有点打鼓，赶紧问：“是不是把洁厕净抹到脸上了？”我做了个抹的动作。他说：“没有抹脸上。”再引导，问：“是不是洁厕净倒马桶里溅到脸上了？”这次说“是”。赶紧用清水给他洗脸，没发现烧伤。告诉他，洁厕净有腐蚀性，不能洒到手上，不能接触皮肤，要不然手会烂掉的。拉过他的手闻，手有点臭，问他：“手怎么有点臭？”他弯下腰笑得咯咯咯的，说：“屎太多了冲不下去。”“是不是用手抠马桶了？”“是。”我的天呀！赶紧抓住机会教导，首先肯定他自己冲马桶是对的，洗马桶也是对的，然后告诉他，如果冲不下去，可以接一大盆水冲，或者请妈妈、外婆和姐姐来帮忙，不能用手抠马桶，马桶太脏，太臭了。他笑着答应了，用肥皂洗了三遍手。这个过程中，爸爸站在门外，竟然黑着脸，威严地批评：“手可以去抠马桶吗？”康康大声地阻止：“爸爸你别说了！”爸爸这才闭嘴。我年年讲月月讲天天讲，在教育儿子的问题上那个人就是不开窍，关健时候就忘记了他儿子是个自闭儿。

铭心记忆：康康第一次“独立”坐公交车

之所以把“独立”打上引号，是因为有人暗中监视，当然他全然不知。

事情是这样的。周六晚上在小小妹妹的热情邀请下，康康去了姑姑家。原计划我周日早晨去接他，后来有事没去成，想想干脆让他坐公交车回来。给姑姑打电话，话还没说完，姑姑就一口否定，说我完全是异想天开，她开车给我送回来。待我如此这般讲了我的方案后，她才点头同意。

我先给康康打电话，告诉他自己坐公交车回家，姑姑给他一块钱买票送他到车上，问他行不，他说行。嘱咐他一些注意事项之后，开始行动。带她的晓丽姐姐用大围巾大帽子把自己全副伪装好，坐车到姑姑家前一站，跟姑姑接上头，然后姑姑把康康送上晓丽坐的那辆车。结果姑姑慌乱中看错车牌号没上车错过了，只好启用临时方案，她把康康送到下一站，晓丽在那儿等着，然后她下车，晓丽上车。姑姑没搞过地下工作，十分紧张，以至于下车时只顾着看“特务”上车没，忘记告诉康康她下车了，慌忙中嘱咐了康康一句："康康，记住在×××站下车哈。"自己就下车走了。

康康坐在最后一排，十分安静，车到回龙观那站，他开始有点不安，东张西望四下寻找，喊"姑姑"。到下一站美廉美，恢复正常（后来我和晓丽分析，喊姑姑可能是心里害怕，到美廉美后踏实了，是因为美廉美后面的这些地方他都十分熟悉。这趟线他坐得比较多，基本都是从家里到美廉美，美廉美到姑姑家那一段路线不熟悉）。按事先说好的，我到小区门口的车站接他。晓丽给我短信："快到了"。我飞奔至小区门口等候，尽管心没提到嗓子眼，也十分紧张。车到了，两辆车前后脚过来，不知道儿子在哪辆车上，匆忙扫了一眼车门口站着准备下车的人群，第一辆车没有他；退到第二辆车，看到了，那个小人夹在一群下车的人群中间，脸上的表情有点瓜兮兮的（四川话，意思大约是有点不知所措傻乎乎），右手拿着一盒饼干，左手拿着一张对折的白纸。下车后看到我，第一句话是："姑姑呢？"然后说："我很漂亮！"他说我很漂亮，通常有多层意思，表示他可能认为自己做得不好，或者怕我生气让我肯定他，或者是他有点生气。我接着他的话问他，是不是姑姑送他上车坐了一站然后就下车了，他说是。赶紧表扬他："你太棒了，自己坐公交车回家。"这个时候，伪装得十分好我都没认出来的晓丽在车上向我隐蔽地挥了下手。担心康康发现，她坐到下一站下车。

回家后，他并没有表现出特别兴奋或者所谓的成就感，只说自己，坐×××路公交车回家，在哪站下车，没有乱动。手里拿着的那张白纸，上面写着×××站以及几路车，他说是姑姑写的。晓丽回来汇报，她说本来还担心康康不知道下车，事实证明担心是完全多余的，当报我们家那站站名时，他就起身走到门口等着，一切十分正常。说明他并没有三心二意，而是很注意地在听着报站名。

根据我对他的了解，这条熟悉的线路他应该具备这个能力，由于路上有许多预料不到的情况可能发生，比如车突然坏了需要换乘别的车，或者他开小差坐过了站等等，所以还得偷偷跟踪监视，另外也在考虑教他用手机。先用这条熟悉的路线训练，然后再拓展到其他不熟悉的路线，一直到他能够完全丢掉我们这些“拐棍”。

2008年12月29日

温暖的小事之三十四

时间：2008年，康康10岁，在北京东马坊小学。

※“妈妈，我想吃同享九制话梅。”“妈妈，我刚喝了三九感冒灵颗粒。”“妈妈，我想吃北京稻香村新春合家欢庆糕点。”哦，我的小儿，食物啊药名啊它们的名称完全可以简说的，为何你总是这般精准？借用时下流行的说法，你说话为什么总是这么多零碎儿？

※“妈妈，我好像有一点点发烧。”康康举着一支体温计，到厨房找我。我的小儿，你没有发烧，只是有一点点热小脸蛋儿红扑扑而已。

※“康康上博士后的时候，妈妈就不上班了吗？”天哪，哪用博士后，康康要是能够上初中，妈妈就心甘情愿不上班了。

※亲爱的小儿，据外婆说，昨天你很花了点时间和功夫，一个人戴着胶皮手套，把后院马槽里的那坨冰疙瘩刨松，还指挥姐姐跟你一起抬出去扔了，然后，重新把马槽装满水。你无非是想求证，水还会结冰不？亲爱的小东西，难道凡事你都必须亲自实践才肯相信吗？

※晚上，康康做一年级《语文》基础题，把词语连成句子。其中一

题是这样的：左边的词是妈妈、爷爷、我、解放军；右边的词是写作业、绣花、喝茶、站岗。只见儿子大笔一舞，连上了。我——写作业，解放军——站岗。这种题，对他来说，太简单。故事在后面。接着连：爷爷——绣花，妈妈——喝茶。哈哈哈，我都不好意思说小子做错了，他看见的就是妈妈成天在家喝茶啊，“妈妈——喝茶”有什么错？再说了，他哪看过绣花？现在哪个妈妈还绣花？这题出的！我和姐姐乐了半天，还是告诉了他所谓的正确答案，并且特别强调：“男人，是不锈花的，所以爷爷肯定不会锈花！”不晓得他听明白多少。

※某天，康康在厨房“协助”老妈煮饭，其实就是掺和。当我忙着洗菜切肉，他在旁边一遍又一遍地问：“猪肉腻吗？”“肥肉腻吗？”“瘦肉腻吗？”我终于忍无可忍大喝一声：“肖靖康，我告诉你，只要是肉吃多了都会腻，你要再敢问肉腻不腻……”他显然被吓着了，没想到温和的老妈怎么突然就变了脸，赶紧一溜烟跑出厨房，我也乐得清净，再有耐心也会被他的没完没了搞得起急。

不一会儿，厨房门被小心翼翼地推开，被吓着的小儿隆重出现在我面前，只见他穿着我的军绿小外套还扎着腰带，扣子扯着，整个一副瘪三形象，还一边扯着衣服一边怯怯地问：“妈妈，我很漂亮吗？”哈哈，漂亮漂亮太漂亮了！你小子也忒有心眼了哈，用这招把老妈逗乐。

这一怒一乐，日子就悄悄地滑过去了。

※康康的脸被蚊子咬了一个包，早晨起床后他摸着脸上的包问：“是长青春痘了吗？石头哥哥有青春痘。”他最近尤其关注青春痘和胡子，似乎很盼望自己快快长大，竟然热切地盼着拥有一个剃须刀。我们告诉他满了18岁就可以剃胡子。某天他在工厂观察一个工人小哥哥，最后认真地得出结论：“小哥哥没有长胡子，不到18岁。”

※“小学哪年毕业？初中哪年毕业？高中、大学、研究生、博士、博士后哪年毕业？”这是前不久外出旅游回家后，某天在上学路上，康康要求我们回答的问题。掰着指头算完后发现还要读N年书，小子彻底泄了气，感叹：“学习太累了少学点，快点毕业不用学习了。”问题的关键是，我怎么才能让他明白，他小学毕业最多初中上完就完全可能无书可读了。

※常常把晚饭后扔垃圾的任务交与康康。扔垃圾本身没有问题，问题是扔垃圾前的准备工作。每次他都会仔仔细细一丝不苟地穿上外套、鞋子，认认真真系好鞋带或扣好鞋袢，冬天的时候戴帽子、戴手套、围围巾更是必不可少的程序。垃圾桶就在家门口对面路上不到10米远，姐姐说：“等你收拾停当，我扔两次都回来了。”一丝不苟，往好了说是他的好习惯，往坏了说就是他刻板，于是我有意引导他必要的时候学着马虎。人家都教育孩子严谨认真，我们却要教他该马虎时得马虎。

温暖的小事之三十五

时间：2008年，康康10岁，在北京东马坊小学。

※不知为何，康康对保安兴趣浓厚。每次从小区门口进出，他必然对保安点头哈腰问好。我告诉他，看到保安哥哥只需要微笑点个头就行了，保安哥哥忙不用每次都停下来正式地问好。回家后我还跟姐姐演戏示范。他倒是记住了点头微笑，可他那个点头，动静忒大，微笑哪是微笑啊，简直是怪笑。哭笑不得之余，还得继续耐心引导加演练。普通人与生俱来的能力，他们也需要学习学习再学习，即使是个简单的微笑。

※在公交车上，康康这样夸我的包："妈妈的包很漂亮，新买的。"这个米黄色的新包确实非常漂亮。

"夏天喝冰粥特别爽！""哈根达斯冰激凌特别好吃！""这个衣服应该干了！""面包可能差不多了！""这个菜心非常好吃！""杨杰哥哥很厉害，电脑终于修好了！"小子最近副词用得很多，都很恰当。

"草都枯萎了！"早晨我浇花，他突然发出一声感慨。确实，草坪上有一些枯草。

这些语言还没有普及到随处可见，所以忍不住想记录下来。

※早在4月，康康就要求挂蚊帐。为应付他，我随便说一句："现在

没蚊子，到夏天再挂吧。“结果，5月初某天，他认认真真地对我们说：“5月5号挂蚊帐！”老爸一头雾水，问我：“为什么他要求5月5号挂蚊帐？”知子莫如母，我答：“因为5月5号立夏，我说过等到了夏天就挂蚊帐。”

※“康康18岁就当厨师。”某天在车上练习英语单词，说到警察时，他说他不当警察，说到cooker（厨师）时，他就说他18岁当厨师。我问他到哪当厨师，回答我：“青岛，以琳。”还说以后就不回家了。我突然心酸不已，似乎我要遗弃他一样，尤其是他说“就不回家了”。后来，施丹阿姨嘲笑我：“不是你遗弃他，而是他遗弃你。”

※“妈——妈——！”那天晚上在澳门，正迷迷糊糊躺在床上，突然听到康康在旁边床上带着哭腔喊妈妈。

问他怎么啦，答：“妈妈，我刚才难过了一下。”还好，只难过了一下。

“哦，你怎么又难过了？”这小子最近特别多愁善感，动不动就抹个眼泪啥的。

“去哪里玩最后都要回家的，有什么可说的。”哦，原来这样啊。

澳门之后就是深圳然后就该回家了。他是个不折不扣的悲观主义者，一想到就要回家，便开始了他的忧伤。

温暖的小事之三十六

时间：2008年，康康10岁，在北京东马坊小学。

※“蛋蛋——”。中午，康康放学回家，我尾随其后进洗手间，抱着他啄了两下，用随口编出的名儿喊他。没想到，这个“蛋蛋”还蛮配合，回应：“蛋蛋回来了！”偶尔，他也能闪出点火花。

※康康跟出差在外的爸爸通电话，至少讲了半小时，按着免提。我和姐姐在旁边偷听兼指导，不时被他俩的对话逗得哈哈大笑。

爸爸因为儿子说的话几乎全部都听清楚了而无比激动，忍不住在电话里抒发感情：“儿哪，爸爸好爱你啊！”

儿在这边回一声：“知道！”口气完全是大尾巴狼。我自作多情地加以诠释，那意思是：老爸你激动个啥，抒哪门子情？

※“妈妈，今天我很开心！”终于考试完了，康康在放学的车上，露出舒服的笑容，对我宣布他无比开心。

终于，度过了这个小波动期。

※估计是真正放松了，康康这两天像换了个人似的，一改前些天唧唧歪歪，阳光晴朗得很。情绪好了什么都好，精彩语言、好行为不断。

忍不住择录如下：

做饭的时候，他特别喜欢参与，是个好下手，今天晚上做饭时说：“做饭比学习好玩。”

他挺有眼力见儿。在厨房，看到锅开了我没忙过来，他会把火关小一点；如果我切着菜需要盘子，他会把盘子递过来。

中午放学的路上，问我中午吃什么菜。告诉之后，他说：“回家想一想，晚上吃什么？”不折不扣一吃主儿！

晚饭四菜一汤，小子坐上桌子一一点评：“腊肉非常好吃！泡椒炒鱿鱼丝特别鲜美！虾吃了补钙！”说得还挺自然。

山竹是他最喜欢的水果，由于太贵，我总舍不得买，偶尔在他的强烈要求下买一点点，他会兴奋不已。今天吃山竹时，他边吃边说：“多吃山竹好处多，补充维生素。”谁不知道好处多？我们都没舍得吃。

※他随时都在把没有归位的东西归位：比如小吸尘器用了我没有装进盒子里；比如多士炉用了没把里面的渣倒出来；比如餐桌上的东西没有放好；比如园子里的水管用完没有绕好；……说实话，他的这些习惯真的很好。

※衣服干了，他会主动收起来，并且叠好。如果不知道是谁的，会拿着衣服过来问：“这件衣服是谁的？”然后送到相应的屋子。

※吃饭如果他吃到最后，我们洗完碗了，不用提醒，他会把自己的饭碗和汤碗洗干净放进碗柜里。

※晚上，他跟爸爸通完电话后，从我手机上找到最喜欢的女同学的电话，我没来得及阻止他已经打通了（我们担心打搅人家），听到他说“找秦月琪”，过了一会儿开始通话。他先在话筒上亲了一下，然后

问："秦月琪不生气吗？"我眼神提醒他不能够这样。一问一答也能够说上一阵子，不过中间他有些自顾自说，比如说他刚才在玩WII，问阿姨（秦月琪的妈妈）姓什么，主要问题是不能够发起比较有意义的话题，要不然就说自己喜欢说的，不管别人有没有兴趣，需要我们在一旁提示。到后来没什么话说了，秦月琪问他："康康，你还想说吗？"康康没说的了，我们让他跟秦月琪再见，他说了"再见"，还说了一句让我们完全没有想到的话："秦月琪，欢迎你到我们家玩。"我和姐姐大乐，这小子，绝对发自内心！

铭心记忆：妈妈，康康是残疾人吗？

“妈妈，康康是残疾人吗？”这句话是周六在地铁上康康问我的。问这话并不是说他的自我意识已经达到这么高的境界，而是事情凑了巧。

事情是这样的。周末我们有事去王府井百货大楼，在地铁上康康开始惦记商场的厕所，问：“王府井百货商场的厕所是蹲坑的吗？”我说是。接着，他自己说：“残疾人厕所是抽水马桶。”没想到他还知道残疾人厕所，我赶紧顺着这个话题拓展，告诉他，因为残疾人行动不方便，比如腿断了胳膊断了或者站不起来，所以需要用马桶。通过残奥会和我家阿姨的手，他有一点残疾的概念。然后他就问我：“康康是残疾人吗？”他的意思是，如果他是残疾人他就可以上残疾人厕所。坐在他旁边的我和姐姐，几乎异口同声地说：“康康不是残疾人，康康是正常人。”

我们现在只能够这样告诉他，他还不明白什么精神残疾这些概念。通过老一辈家长的经验，我知道，要回答这个问题，应该从现在就开始准备，帮助他建立客观的自我认识以及正确的价值观。

当他的自我意识发展到较高阶段时，要让他认识到世界上有许多人都不一样，利用自然环境和生活中的实例让他感受人的不一样，比如身体有残疾的。家里阿姨的手有残疾，康康很好奇，我们就充分利用阿姨的手，告诉他阿姨的手是残疾，是天生的，她跟我们不一样。以前家里有个装修的工人是哑巴，我们也告诉康康："叔叔是哑巴，不会讲话，他跟我们不一样。"

我想，总有一天，康康会认真地问我这个问题。

2008年12月15日

温暖的小事之三十七

时间：2009年，康康11岁，在北京东马坊小学。

※康康问我："核桃吃了补什么？"我说补脑子和头发，最好是每天吃一点，随口对姐姐说，如果洗一点核桃仁放在茶几上，每天吃几块其实也挺好。没过一会儿，康康就洗了一小筲箕核桃仁放到茶几上，请我们吃。过了许多天，筲箕里的核桃仁吃完了，筲箕被放回厨房里。某天外婆和姐姐找筲箕装东西，找不到，后来发现康康又洗了一些核桃仁装在筲箕里，放在茶几上。我们几个大人，竟然没有谁注意到这件小事情。

※在绘画活动上，坐在康康前排的桐桐小朋友不知何故突然把衣服脱了，康康看到，有点着急，对姐姐说："桐桐弟弟脱衣服是不对的，在卫生间脱。"他终于知道什么事情应该在什么地方做。就在去年夏天，他还出过一次大丑——黄花菜、小玄和石头他们来那次，早晨不知何由，他拿着衣服光着身子跑到楼下。他早就没有这种行为了，着实吓我一跳，也让小玄激动了老半天，四处找相机要把他的不雅拍下来。现在，他不仅自己懂得规则，还能够看到别人的问题。当然，小子也比较刻板，比如换件上衣，无论是妈妈、姐姐还是外婆，都必须出去，反锁上门。刻板一点也无妨，变通毕竟需要更高的能力。

※晚上带康康散步，远远地看见一保安骑着车过来，他立马站好，学着保安的样子举手行礼。好在天黑没啥人，我赶紧对他说："如果康康想学保安哥哥敬礼的话，可以在家里学，妈妈和姐姐跟康康一起学，在外面不能够做这个动作。"他记住了。在我们的提醒下，现在基本能够约束自己，经过大门时不停留，同时我尽量示范，让他看看我是怎么回应保安打招呼问好的。不知他对保安的迷恋，何时才能结束。越来越体会到，他从对人和事视而不见漠不关心，到有关注但不恰当，再从不恰当到恰当，真是一个无比漫长而艰辛的过程。

※在卫生间，突然听到外面杯子摔碎的声音。出来一看，是我用了两年最心爱的景德镇茶杯的盖被康康摔了。我有点生气，压住火问："怎么摔的，怎么把这个盖摔了？"他显然被我的表情吓着了，说："摔了，不小心，对不起！"姐姐补充说，康康看我刚才喝茶，学习完就起身过去想帮我续上茶水，结果拿的时候手滑了就摔了。一看盖掉地上摔坏了，他说："吓我一跳！"（姐姐认为这句话很精彩，我也有同感）尽管心疼那个盖，但儿子一片好心，肯定不能责怪，不过告诉他妈妈的感受还是必须的。我说："这个杯子妈妈特别喜欢，摔了很心痛，所以心里很难过，但康康不是故意摔的，妈妈不怪康康，以后康康要小心一点，谢谢康康给妈妈沏茶。"

晚上去商场，他竟然记得这事，让我去买一个新盖子。

※康康玩我的手机。小崔叔叔让康康把手机给他，康康立即把手机收起来给我。我故意笑着问："为什么不给小崔叔叔啊？"康康认认真真地回答："因为手机是妈妈的。"

※晚饭后，康康拿着小铲子在园子里刨土玩，刨出一小坑，灌满水，伸手入坑搅和稀泥，对着看书的我大声喊："妈妈抬起头来看！"

寻声望去，小子一边和着稀泥一边说："这个像雀巢咖啡一样。"真挺像的，估计以后再喝雀巢咖啡，肯定会想起这些泥巴汤。

过一会儿，小子又喊："妈妈你过来！"指着小水坑，说："这个像小水沟一样。"哦，这就是他心目中的小水沟，他的最爱。童心真好!

※周六带他去海淀公共安全馆。天下着雨，早晨告诉他穿球鞋，下雨穿凉鞋会把脚弄湿。结果，姑姑来接我们时在门口猛按喇叭，匆忙出去，上车后发现他穿着凉鞋，有点责怪地问他怎么穿凉鞋，他赶紧要求姑姑掉头回家换。我说算了不用换，下回记得就行。今天早晨送他上学，出门的时候，听见他一边说"今天下雨穿球鞋"，一边从鞋柜里找出球鞋穿上，真让我感动。我都完全忘了这个嘱咐，他对妈妈的话总是很上心。

※6月5号是芒种，康康说芒种就是播种。拿出以前打印的24节气表给他看，芒种的意思是"麦类等有芒作物成熟"。他没见过麦子，肯定理解不了，于是我许诺带他去农村看麦子。他牢牢地记住了6月5号要去农村。无比幸运，端午放假去通州，宠物学校门口有一大片麦田，结满麦穗，趁机给他扫了盲。

温暖的小事之三十八

时间：2009年，康康11岁，在北京东马坊小学。

※差康康去买盐（派了到家作客的一位小姐姐跟着他）。他不但买回了盐，还顺便把自己的牙膏和洗发水买了回来（他对自己用的东西很上心，两样都刚用完）。洗发水的牌子是“清扬”，我问怎么会买这个牌子，姐姐说这个牌子电视广告打得很火。这小子，还十分新潮！跟他出去吃肯德基或者喝饮料，他选择的全是我不知道的。我倒是希望，某一天他告诉我：“妈妈我想要一双耐克球鞋！

※康康考试考得好，一民哥哥发邮件问他想要什么，给他寄。这是半年前的事了，半年后小子才收邮件，看到哥哥说要寄东西，立即回邮件：“一民哥哥寄东西，东西可以吃吗？”实诚的哥哥果真给他寄了一箱他最爱吃的怪味胡豆过来。收到东西后，我给他讲了邮寄等知识，告诉他哥哥是因为他考得好奖励他，问他收到东西什么心情，他说“很激动”，再问他应该对哥哥说什么，告诉我“要说谢谢”。我给他三种向哥哥表示感谢的方式，一是打电话，二是写信，三是写电子邮件。他选择了第三种——写电子邮件。为锻炼他独立写信的能力，我让他自己写。猜猜他写了什么？内容如下：“一民哥哥寄东西，我很激动，哥哥寄点豆腐干吗？”（因为哥哥在香港不方便寄吃的，所以在淘宝上给他

买了他喜欢的四川特产）。我不得不忍住笑苦口婆心告诉他，不能问别人要东西，这是不礼貌的行为。说深了他也理解不了，好在他倒是很听话，点头认可并改了邮件。（再次替康康谢谢一民哥哥）

※康康喜欢动手，搞个小修理、拆包装等都是他的强项。最近好几回发现他手上贴着创可贴，一问才知道是修电脑和拆水果包装箱受的伤。这种流点血的小伤他根本不会找我们求救，自己找张创可贴贴上了事，事后如果问到，他能说清楚怎么受的伤。遥想当年，根本别想指望让他老老实实地贴上创可贴。记得他有一次受伤，费尽周折刚给贴上创可贴，一秒种不到，就被他唰地撕了下来。

※康康的语言在持续进步。某天，杨杰哥哥帮他把电脑接到电视上，显示器没用了，他搬着显示器这放那放总找不到地儿，姐姐故意逗他说把显示器搬回家，小子马上说："不行，这是我们家的！"

※我教康康，跟朋友见面的时候不能够拥抱，只能握握手。他说："妈妈可以拥抱。"我表示同意。他接着指挥我："妈妈当别人，妈妈当施丹阿姨就握握手。"然后伸出手来跟我握一握。不错，可以假设妈妈为别人并正确演练。

※让康康浇花，他指着一棵野花问我："这个浇吗？"我一看是野花，告诉他野花不浇。后来想，原本单纯的孩子就这样被我们教得不那么单纯了。

※周末晚饭时，康康说："好久没去嘉士客了，一会儿去好好逛一逛。"到了超市，他紧紧握着自己写的长长的购物清单，穿梭在各货架中间，我只有推着车跟随的份儿。找了半天没找到做寿司的紫菜片和帘

子，康康走到售货员面前，问："阿姨，有没有寿司片？"估摸着阿姨没听太清楚，小子立马打开他的购物清单，指着"寿司"给阿姨看，阿姨便带着他过去。

※某天，我回家，看到康康正在倒开水冲药。问他给谁冲的药，答："姐姐，肚子痛。"冲好药，他小心翼翼地端上楼送到姐姐房间。原来姐姐肚子痛，躺在床上休息。稍后，我悄悄进屋问姐姐，是不是她安排做的，姐姐说根本没有，她都不知道康康要给她冲药。药是以前姐姐带他一起去买的，他知道姐姐肚子痛的时候就吃这种药。康康在情感和对人的关注上进步了许多。

※我和康康还有一位叔叔一起乘电梯。那位叔叔上洗手间，我和康康便先进了电梯。我按下楼层号，准备下去，但康康一直把开门键按着，对我说："叔叔要坐电梯。"康康对外界和他人的关注一直在持续进步。（在纯洁而心地善良的小儿面前，我挺惭愧）

※放学回家，康康一般先在门口视察拖鞋的情况，如果发现我的拖鞋不在，就会朝着屋里大声地喊："妈妈！"他以拖鞋是否在门口来判断妈妈是否在家。小人儿希望放学回家的时候，妈妈总是在家等着他。有一天回家时发现妈妈不在，他居然掉了几滴眼泪。

温暖的小事之三十九

时间：2009年，康康11岁，在北京东马坊小学。

※上周，英语测试卷子发下来，错了三道题，康康当场在教室里哭了，眼泪叭嗒叭嗒地往下掉，十分伤心。这是第一次因为考得不好而哭泣。听到姐姐说这事我很高兴，终于等到这一天。以前，考试多少分，考得好与坏，完全与他不相干，看起来小子开始觉醒。我笑说这是里程碑似的事件，必须记录。晚上回家，姐姐说起此事，小儿又做出伤心状，我赶紧抓住机会与他共情，把姐姐在学校缺的这一部分给补上了，很管用。

※康康玩WIIFIT里练习平衡的“企鹅吃鱼”游戏（双脚站在FIT板上玩），那天他玩一次破一次自己的纪录，激动地跑过来告诉我他又破纪录了，是高手。这个时候，电视里传来企鹅的声音（游戏语音提示）：“请站到我身上！”康康立马转过头对着电视说：“听见了！”迅速跑过去踩到FIT板上。这个傻小子，把我和姐姐笑翻了。

特别说明：FIT游戏，他除了瑜伽打坐那一个其他全部通关（他一打坐就喘粗气，身体不动吧眼睛却滴溜溜乱转，心不静，特别逗），家里没有人敌得过他，我们玩的时候他在旁边身体语言十分丰富，表情比我们还紧张。

※昨日，家宴。晚上曲终人散时，康康目送姑姑、二叔、小青阿姨的车离开，一直到车转过弯看不到才神情落寞地回屋。一会儿，只见坐在罗汉床上的康康眼含泪水抽泣，进而掩面哭泣，呜——呜——呜……泪流满面。原来是因为他们都走了。

老爸一旁安抚，取笑儿："估计再也找不到像你小子这般真诚的人！"

儿子，天下哪有不散的筵席！再说了，老妈我也没有这个能力让家中天天宾朋满座啊。为这20多人的家宴，我头天就开始列菜单购物……

※第一次见康康幽默，是前天上午的事。送他和蒙蒙到游泳池（放假后每天上午蒙蒙哥哥带他游泳），我嘱咐："康康，妈妈有事要先走，你要听蒙蒙哥哥的话。"话音刚落，只见小子走过去靠近哥哥，挽起哥哥的胳膊，面带坏笑说："要听蒙教练的话！"绝不夸张，小子那有点坏坏的表情，分明就是开玩笑嘛。好一个"蒙教练"！

※上午返校，结业式。回家后康康兴奋得很，不止一次向我强调："妈妈，今天我正式放假了。"当然，这句话只是铺垫，重要的信息在后面，"放假了就不用学习了！"不忍心败他兴致，报以假惺惺的微笑。小子得寸进尺，向我和姐姐郑重申明："我不想做阅读理解！不想做字词句优化篇！不想讲故事！不想做仰卧起坐！不想练发音！"并且，大笔一挥，否了姐姐定的作息时间表，重新写了今天下午的安排，内容如下：1.玩电脑；2.休息；3.练发音；4.做仰卧起座；5.做饭、吃饭；6.吃雪糕、吃西瓜、吃芝麻糊；7.玩电脑；8.洗漱上床睡觉。

看罢计划，我和姐姐笑。原来，强硬的小子，终究没敢太放肆，练发音做仰卧起座一个没敢少。于是，下午按他的计划执行。晚上，小子大声给自己鼓劲："明天就是星期六了，星期六就不用学习了。星期天，去哪玩？”

康康用这种方式表示抗议，事出有因。放假这几天逼得太紧，上午游泳2小时，中午玩WII一小时，下午学习3小时阅读理解外加讲故事，再练习发音做仰卧起座。放假后一天也没休息。看来，是该放松放松了。

※几天前的晚上，从JUSCO买东西出来，我让康康看着推车上的一车东西在门口等着，我去停车场把车开过来。找了半天才找到车，心里有一点点担心，毕竟是晚上，一个小孩子守着这么多东西。当我赶过去的时候，看到康康扶着推车，正睁大眼睛盯着我的车看，他认车不光看车型，而是要确认车牌号。估计是看清楚车牌号没错，他抬起头喊了一声：“妈妈！”我把车停在他旁边，把窗户按下来同时把后备箱打开。正准备下车，看到他已经拎着袋子往后备箱里装东西了，俨然一个小大人。

这个镜头让我想起许多年前在以琳听黄太的“努力试”课程，她放了一个泽林日常生活的DV片断，内容是带着泽林上超市，回家后泽林从车里帮着妈妈拎东西。不知道为什么这么多年过去了，那个片断仍然那么深刻地印在我脑子里。清楚地记得当年看这个片断时的心情，当时我就想啊，如果有一天康康也能够像泽林一样，我就满足了。这一天，就这么悄悄地到来了。

记下这件小事情和我的感想，是想告诉后面的家长，即使孩子程度不算好，只要努力，总是有希望的。

温暖的小事之四十

时间：2009年，康康11岁，在北京东马坊小学。

※星期天冒雨带康康到伯澄家串门。伯澄家在天通苑附近，电告地铁到天通苑北然后坐快3在王府温馨公寓下车步行15分钟即到。放下电话请康康帮忙查询如何坐车，这种事情他总是很乐意做并且从不知是故意训练他。一会儿，他汇报：先坐13号线到立水桥，换乘5号线到天通苑北，再坐快3公交车在王府温馨公寓下车。我拿过地铁图（专门给他塑封了一张A4大小的北京地铁图供他随时查询），确认没错，上楼更衣准备出发，嘱咐他把路线写在纸上带着。

带着他写的路线条，在他的指导下顺利到达伯澄家（训练他在车上听报站名）。

回家时，我问他应该如何坐车，答："先坐快3到天通苑北，再坐5号线到立水桥，再坐13号线到霍营。"（他自己安排好去姑姑家，姑姑家在霍营附近。）听到他没有嗑巴流利地说出返程的路线，真的让我有些吃惊，他竟然可以反推出回家怎么坐车，太棒了。

星期天一天，我们从朋友家串门又到姑姑家Happy，康康一整天没有学习，但生活中的实践，又何尝不是学习？

※很小的时候康康就对女人的胸部有兴趣，常常偷偷拽我们的领子，希望看看长什么样。后来大一点，这个行为问题就没有了。有一阵

子，他比较关注我和胸罩。他们总是很关注细节，他甚至可以看出来，我有没有穿胸罩。比如天太热回家换了衣服没穿，他会在我的后背上摸一下（通过摸有没有扣子来证实是否穿），然后说："没有包上。"（"包上"这个词也是他自己发明的，倒是比较准确）他不能给胸罩命名，我也不敢教他，担心他在外面随便乱说很尴尬。当然后来回家后我都穿戴十分整齐，因为他大了。

昨天晚上陪他睡觉时，他问我："胸罩摘下来会臭么？"吓我一跳，不知道他什么时候知道的这个东西叫胸罩，是谁告诉他的，还是他无意中听到的。当然，这个奇怪的问题还是要回答他。想了想，告诉他："女人穿胸罩是因为穿上很漂亮，取下来胸部不会臭的。"他似懂非懂，重复了一句："穿上会很漂亮。"过了一会儿，他又问："胸部掰开了里面是什么？"最近发现他的问句越来越多，各种各样的。想了想，回答他："如果有小宝宝，这里面装的就是奶，像牛奶一样的，小宝宝就是喝妈妈的奶长大的，你也是。"顺便还举了他熟悉的妙妙妹妹的例子说明。

当然，问题还没有完。他若有所思，又问："胸部摘下来后面是什么？"基于对他的了解，我知道他问的是什么。回答他："后面就是骨头，里面有心脏，有……"我话没说完，他就接下去了："骨头里面有骨髓。有胃、有大肠小肠，大肠里面有屁屁。"在《十万个为什么》里面有人体结构的内容，带着他看过。最后，他补充了一句："肥肠很腻。"

实在不想再继续这个话题，打发他："什么时候我再带你去海淀公共安全馆，去拼装人体解剖模型吧。"海淀公共安全馆的人体解剖模型，他很有兴趣，带着他拼装过两回。

※似乎从这两三个月起，康康的问句越来越丰富，不再局限于以往的单一问句"这是什么""他是谁"等。比如：某天在游泳池游泳，突

然进来一大群小朋友，有的穿校服，有的穿游泳衣，康康问："这些是什么人？"

我告诉他我要出门办事，他问："妈妈办什么事？"

开车去十渡，他问："怎么走？"

※问句丰富了，值得高兴。但康康也存在不恰当的表达方式，比如过多的问句式表达和否定式表达："没塞牙。""肚子不痛。"如果他这么说，一定是他塞牙了、肚子痛了。"外婆系上安全带吗？""康康喝酸奶吗？"其实他想表达的是"请外婆系上安全带！""我想喝酸奶！"每次我们都告诉他正确的说法，但他总纠正不过来，或许是我们正确示范得不够大量，时候也还未到。

受限于他的词汇量积累和句型的不丰富，许多时候发现他无法用准确的字词和句型表达自己的意思。最近专门把他这些表达不精准的句子和词语记录下来，创造情景，大量给他正确示范，相信慢慢能够有些改观。

铭心记忆：康康的第一次单飞

小玄比康康小3个月，但他从两年前就开始单飞（无人陪伴托运），这次到韩国，他强烈要求让康康也单飞，像他一样强。小玄回到福州的家后，小玄妈妈发来邀请，我本有此意只是没好意思开口。当然得先征求康康的意见，跟我预想的一样，他很爽快地答应，并表示一个人坐飞机不怕。于是，决定让康康自己坐飞机去福州，然后小玄妈妈从福州把他带到青岛，我21号到青岛跟他会合。

由于是第一次，我牵肠挂肚罗罗嗦嗦地记下这个过程。

“康康，你要带钱吗？”

“带。”

“要多少钱？”

“10块钱。”

“太少了。”

“50块钱。”

小红背包鼓鼓囊囊，50块钱藏在背包里层，姐姐嘱咐他不要随便取出来。康爸和施丹阿姨都说必须要写一个东西，意思是孩子有点特殊发生问题时请别人特别关照，其实我觉得没必要，再说写了担心人家知道了不托他。无奈康爸坚持，写了一张便签，内容如下：他叫康康，今年11岁，这是第一次独立坐飞机，由于说话有点不清楚，请多关照。谢谢，并留下我的电话。

这个小便签本和一支笔跟无人陪伴的牌子一起，挂在他脖子上，告诉他，如果说话人家听不清楚，就写在这个便签上。如果有人批评你，就把妈妈写的这张纸给他看。

爸爸还在儿子的兜里和包里分别装上他的名片。他比我紧张。

半小时后从家出发去机场，4点零5分的飞机。再过几个小时，康康就要扑进林苗阿姨的怀抱，见到亲爱的小玄弟弟、培松弟弟、越越哥哥，还有孙阿姨。

当他听说孙阿姨昨天已经送了一大袋子冰激凌到小玄家，就开始惦记上了，估计下飞机第一句话是："冰激凌都有什么口味的？"

另外，我没有忘记装一板健胃消食片在他包里备着，担心林苗阿姨惯着他吃撑了。

2点到机场，办完托运手续不过10分钟。2点40分空勤阿姨带人，爸爸小心地嘱咐空勤把他看紧点，说他说话不是特别好。共有4个孩子，只有康康紧紧拽着阿姨的手，莫非他也紧张只是不会说而已？反正一路上他就没笑过。问他害怕不害怕，他都说不怕，还说妈妈爸爸姐姐外婆都不去，他自己去。

我们一路小跑追着送到安检前面那道关口，在我的要求下跟我亲了亲，挥手再见，头都没回。无知无畏啊。难道他就那么想独立？

他一下电梯我们就看不到了，但爸爸发现旁边有个高出一层的休闲区，立即冲上去，真好，可以远望儿子安检的情况。我们紧张地看着他安检，看到他背起安检过的包，然后，看到其他3个孩子也安检完了，看到安检人员把他的登机卡放在传送带上，爸爸喊："糟了，他的登机卡！"正着急时，看到儿子拿起了登机卡，才松一口气。空勤阿姨过来，把他们领到几米外靠里面一些的一个柜台，不知要做什么，4个孩子很老实地站在那里等候。几分钟后，一辆电瓶车开过来，我们目送着他们上车，一直到从视线中消失。2点50分，我们空落落地走出机场。康爸自问："怎么才能够知道飞机晚点没？离起飞还有那么长时间，他怎么过？"然后又问："是在机场等着飞机起飞还是回家？"

回家的路上，我说我一点也不紧张。但不知怎地，肚子却疼起来（平时只要一紧张，肚子就会疼），莫非，我其实也是紧张的？

回家后，康爸迅速扑到电脑上，查看飞机是否正点起飞。查到的信息是晚点一小时，17点零4分起飞，19点25分到。

不知道，从2点50分到19点25分，这5个小时，康康是怎么过的？

我敲这些字的时候，康爸在一旁坐卧不安，问："现在几点了？"

晚饭后，康爸一边看着电视一边操着他的"川普"："今天时间怎么过得这么慢？"

19点20分，林苗发来短信："飞机落地，出来还有一会儿，小玄激动不已。”

康爸让我把手机放到信号好的地方（我们家信号不好）。19点39分，手机终于响了，我飞跑着过去接听，康爸就差跟我抢。康康喊：“妈妈！”然后我问了一大串问题：“飞机上吃饭没？晕机没？累不累？”

“吃饭了，没晕机，累。”

估计是林苗阿姨手中拿着KFC，他接电话的空隙还问了句：“林苗阿姨拿番茄酱没有？”

林苗说，康康很镇静，走过来辨认了一番认出是她，跟着走了。

小玄激动地拥抱康康。

康康的第一次单飞算是成功了。

林苗说：“简单。”

这简单的背后，其实有许多的不简单。

谢谢小玄和小玄妈妈让康康实现了一个人坐飞机的梦想。

2009年8月18日

温暖的小事之四十一

时间：2009年，康康11岁，在北京东马坊小学。

※晚饭时，姐姐转过头对着厨房喊了声：“团团！”原来团团又溜进厨房叼垃圾桶里的东西吃。团团出来了，姐姐继续埋头吃饭。康康回头看了一眼，说：“把门关上！”并起身把厨房门关上了。

※几天前康康就提出周五放学去姑姑家，自己坐公交车去。可今天早晨他要求姐姐陪着去，姐姐问他为什么，他说：“自己坐公交车会丢的。”他心里还是没底，不过最终还是同意了自己去。为了保险，准备让姐姐悄悄跟着。

※昨天中午放学后带康康去吃KFC，主要是为调节他上学的紧张情绪。把零钱包给他，让他自己排队点餐。小子一点不手软，点了6种，有：墨西哥鸡肉卷、烤鸡翅、虾球、圣代、沙拉、柠乐。提前告诉他吃多少点多少，后来想，放手让他去做吧，实在多了正好可以现场说教，帮他吃了就行。结果，小子边吃边讲“点多少吃多少”，全部消灭光了不说，还蹭了我的“阿香米线”吃，大胃啊。人生好胃口没几年，应该替他高兴才是吧？

※“妈妈，我把这个灯打开。”黄昏，光限渐暗，康康跑进厨房，告诉我他要把饭厅的灯打开。

“开吧。”一边炒着菜，一边应他。

灯开了。接着刚才的话，我说：“康康，需要开灯的时候，你直接打开就行，不用告诉妈妈。”做什么事情都要请示汇报，已成他的习惯。我试图让他改变这个习惯。

“不用告诉妈妈。”他念叨了一遍，然后……，隔着厨房玻璃门，我看到他转身回去把开着的灯关掉，稍作停顿之后，再重新打开。

这次，他没有告诉妈妈。

※“星期六星期天是法定休息日，就不用上学了。”这是康康最近常挂在嘴边的话，他刚知道法定休息日及法定工作日的概念。

某天在上学路上，他突然说：“29号放学就不用学习了。”我纳闷，29号可不是法定休息日。问他为什么，他理直气壮地说：“29号爸爸回来。”

“臭小子，越来越会找理由了！”这是他爹得知此信息后通过短信发回的感受，明显乐滋滋的。

※爸爸出差一个月回到家，康康很高兴。看我们在楼下聊得欢，他催促爸爸上楼。爸爸拎着箱子走在前面，他跟在后面，说：“爸爸很辛苦！”爸爸就差点感动得掉眼泪。父子俩在楼上很久才下来，我问当爹的在楼上跟儿子玩什么。

“没玩什么，你儿子逼着我洗澡，他在一边看。”当爹的表情有点怪怪的。

“看了以后呢？”我忍不住好奇。

“看得很仔细。看了后他说爸爸的小鸡鸡太大了，康康的太小了；爸爸的小鸡鸡是黑色的，康康的是红色的。”

原来，儿子拥着爸爸上楼，是有目的的。根据他现有的常识，同性可以在一起洗澡可以看，但人家不同意也不能看。好不容易家里回来个同性，还是可以看的，当然迫不及待了。于是押着爸爸进了浴缸。

要想打消好奇，只能增加认知。当爹的此时不奉献，更待何时。再说了，人家也没白看，还总结出几点差异。

温暖的小事之四十二

时间：2009年，康康11岁，在北京东马坊小学。

※车上，康康拉着爷爷的手，说："爷爷的手（皮肤）松了。"

我一边开着车一边问："爷爷的皮肤为什么松啊？"尽管是小儿科的问题，想他却未必能够回答。"因为爷爷老了。"他说。看起来，他又长进了。我继续跟进："你的手松了吗？"

"我没有松。"

"为什么啊？"

"因为我没有老。"

不错不错，更不错的在后面。他紧接着跟了一句："我不想老，长大了也不想老！"

他害怕老不是一时半会儿了。看到外婆的牙齿掉了，他就说他不想老，不想掉牙齿。

晚上看新闻联播，正好看到一条某某去世的消息，我告诉他去世的意思，死的概念他几乎没有。当我如此这般说了死的事以后，问他想不想妈妈死，他肯定地说不想妈妈死，然后把家里的人全部罗列了一遍，都不想他们死。当然到最后是，不想自己死，永远都不死。

※吃晚饭时，康康突然没头没脑地问："明天早晨鸟儿还要来

吗？”经常要应付他这种突如其来不着边际的问题。凭着对他的了解和我的敏感，我接话：“康康，是不是早晨鸟儿在你的窗户外面叫，你想它明天早晨还来啊？”

“是。”我猜对了。

“那是鸟儿来叫你起床呢。”我尽可能童话一点。

“可以抱回来一只鸟吗？”

“你想要一只鸟，是不是？”

“是。”

“好啊，想要八哥还是鹦鹉，我们去买。”

“到花鸟鱼市去买。”不错，还知道花鸟鱼市，平时没白带他逛市场。

康康竟然对鸟有兴趣了，难得啊，这样的要求肯定要满足。正当我暗自高兴，小子一句话让我大跌眼镜：“买回来把毛扯掉，看看有没有鸟排，骨头有没有骨髓。”

我的天，原来他的喜欢还是停留在厨师的水准上，我和姐姐都有点受打击。最后，我们一致决定，去市场买一只鸽子，杀了让他看有没有鸟排，顺便炖一锅鸽子汤等爸爸回来喝。不过，小人提了要求，不喝鸽子汤要吃油炸乳鸽。

※在给康康讲“神气”这个词的时候，我示范做了个神气的表情，昂着头挺着胸，表情很得意，还配了句话：“哼，看我，多牛！”让小子学，他倒是生硬地把头仰着，脖子梗着，但表情却是无论如何做不来的，说出的话也是一个字一个字蹦，哪里看得出是神气？这个对他难度太大。前些天在姑姑家，他要玩电脑，问姑姑可不可以，我故意让他撒娇，说：“嗯～，姑姑，你让我玩嘛～。”我示范，先耸耸肩膀，再扭扭腰，说“嗯～”。他说的“嗯～”加上动作，把我和姑姑笑倒在沙发上半天没起来。

这些普通孩子天生就会的，他就是学不会。

※晚饭后，康康拿了茶几上放了很长时间的一个苹果，对我说："这个苹果很长时间了，不吃会烂掉。"

我以为烂了，随口问："烂了吗？"

"还没有烂，不吃就要烂了，把它吃了。"康康一边说一边到厨房去拿水果刀。

这一段时间发现他说话比以前稍有技巧了，尽管简单，但也很有趣。比如，夏天想吃冰棍，他会先感叹今天天气太热了之类，等你上勾应和他是太热了之后，他会说吃根冰棍就不热了。

"终于有了点弯弯肠子。"这是爸爸的话。

温暖的小事之四十三

时间：2009年，康康11岁，在北京东马坊小学。

※今天晚饭后，我身体不适半躺在罗汉床上休息。康康吃完饭过来，帮我在小被子上又盖了一件衣服，顺便在我脸上亲了几下。挺享受儿子的亲昵！正闭目休息着，一会儿小子端着一杯开水过来，很体贴地放在罗汉床的小桌子上。这一切没有人让他做，完全是自发的。这憨憨的小家伙终于学会关心人了！

※在给康康讲到外公的时候，告诉他外公去世了。康康不明白去世是什么意思，告诉他就是死了，就是再也看不到了。正好新闻联播里播出吕正操上将去世的新闻，结合着给他讲。

他对死几乎没什么概念。听完我的话之后，问："外公在哪？"眼睛里面满是疑惑。

我有些吃惊，他竟然提出这样的问题。赶紧回答："外公在天堂。"说完，用手指了指天上。

"天堂都有什么人？"原本以为，问题就到这里结束，没想到，儿子还有更深的问题。

我有点犯难，想了想，告诉他："天堂有小玄弟弟的爷爷，还有罗京叔叔。有吕正操老爷爷。他们都不在了，到天堂去了。"

然后，他自己总结："康康不想死。"

记录下这段对话，想表达的意思是，终于等到这天，他可以通过自己的思考提问题。透过提问看到的，是他认知理解能力的提高和知识的积累。

※不能变成团团，就当个厨师、当个军人，这是康康后来的理想。当厨师就不用说了。当军人是最近很强烈的愿望，可能跟看国庆阅兵有关。他说要戴军帽，穿军装，系上领带，扎上腰带，还要别一支枪，挂一个手机（实际上他的意思是对讲机），很神气。然后问我和姐姐："当个军人叫什么？"我们没明白他的意思，人家自己得意地说："肖军人！"

我抓住机会，做了个军人的小课件，给他补上中国人民解放军的相关知识这一课。

※家里的燃气灶坏了，打电话报修。康康很有兴趣，盼着工程师来。我趁此机会拓展他的知识，先让他统计家里各种电器的牌子和型号，记录下来后，再讲这些电器坏了如何报修，怎么打电话等等。"不要把他剥离在生活之外，一定要让他参与到生活中来，所有的学习训练都要服务于生活。"这是听了甄老师的课以后我牢牢记住的精髓，十分受用。

比较有意思的是，我一边做着别的事，一边让他统计电器，他理解成让他统计坏了的电器，于是挨个把电视打开，微波炉也试一试，然后过来告诉我："妈妈，电视机没坏，微波炉也没坏。"认真的小样着实可爱。

温暖的小事之四十四

时间：2009年，康康11岁，在北京东马坊小学。

※“妈妈爸爸去看电影，我就不去了，我在家看这个电影。”某天晚上，康康得知我和爸爸要去看电影《风声》，立即表示他最喜欢看电影了。当我们告诉他这部电影是大人的电影他看不懂的时候，无奈之下小人选择了折中的方式，让爸爸把硬盘播放器里的电影打开，他在家看电影。当他说出这句理智的话时，一本正经的小样着实把我们逗乐了。当然，我们更高兴的是，儿子有了这种变通能力。

※某天我在一楼卫生间换灯泡，康康在旁边递灯泡帮忙。快换完的时候，他说二楼的卫生间镜前灯也坏了，让我换上。想着镜前灯3个灯泡还有两个是好的，就告诉他不用换，节约电。当我换好一楼灯泡上楼的时候，发现儿子正踩在凳子上换二楼卫生间的那个坏灯泡，并且，已经换上拧好了。不得不佩服他的动手能力，这点象极了他爹。当然，嘱咐他以后不能自己去做跟电有关的事情，因为不安全，必须爸爸、妈妈或者姐姐看着才能做。

※某天，爸爸拿回一份汽车彩页，我们讨论车的事。康康说他长到18岁就要开车。我故意问他开车去哪，答：“开车上班。”并且，强调

长到18岁就要买一辆奥迪车。一直，奥迪车是他的最爱。说者无意，听者有心。他爹开始说梦话："没准将来儿子康复好了，还真能开车！"说实话，这种梦我从来不做。他爹像发誓一样，说："如果有那一天儿子真能开车，我一定要给他买一辆奥迪！"（几周前在工厂，我上厕所，把车钥匙递给他拿着。等我回来时，姐姐说她吓坏了，康康拿着钥匙坐到驾驶座坐上把车打着，正准备挂档时姐姐来了。天哪，自动档的车，一开就能走。小子天天看我们开车，估计也学得差不多了，这狗胆也忒大了！）

车是不能开，不过，自行车倒是能骑。昨天中午，当爹的给儿子搬回一辆变速自行车。下午，他在小区骑得欢。我们的目标：让他像小满哥哥一样，跟妈妈姐姐一起骑车上大街。

※周末早晨，康康起床上楼找妈妈。我未关门正在换衣服，慌忙中只好拿衣服挡着身子，他在门外看到此情景，没进门，立即侧过头去，闭着眼睛帮妈妈把门关上，然后下楼了。

※拔完牙，晚上康康说不用做仰卧起坐，因为拔了牙有伤口需要休息。第二天早晨在学校，他又说不用跑步，还是因为有伤口。昨天晚上到做仰卧起坐的时间了，他喊过我和姐姐，一字一顿大声地说："今天下午打羽毛球了，锻炼了，就不用做仰卧起坐了。"

因为他说得好，因果关系正确，高兴之下，免了晚上的仰卧起坐。

遥想康康5岁左右的时候，在外面玩累了，他让爸爸背，问他为什么要背，答："因为吃羊肉串了！"（刚吃过羊肉串）那个时候，他完全没有困果关系的概念。

※"姐姐，妈妈在哪？""妈妈，你在几楼？""妈妈，自行车在哪？""爸爸的车要开到哪里去？""外公去世了，外公在哪？""天

堂都有什么人？”“星期六，去哪玩？”……最近，康康的各种提问越来越丰富，标志着他的语言和思维发展上了一个台阶。

※某天晚上，康康爸跟我说，最近发现一个特别好的现象，儿子开始主动翻书了。其实，我也发现了儿子的这个变化。通常是在晚饭后，我们干活的干活，看电视的看电视，没有人搭理他，百无聊赖之下，他自己会在客厅的临时书架上找出他喜欢看的书，比如《十万个为什么》《儿童安全宝典》等，找喜欢的内容边翻边看，有时候还会让爸爸妈妈过去帮他释疑解惑。真是好现象！感谢这个临时书架，自打搬家过来，就在这个最方便拿取的客厅和休闲厅之间的隔断上放置了许多儿童读物，原本的目的是为了随时教学，没想到儿子终被潜移默化，从这里开始了看书。

温暖的小事之四十五

时间：2009年，康康11岁，在北京东马坊小学。

※晚饭后督促康康拿垃圾。“妈妈过来。”他站在一层楼梯口喊。

“有什么事？”我连忙过去。

“妈妈跟我一起上三楼。”

要是平时，我肯定催促他别磨蹭赶紧上楼，但那天我发现他低着头表情有些特别，心想他心里肯定有事。

“哦，康康，你是不是不想一个人上楼？”我轻言细语地用提问的方式帮他说出他没有说出来的另外半句话。

“是，一个人上楼太黑了。”（三楼楼梯的灯坏了）如果没有对他的了解和那片刻的耐心，他不可能向妈妈表达自己的内心感受，那我将错失一个多么好的机会。如果没有记错的话，这是他第一次表达这样的内心感受。

“康康怕黑，一个人上楼有点害怕。妈妈陪着你上楼吧。”我把手伸给他，他紧紧拉着我的手，一如我小时候走夜路紧紧拽着妈妈的手。

扔完垃圾，我们一起到小区花园散步。路灯昏暗，幽静的小路上一个人也没有，我真有些害怕，忍不住问：“康康，这路上一个人都没有，你怕不怕？”

“不怕。”儿子很平静。

“为什么不怕？”在家一个人上楼都害怕，怎么这就不怕了？

“因为我和妈妈手牵着胳膊。”已经不介意儿子的表达不准（实际是我和他挽着胳膊）。

“跟妈妈在一起就不怕了，如果你一个人呢？”

“有点怕。”

那天晚上，我们俩就这样手牵着胳膊，走过那条幽静的小路。

※康康有点流鼻涕，小感冒而已。坐在罗汉床上，他说：“明天我不想去上学。”问他为什么？“因为我感冒了。”说完，眼泪竟然掉了下来。他的感情已越发丰富，同时也更会找借口。

※晚饭后让康康拿垃圾，他讲条件：“一会儿拿了垃圾我不想扔垃圾。”问他为什么，答：“因为我怕冷。”那天降温，确实非常冷。怕冷只是借口，实际是偷懒。但我还是说：“哦，你怕冷，那今天我去扔吧。以后天气越来越冷，怕冷，可以穿上外套再出去。”这小子，心眼日渐多了起来。

※关于康康的提问，前面已经记录过很多，但最近这段时间接连从他嘴里出现许多以前没有过的问句，所以还是忍不住想一一记录：

钟点工小李重新找到固定活，不能来我家做了。康康听到我跟阿姨通完话，问：“李阿姨忙，干吗去了？”

发现同学高彤没来上学，他问姐姐：“高彤去哪儿了？”

前些日子某天我要外出办事，他问：“妈妈去有什么事？”

爸爸有事不回来吃饭，他问：“爸爸有什么事？”

吃重庆火锅，锅底是鸳鸯汤，他问：“鸳鸯是什么？”

等了11年，他终于学会主动自然地问问题。期待着他问“为什么”，希望那一天早日到来。

温暖的小事之四十六

时间：2009年，康康11岁，在北京东马坊小学。

※“优酸乳喝了有什么好处？”康康举着一盒他最喜欢的优酸乳问我。

“喝了可以补充维生素A、维生素D，这些都是人需要的。”我不知是计，抢过盒子，看了看说明，老老实实地回答。

“妈妈，我想需要维生素A、维生素D。”小子坏笑着看着我说。我竟然被这傻小子耍了。

※施丹阿姨送康康一袋子蜂蜜麻花，这家伙吃了之后，告诉我：“施丹阿姨送的麻花，太甜了，吃了对身体不好，会得蛀牙，要少吃。”完全是孙阿姨的好学生嘛！谁让她逮着机会就给小子讲健康饮食，这下堵了自己的嘴……

※自打我要求康康做撒娇状“嗯～”外加扭腰耸肩之后，这小子但凡一喊妈妈或者爸爸，就“嗯～”上了，又是扭腰又是耸肩，其状惨不忍睹，吓得我赶紧叫停。这大小伙子，出去要这样，那麻烦可比自闭症大了去了。

※团团怕洗澡，康康偏偏要让它洗。只要听见洗澡，团团保准一溜烟钻到罗汉床下面躲起来，死活不出来。某天晚上，为捉住团团，康康耗时8分钟，动用了毛巾被、狗窝、球作为捕捉工具，终于把团团按住，拦腰抱起，捉进了洗澡盆。康康穿上围裙，戴上胶手套，手握喷头，把团团收拾得一愣一愣的。“康师傅”摇身一变成了“狗师傅”。

※“我劝天公重抖擞”，没想到这句诗的音对康康有这么多难点，t和sh两个音都是他的难中难，挤眉弄眼外加捏嘴还结巴，小子希望发准读好的认真劲，太有意思了。真想拍下来，权当作他努力和自强不息的事迹留存。

※“高老师脸上长霜了，学校戴眼镜的高老师。”康康说。我和姐姐挖空心思，又是引导，又是写，也没弄明白“脸上长霜”是什么意思。仍然有许多东西，他命不了名。

※“你说，儿子长大了就一点用都没有吗？”某天，康康爸突然来这么一句。

“对家庭，应该有点用。对社会，可能够呛。”儿乎不用想，我如是回答。这个答案让康康爸很满意。

某天中午，爸爸从机场接完二叔回家，饭后我们坐在沙发上聊天。一会儿，康康端着两杯水过来，一杯给二叔，一杯给爸爸，请他们喝水。我和蒙蒙哥哥在沙发上没动声色。见小子再回去，又端了两杯茶过来，给了我和蒙蒙。我们笑得不行，他竟然会主动给我们端茶送水，关健是，不声不响、面无表情的样子很好玩。爸爸很贪心，不满意怎么给我们的是茶，给他的是白开水，明知儿子不可能回答得出来，非要拽着儿子问个究竟：“康康，怎么你给爸爸的是白开水，妈妈的是茶？”“因为爸爸上班辛苦了，给爸爸喝水。”能够给你水喝就不错了，我悄悄想。

铭心记忆：康康熬金银花水

下午。门铃响，爸爸回来了，康康飞跑下楼给爸爸开门。

过了一会儿，康爸上楼。说：“康康正在楼下熬金银花水呢。”

“啊？”我问姐姐：“你让他熬的？”姐姐瞪着眼，很茫然。她正在给康康下手机游戏，我在楼上洗衣服。

这小子，竟然自己去熬金银花水，以前，都是我们替他熬。

过了一会儿，听到他在楼下扯着嗓子说：“妈妈，我在熬金银花水。”

“哦，好啊，你熬吧。”

“妈妈，我有点上火，喝了金银花水就不上火了。”

“哦，好的。”

没忍住，还是下了楼。进厨房，看到小奶锅放在灶上，开着小火，蓝色的火苗一闪一闪的。快开锅了。

康康端着我的杯子，问我喝不喝茶。里面有半杯早晨喝剩下的茶水，我说凉了不喝了。

我上楼。想看他自己能不能把这锅金银花水熬好。

又过了一会儿，听到小子在楼下喊："妈妈，下来。"

"好，我下来了。"大声地应着，下楼。

"下来干吗呀？"故意问。

"下来喝金银花水。"真的没想到，还以为是让我下去看他熬的金银花水呢。

"金银花水在杯子上面。"（小子糊涂得把"里面"说成"上面"了）看到厨房外面的台子上有一杯淡黄色的金银花水，冒着热气。他的那杯，用凉水冰过。他怕烫。

"给爸爸准备了吗？"

"爸爸不喝，他喝铁观音茶。"

问他怎么倒的？答："不能用锅倒，锅倒洒了。用勺子盛出来的。"拉着我的手进去看。用的是盛汤的勺子。

"喝了金银花水，出气嘴巴就不臭了。"边喝边对我说。

我还看见，我泡茶和喝茶的两个杯子都洗得干干净净，整整齐齐地放在茶盘里。

点评：除了水加得稍微有点多以外，其他的都很好。

另：现在都是他自己去理发。慢慢的，能够独立地完成一些事情了。就从这点点滴滴的小事开始吧。用甄老师的话，先服务自己，再服务家人。

2009年12月28日

温暖的小事之四十七

时间：2010年，康康12岁，在北京东马坊小学。

※“2009年的日历用完了，不要了，扔了！”2010年第一天早晨，康康从2009年的美梦中醒来，说的第一句话。

※1月1号，渔阳滑雪场，滑2010年第一场雪。“勇敢康”变成了“胆小康”。在初级道顶上，康康脸都哭烂了，一边哭一边说：“不怕不怕！妈妈，我想走路！”（想脱掉雪板走下去）。随着他的康复，像“害怕”这一类正常的感觉，慢慢地又回来了。那天，他仅仅在初级道上滑了一回，还是爸爸在后面搂着滑下来的。

晚上快睡着前迷迷糊糊中，他说：“妈妈，我今天滑雪滑得特别好！”

※元旦第二天开始下雪。大雪纷飞，康康说：“14号也要下大雪。”14号期末考试，他希望14号那天下大雪封路，上不成学，就可以不考试了。他被考试吓成这样，唉……

※还是关于考试。康康自己安慰自己：“考试题很简单，一点都不难！”

※“因大雪，明天学生停课一天。”给康康看吴老师发来的短信，这小子居然差不多理解“停课”的意思，高兴坏了，说“很激动”。其实，我们已经擅自决定明天继续放假一天。雪实在太厚，根本出不了门。爸爸拿着尺子到后院量了量积雪，足足40公分厚。

※“妈妈的衣服起球了，质量不好，穿的时间太久了，过期了。”这是康康发现我的睡衣起球，说的一段话。他并不明白“过期”的意思。

※“今年是老虎年，是我的本命年，要扎一根红腰带……”如果没有后面半句，这句话蛮正常。可后面的半句是：“系一条领带，挂一个对讲机，当一个军人。”

※“咬手的时候要轻轻地咬，不要重重地咬。”晚上睡觉时，康康对我说。我一惊，以为他生气了，自伤。赶紧问：“你怎么啦？是不是生气了？”我和他都坐在床上，他问：“可以躺下吗？躺下再说。”躺下后，他说：“不是生气，是太高兴了。”他吓了我一跳，不过，也正好告诉他，高兴了可以用更好的方式来表达。

※周末到维红家看悦悦。我们忙着聊天，康康把所有屋子视察完之后，落座，左看看右看看，搓着手说：“可以吃点水果。”维红阿姨一下子从沙发上弹起来，连忙给他道歉说忘了，给他拿来一大袋子小橘子。过一会儿，他又一本正经地说：“柚子就不吃了，阳台上有柚子。”

※康康用碰碰吸摆了一列火车。问他火车开到哪，答：“开到辽

宁。”再问：“到辽宁找谁呀？”答：“找柏橙哥哥。”他记得我们坐火车去辽宁柏橙哥哥的家。把现实生活的内容跟游戏联系到一起，不错！

※某天晚上，我跟康康玩扑克牌，打争上游。我故意说：“我可以看一下你的牌吗？”他十分谨慎地把握牌的手往回缩了缩，紧张地说：“不能看！看了不好！”

过一会儿，我又故意问：“你有没有5啊？”他正准备告诉我，突然想起以前教过他不能说，立即紧张无比，小脸都绷紧了，答：“不说，不告诉你！”

※“长到18岁就长山羊胡，不长络缌胡，络缌胡子太难看了。”某天睡觉时，康康给我讲胡子的事。

※康康洗澡比较磨蹭。姐姐给他定上闹铃。闹铃响了，他还没洗完。听到他在卫生间大声喊：“姐姐，有汗泥，要多搓一搓。”

温暖的小事之四十八

时间：2010年，康康12岁，在北京东马坊小学。

※“妈妈，维红阿姨家的水龙头没有网。”他不但视察了她们家，连水龙头都没有放过。

“啊，你又抠了？”我问。

“我没有抠，试了一下。”

真是精彩。一是说得精彩，二是知道不能抠破，只试一试。

※“妈妈，有游戏机吗？”某天午饭时，康康问我。

“什么游戏机？”很奇怪，他怎么突然问起游戏机。

“PSP。”吓我一跳，他怎么会知道，如此新潮的东西。

“康康，谁跟你说PSP了？”

“把你的PSP借我玩一玩，谢谢你。”没有回答我的问题，却像是在学舌。肯定是有人对他这么说，但他不会转述。

“哦，是有人要借你的PSP，是吗？”接着引导。

“是。”

“谁要借？”

“柏俊哲。”

终于搞清楚了。柏俊哲是他的好哥们，对他特别好，座位也挨着。

柏俊哲肯定以为康康有PSP，所以问他借。

“我们家没有PSP。”告诉他。

“妈妈买，到菜市场购买一个PSP。”他以为，菜市场什么都有卖。

后来，爸爸知道了儿子的需求，一激动，答应了。爸爸是这么说的：“儿子连PSP都知道，多不简单啊！”我基本上同意，因为孩子拥有一部有趣的游戏机，也可以增加乐趣。根据康康这些年玩电脑游戏的经验，确认他不会上瘾，顶多是兴趣浓厚而已。

※“星期三上午考完试，下午就放寒假了。星期四去中关村买PSP，星期五、星期六、星期天都玩，不学习。星期一白天收拾红书包（他的专用旅行包），下午玩电脑，吃过晚饭就去机场。”

这是昨天在学校，他一口气说出的放假后几天的安排。谁说他表达不流畅？

※每天晚上，康康都要到小区门口的报箱取晚报。一次我扔完垃圾陪他去，看他半路上开始表情严肃，念念有词，说：“一会儿给保安哥哥打个招呼问个好就行了。”我忍不住笑，还笑出声了。他转头看我一眼，认真地说：“妈妈坏笑了。妈妈不要坏笑。”

※有一本购物清单，放在一楼。什么东西没了我就随时往上记。某天，汪叔叔来家作客，康康煮咖啡，发现方糖没有了，立即跑过去把“纯正方糖一盒”记在本上。汪叔叔好惊讶，夸他太乖了。

※“妈妈，我想让舌头变绿！”周末，应淞锐妈妈的邀请，在北大讲堂看“中国城市名片颁奖晚会”，康康悄悄对我说。之前他就说看演出时想吃一根绿舌头雪糕，开演后看我们没有动静，就以“让舌头变绿”的婉转方式提了出来。

温暖的小事之四十九

时间：2010年，康康12岁，在北京东马坊小学。

※春节回家过年，托朋友照看团团。回来后发现团团长胖了腿也瘸了。朋友说不忍心看团团两爪搭在他腿上眼巴巴看着他吃饭的样子，所以他吃啥团团就吃啥。20天时间，团团变成了胖团，腰椎间盘再次突出，不得不抱到医院打针。“团团吃得太多，生病了，我也不能吃太多。”康康看到团团生病后，这样自我反省。

※康康写日记写到“开罗”时，说“开罗的罗就是罗珊阿姨的罗”。他从我手机看到过罗珊阿姨的名字，对人名几乎过目不忘。

※上周末到朋友家玩。朋友带着儿子开车到地铁接我们。车上我告诉康康，阿姨家有个叔叔。他问：“是蔡叔叔吗？”他知道弟弟姓蔡，于是推理这位叔叔应该姓蔡，其实他并没有见过蔡叔叔，我们也从来没有对他说过。我告诉他不是蔡叔叔，叔叔姓什么我也不知道。于是他问阿姨：“阿姨，叔叔姓什么？”阿姨告诉他叔叔姓李。小子若有所思地说：“蔡叔叔走了。”我和朋友笑得不行。接着，他又补充一句：“换了一个叔叔。”

这位阿姨和弟弟总跟我们在一起玩，但从来都是阿姨带着弟弟，弟弟的爸爸从来没有出现过。大约是去年，康康开始产生疑问。有一天突然问我："蔡弟弟的爸爸就是蔡叔叔，妈妈，蔡叔叔呢？"当时我特别吃惊，不知道怎么告诉他。尽管他不懂，我还是告诉他蔡叔叔跟阿姨离婚了，不在蔡弟弟家了。还拿我和他爸爸打比方，告诉他离婚的大概意思。

他能够主动去想人与人的关系，很不简单。

※康康有许多表达不准确的语言，就像外国人学中文。下面是这一段时间的零星记录：

"团团什么叫？"他看到团团在使劲叫，不知道为什么，于是问。

"姐姐的头发我觉得痒。"姐姐的头发触到他脸上了，他这样说。

"鼻子贴上巴了，拿不下来，只能这样了。"有一天，他研究了一会儿一位鼻子长得不太好看的叔叔的鼻子，这样说。这个"上巴"是对应"下巴"而言的。实际他是想表达，鼻子长在脸上，不好看也拿不下来了，只能这样。

"爸爸把眼镜弄上面。"他实际是想表达"爸爸把眼镜往上推一推"，却硬是难住了他。

收到秋实哥哥寄来的明信片，康康说："这个不还给秋实哥哥。"他是想说："这是秋实哥哥送我的。"

"林捷阿姨是什么朋友？"某天，康康突然问。"好朋友。"我答。

"朋友叫什么名字？"他再问。"就是林捷阿姨呀。"问得我摸不着头。

几个回合下来我才弄明白，他实际想问林捷阿姨的丈夫叫什么名字？他没法给"丈夫"命名，就用"朋友"替代。

"雷阿姨是什么？"上周末在林业大学，康康指着雷老师问我。他认识雷老师并知道她的姓，所以我不明白他的问话是什么意思，只好再告诉他雷阿姨就是雷阿姨。

然后他又牵着雷老师的手问："雷阿姨是谁？"雷老师又耐心地告

诉他，雷阿姨就是雷阿姨。

回家的路上我才琢磨出来，他其实是想问雷阿姨是做什么的。问他，果然如此。

“门口的这个阳坊大都涮羊肉不好吃，因为太近了。”实际他是想说阳坊镇的涮羊肉比门口这家好吃，因为阳坊镇的很正宗。

读成语“弃卒保帅”，他说：“弃卒保帅的帅是我很帅的帅。”

学词语“陶醉”，他说：“爸爸喝酒喝醉了就是陶醉。”

“墙上是什么工具？”他指着我们家屋外墙壁上的排气管问。

爸爸告诉他不是工具，是排气管，用来排烟的，再详细解释为什么要排烟。

利用这件事情，教会他三个问句：“这是什么？”“有什么用？”“为什么？”

（在语言学习过程中，康康的难点实在太多。我们家每个房间都备有一个小本，随时记录下他语言表达上的难点。）

※一周前发现他歪歪斜斜的小虎牙正在萌芽中，立即带到口腔医院。大夫说：“小虎牙（因为旁边的牙占地太多，给这颗牙留下的位置太窄），只能等全部牙齿换完实施矫正（还有三颗牙未换）。”小子一听要矫正，紧张无比，很具体地问哪天矫正，在哪儿矫正，会不会流血，疼不疼，是哪种牙箍。咨询完毕，带他到正畸科看了看。

不过，他最担心的是，戴上牙箍还能不能吃酸菜鱼头。

温暖的小事之五十

时间：2010年，康康12岁，在北京东马坊小学。

※“杨杰哥哥太胖了，杨杰哥哥的脸也太胖了。”康爸的朋友杨杰来我家，吃饭时，康康望着对面坐着的胖胖的杨杰，如此评价。康爸故意说：“你也跟杨杰哥哥差不多了。”康康立即严正表示：“我的脸不胖不瘦，正合适。”

爸爸说前些天游泳时，在更衣间，他对着一位叔叔说人家肚子太胖了。那位叔叔问他什么时候回来的，从哪个国家回来的。可不是么？只有从外国回来的说中文才舌头捋不直，也只有从外面回来的才会说话如此这般不拐弯抹角。

※周末，康康去蒙蒙哥哥的宿舍。蒙蒙哥哥和几个同学合租两室一厅，房间很乱。康康视察一圈之后，问蒙蒙哥哥：“房间太乱了学得了习吗？厨房太乱了做得了饭吗？”蒙蒙哥哥讪讪地回答：“学得了习，做得了饭。”最后，康康自言自语：“蒙蒙哥哥的房间乱七八糟，我的房间不想乱七八糟！”

※“记者阿姨姓记，叫记者。”康康说。就像当初说导游叔叔姓导，叫“导游”一样。当我们无比耐心地打比方讲解给他听之后，他

问：“妈妈是不是一种职业？”

※“爸爸和妈妈是什么关系？二叔和二婶是什么关系？”好奇的康康开始探索周围熟悉的人之间的关系。一知半解地记住了夫妻关系之后，他问：“姐姐和徐哥哥（姐姐的男友）是夫妻关系吗？”他还不明白恋人是什么意思，还需继续填补空白。他还有好多问题，比如“妈妈和康康什么关系？”“康康和爸爸什么关系？”……

以前的人际关系图，还得找出来给他再强化。

※康康每天扔垃圾拿报纸时，会顺便带着团团放风。那天，他回来了，探头进屋问团团回来没有，确认团团还没回后，鞋都没脱赶紧出去找。我们听到他悠长的呼唤：“团——团——，团——团——”当然是舌头没捋直的那种声音，屋里头的我们忍不住笑了。大约10分钟后，团团屁颠颠地跟着他回来了。问他在哪儿找到的，答：“在小区门口找到的。”并重点补充说：“给保安哥哥打了招呼问了好，说再见的时候我没有停留。”

※坐地铁13号线时，康康在最后一节车厢。他好奇地铁是怎么开的，听讲解之后，无限向往地说：“我长到18岁也要开地铁。”当他知道开地铁需要考专门的驾驶证后，说：“我长到18岁要考一个驾驶本。”说完，有些担忧地问：“考试的时候可以问姐姐吗？”

除了想开地铁，他还有一个要求：“长到18岁，妈妈买一个地铁。”

※受柏澄妈妈启发，我们开始培养康康挣钱的概念。从上周起，告诉他每天晚上扔垃圾和拿报纸可以挣1块钱。看他反应冷淡，告诉他挣的钱可以随便花，可以买冰激凌蛋糕，还可以买很多好吃的，他来了兴

趣。每天准时扔垃圾拿报纸不让我们干。

有一天，团团跑到外面去了，我在厨房做饭，让他去把团团找回来。他站在门口大声说："找了团团给1块钱。"

又有一天，我让他去小区切面包，他不去，要自己在家切，问我："切了面包给几块钱？"

这两天，又惦记着要理发，希望通过理发再挣1块钱。

爸爸担心他以后做什么事都讲条件要钱，我说不要紧，先让他有这个意识，后面的事好办。

这一周多，他挣了10块钱。

※康康对人与人的关系很有兴趣，我们做课件讲解。下面是一段对话：

"康康跟外婆什么关系？"他问。

"外祖孙关系。"指着课件上的表格，回答他。

"有外公吗？"他再问。表格里列着外公和外婆。他的记忆里没有外公。

"外公去世了，在天堂。"这个以前讲过。

"外公去世了，没有了，不是人。"这是他对"去世"的理解。说实话，很让我吃惊。

"到天堂就成天使了。"我说。

"天堂走得了路吗？吃得了饭吗？天堂有许多吃的东西吗？"他的问题一连串。

接下来，我们需要跟他一起想象天堂是什么样。

铭心记忆：康康独立上学一周

“康康能独立上学，真好。我总觉得世间万事冥冥中都有安排，我们先前感觉不好的事情往往是一个好的转折点。康康又迈出了一大步，真为他高兴。”

这是勤儿妈妈写给我的。康康独立上学一周，这一周一切正常，无论是课堂表现还是情绪和行为，都相当平稳，没有出现我想象中的不适应和焦虑。

其实，在前面更换两个新姐姐的过程中，我明显地感觉到了他的不安和焦虑，小满妈妈看到他也有这样的感觉。新姐姐来了，又走了，再来一个，又走了。在分别与两个新姐姐相处的两周时间里，他紧张、不开心。新姐姐对他的了解几乎为零，不知如何对待他，怎么跟他沟通。第二个姐姐随时都在纠正他的行为和语言，她们传递给他的是不接纳，带给他的是不安全。当时，我看在眼里，急在心里，或许这也是后来我痛下决心不再请姐姐的原因。我没有想到的是，当我最后决定不找姐姐，让他一个人上学，把决定告诉他之后，他竟然非常爽快他接受了，没象以往那样喊着“不行！要姐姐陪，找一个新姐姐”。他似乎也知道无法改变现实只好接受。决定了，接受了，也就踏实了。我和他都安静了下来。

因为事先没有铺垫，也没有过渡，加上开学那天出了点小状况，所以我还是有点忐忑不安。这一周，我每天送到学校，看着他跑完步上早读才离开，每天跟吴老师交流，每天向同学询问他的情况，各方面反馈的信息都没有让我不放心的。吴老师说“很好”；同学们说“老师经常表扬他”；每天放学接到他，他都会对我说：“我今天太棒了，一个人上学，表现相当不错。”就像我每天对康爸说“没问题，我行”一样，我们俩都在自己给自己鼓劲。

我知道，他之所以没有因为姐姐的撤离而感到无依无靠没着没落，能够保持稳定，是因为老师和同学给他的安全感。各科老师都很关照他，给他回答问题的机会，找机会表扬他，同学们都那么真心地喜欢他，没有人捉弄他，更没有人欺负他。早晨带着他跑步，下课带他玩，学了新的单词轩毅柏俊哲他们还会在书上帮他圈出来。每天放学的时候，他都是满面阳光地走出校门。除了学校的安全感，还有在家里我也没给他压力，他很放松。

如果非要对这一周康康独立上学做个总结的话，可以用4个字：好的转折。

2010年9月11日

温暖的小事之五十一

时间：2010年，康康12岁，在北京东马坊小学。

※他的小虎牙已经斜斜地横空出世，大夫说等牙齿全部换完的时候就去矫正。他希望知道什么时候去，哪天去，星期几去。对于这种不确定的事，他特别盼望能够有具体的答案。我们告诉他差不多一年以后，也就是他13岁的时候。从此，13岁时矫正牙齿成为他生活中的大事。

某天晚饭后，他躺在罗汉床上，让我当大夫给他检查牙。我学着大夫的口气问他怎么啦，他说小虎牙长歪了要矫正一下，还称呼我“邹大夫”。然后，我趁机问他生活中可能遇到的关于家庭、学校、地址等等问题（平时问他可能不耐烦，这时候我是“大夫”，他得老老实实回答）。当我问他几岁时，他张开嘴正准备回答12岁，刚说了个“shi”，然后立即小声地问：“矫正牙齿的时候13岁，12岁还是13岁？”他犹豫不决不知如何回答。我和姐姐看他的表情，一边笑一边感慨，真不容易，他竟然可以把今天这个看牙齿的行为联想到应该是他13岁时做的事。

※姐姐告诉我，有一天下午第一堂课，康康还没上课就睡着了，整整睡了一堂课。那堂课是品德课。亲爱的张老师看他睡着了，竟然没舍得叫醒他。他流着哈拉子醒来时，已经下课了。回家后我问他上品德课

怎么啦，他认真地告诉我："睡着了。"一点没有愧疚的意思。从小到大几乎没有睡过中午觉的人，上课打磕睡，也算稀罕事一桩。

接下来的这些天，有两天下午在家他都美美地睡了午觉，从1点多钟睡到5、6点（应该是春困）。而且，晚上还照常睡。关于睡眠，他已经完全正常。半夜起来尿尿后可以飞快入睡，早晨可以跟着我们一起睡懒觉。

※某天在地铁上，康康旁边站着一对年轻人，男孩一直搂着女孩。康康偏着头看了看，问我："哥哥抱着谁？""抱着姐姐。"我小声告诉他。"哥哥和姐姐是什么？"他是想问哥哥和姐姐是什么关系。"是恋人。"管他懂不懂，告诉他。"徐略哥哥和小丽姐姐也是恋人。"他说。他的联想非常正确。

※5月4号那天，电视里播音员说"今天是5·4青年节"，康康立即接话，说"明天是端午节"。我们告诉他端午节是农历的5月初5，但他不明白。第二天中午放学回家，他立即冲进厨房，要吃粽子，说5月5号是端午节。

只好认认真真准备小课件。然后翻着日历，辅助以小课件讲解新历和农历的概念。

很多时候，我们都是在他的启发下才知道又需要给他讲解什么知识了。

※某天午后，康康端了张小马扎坐在兔笼子旁边喂兔子。喂完菜叶喂胡萝卜条，兔们对胡萝卜没啥兴趣，他有点失望，喊了两声"兔子——，兔子——"。之后，他把白兔子拎了起来，左手拎着兔耳朵，右手拿着胡萝卜条往兔子嘴里塞。兔子就是不张口，这家伙急了，对着兔子叫："兔子，兔子，吃！"

这是我隔窗偷看到的。

就在当天下午，白兔子耳朵耷拉着，趴在笼子里不怎么动，我以为他把兔耳朵揪断了，担心白兔子是不是会死掉。他听到说兔子耳朵断了，强烈要求把兔子送到宠物医院医耳朵，又听说兔子快要死了，说：“死了就是不动了。人我不想死。”

看到残疾啊，死啊，他总是立刻和自己联系起来，并且立即表态，态度十分鲜明。

温暖的小事之五十二

时间：2010年，康康12岁，在北京东马坊小学。

※“我把青菜叶吃完”。又有一天，康康在园子里喂着兔子，大声对正在厨房做饭的我说。“什么？你把青菜叶吃完？”他知道说错了，立即“纠正”：“青菜叶把兔子吃完了。”

※有一天，康康说他想吃粉蒸肉。我说过一段时间再做吧，然后他就说：“妈妈我特别想吃粉蒸肉，我觉得粉蒸肉非常好吃。”于是，那天他就吃着粉蒸肉了。

承诺他6月初去上海。因为临时要参加两个会，分别在月初和月中，不得已时间变来变去，月末就期终考试，最后决定推迟到9月。他非常伤心，说：“妈妈我不想改时间！”没办法，必须得改。上周末在姑姑家，他哭着说：“妈妈我很想去上海，我非常想去上海，我特别特别想去上海。”我还是没有答应，后来，就开始混乱了，说：“他想去上海。”人称代词，永远的老大难。

※因为改时间去上海的事，康康哭了无数次鼻子，相当伤心。每天必问无数遍：“妈妈哪天去上海？”“妈妈哪天收拾行李？”“妈妈哪天跟吴老师请假？”当最后决定推迟到9月，他不干了，一天飙泪数回，

写着作业做着事想起了就掉泪做伤心无比状。关于不确定，定不下来，这一类概念他是不大明白的，准备趁此机会，好好地教一教。某天早晨还在床上他就开始掉泪，我不得已临时做了“不确定”的最简单的小课件给他带到车上，他的哭倒是止住了，但接下来的问题又变成了：“妈妈哪天确定时间？”

※某天，康康不小心把碗打碎了。他自己赶紧收拾碎了的瓷片。我说：“没有关系，小心别划伤手。”他有点激动：“不是故意的没有关系，故意的就有关系。故意的关系就是生气。”

※昨天晚饭后，我和康爸坐在后院聊天，康康说他要去取报纸，然后他就从前门出去了。拿着报纸，他从后门回来了。我对康爸感慨：“儿子真聪明，知道爸爸妈妈在后院，到前面开门很麻烦，这么灵活的事情都能够做到，太不简单了。”

康爸说：“你这简直跟外婆夸奖康康‘都会喊外婆了’性质差不多！”

※某次郊游，康康摸常叔叔的胡子，一边摸一边问常常哥哥：“易叔叔（小满爸爸）的胡子可以摸吗？”

“我爸爸的可以摸，易叔叔的不能摸。因为，易叔叔是外人。”常常如此指导康康。（易叔叔千万莫生气哈，我们可从没把你当外人！）

※“今天妈妈有一点批评，批了一点评。”某天，康康被我批评后，自己总结了一下。

※“妈妈，走的哪个环？”某天我带着康康去机场接爸爸，在五环路上他问我。

※“妈妈我爱你。”那天被我“批了一点评”后，过了一会儿，康康对我说。眼神纯洁得一塌糊涂。

※上周末在姑姑家，康康被我打了。这是在好多年前他乱撒尿以及不睡觉我没有耐心不该打却打了他之后，又一次打他。后来我问康爸该不该打，他也说该打。

事情是这样的。周末在姑姑家吃完晚饭，姑姑用电水壶烧水沏茶，水烧开后康康把水壶端了起来。我以为他是要给我们倒水，他确实是要倒水，但在倒水之前，他把水壶高高地举起贴在他耳朵边上（没贴上），想试试温度高不高水烫不烫，一壶滚烫的水呀！把水壶放下后，我让他坐在沙发上，严厉地告诉他这样做有多危险。由于已经无数次讲烫水的危险性，他也知道，却总是忍不住想去试。准备这次让他记忆深刻再不敢犯，顺手拿起沙发上的一把扇子，用扇把使劲打他手心，绝对很疼，打完左手，他赶紧伸出右手，我接着再用力打了几下。他一边哭一边认错。第二天在学校，姐姐说他还在说水壶的事。

就是要让他长记性。

温暖的小事之五十三

时间：2010年，康康12岁，在北京东马坊小学。

※这两天连续带康康跑医院。前天去海淀医院，看三个病：一是手上长了瘊子需要冷冻；二是双腿膝盖上部一条一条的皮肤血纹；三是脸上长满小疙瘩确认是不是青春痘。

答案：双腿膝盖上部一条一条的皮肤血纹，大夫说是膨胀纹，他长得太快；满脸小疙瘩不是青春痘而是缺维生素A。

小子对结果很满意，举着做了瘊子冷冻的手，吃了一根冰棍，高高兴兴地回家了。

昨天下午去口腔医院拔牙。左上一颗大牙已长出来，乳牙还没掉。他相当勇敢，一路上说“可能会流一点血有一点痛”，同时表示不害怕。当躺到诊椅上时却害怕得掉下泪来。事先告诉过大夫他的情况，大夫十分耐心，极尽夸奖和安抚。整个过程包括打麻药也就几分钟，他非常配合非常顺利。他实在很乖，默默地流着泪，对大夫说：“轻轻拔！”

三位大夫都表示很惊讶，说他看起来很好，还问我到哪训练的，怎么教的。我告诉他们在青岛以琳训练的，简短地给他们普及了一下自闭症，顺带介绍了自闭症题材的电影《海洋天堂》。康爸是给所有认识的人群发短信让人家看这部电影，我这些天也没少介绍，连出租车司机都没放过。

走的时候，一位大夫奖励了康康一张小贴画，对我说：“你看起来可一点不内向，很外向啊。”原来，他们以为自闭症儿子他妈，也多少应该有点自闭啊。（再一次感谢口腔医院儿科的大夫，他们实在非常非常好，康康几进医院，每一次都得到特别好的服务。）

※“妈妈剪头发了。妈妈和妈妈不一样。”问他怎么不一样，答：“剪了头发漂亮。”前些日子我剪完头发回家，康康这样评论。

想起4年前，他关于双胞胎同学的评价。某天放学回家，他自己说：“祖加明等于祖明佳。”我好生奇怪，一问之下才知道，祖加明和祖明佳是双胞胎，一个在他们班，一个在另外一班。康康偶然发现他们俩在一起，长得一模一样，于是这样总结。这是我见过的关于双胞胎最经典的点评。

前几天，他竟然问：“两块豆腐是双胞胎吗？”姐姐当即否认。我赶紧说：“两块豆腐长得一模一样，完全有可能是双胞胎。”

※康康的问句已经比较丰富了，唯独“为什么”始终没有出来。最近他有一个奇怪的问句，比如，我提醒他某个工具不能动，他就会问：“这个工具动了是什么？”我说不穿这件衣服，他就会问：“这件衣服穿了是什么？”实际他就是要问为什么不能动工具，为什么不穿这件衣服。但是，他却自创了这个问句。关于正确的问法，正在耐心教导。

※暑假，带康康到某4S店。那天，他的着装比较出位，头戴70年代军帽一顶，神情是满不在乎目空一切。一进4S店，里面的所有眼睛齐刷刷地投向他，并且每人脸上都带着看他特别逗的笑。而他，全然视而不见，跟旁边的漂亮姐姐们点头，用他特别的声音大声问好。

后来，他跟送咖啡饮料的阿姨搭上话了，阿姨给他又倒饮料又递咖啡，还直夸他可爱。

第二天，我一个人再去那家店。阿姨过来送咖啡时问我：“今天没带你儿子来？你儿子太可爱了，他戴的军帽我小侄子也很喜欢，我小侄子也在国外。你们是从哪国回来的？”嘿，小子又把人家蒙骗了一把。谁让他发音不清，舌头捋不直像老外讲普通话呢？

※开车，故意让康康指路，当然是他认识的路。指路的目的之一是训练他的表达能力。那天去金羽翼画画，我故意在五环出口的时候说：“哎呀，我该从五环出去了吧。”康康赶紧从后面欠起身子，认认真真一字一顿地说：“这是五环，走机场高速。”小子竟然知道五环可以上机场高速。然后，告诉我：“走四环，亚运村。我给妈妈指路了。”很得意。

※差不多1年多了，康康喜欢评价别人的长相行为等，他开始在形成自己的判断和审美。关于外形美与丑的评价，最近日盛。在他眼里，胖即丑。正好爸爸的朋友杨杰，一个年轻的小伙子，很胖，偶尔来我们家吃顿饭帮我们弄弄电脑，康康就逮着机会点评。他是这么点评的：“杨杰哥哥不好看，大鼻孔，肚子太胖了，要减减肥。”

如果我们劝他别吃太多肉，他就会说：“肉吃多了会长胖，像杨杰哥哥那么难看，要少吃肉。”

关于不能当面评价别人，赞美除外，这个内容正在教导中。在小子还没有完全明白之前，杨杰哥哥只好牺牲一把，让康康一边点评一边进步。

温暖的小事之五十四

时间：2010年，康康12岁，在北京东马坊小学。

※“春雨细如丝，土豆丝的丝。”某天，陪康康做阅读理解，当他读到小短文里“春雨细如丝”的美句时，立即向我做了一个很实在的解释。

“妈妈，豆子还没泡。”某天晚上我进屋看康康是否睡着，看到我，他睁开迷迷糊糊的眼睛对我说。说完，起身下楼，把黄豆泡上了。他惦记着第二天早晨打豆浆，比我这个主妇还称职。

※这个夏天，康康的主打形象是脖上搭一条毛巾，永远汗流夹背的样子。他蹿得实在很快，跟我一般高了。明年绝对赶超爸爸。

他进一步确定了宅男的形象：热爱厨艺，钟情家务。周末，他给大家做早点，包括打豆浆（当然打出的豆浆比我打的稠了好几倍，他豆子泡得多，米也放得多）、炒玉米、煎鸡蛋、做凉菜等等（所有这些事情完全独立完成）。他成了我不可缺少的好帮手，用外婆的话说：“康康可以帮着做好多事情！”

※那天，爸爸出差回来，放下行李又陪客人去了。他把爸爸的背包拎上楼，取出笔记本电脑，和鼠标电源一起整齐地放在爸爸平时放电脑

的地方；取出剃须刀，放到卫生间架子上；脏衣服放进洗衣机（听他在楼上扯着嗓子问“妈妈放多少洗衣粉”，我才知道他要洗爸爸的脏衣服）；茶杯里的剩茶叶倒掉并把茶杯洗得干干净净放好。最后，背包也放到了相应的地方。这些事情原先都是我干的呀！

※每天晚上睡觉前，他会把窗帘拉上，壁灯打开，放上催眠曲，然后舒服地躺在床上等我给他扇扇子。扇子一摇一摇中，他一会儿就呼呼地睡了。睡前他自己定好起床的闹钟（刚刚带着他去宜家买了一个小闹钟），6点20分闹钟响他就起床。他很喜欢这个起床的新方式。

每天早晨起床后，他会把蚊香器断电，把蚊香片扔进垃圾桶，关掉灭蚊灯。洗刷之后背着书包下楼。每件事情都做得一丝不苟。

※他的思维能力也在一点点提升。昨天晚饭后在小区散步，看到一家门口堆着装满了沙子、小石子、水泥的袋子，我就说：“康康你看，这家门口堆着这么多的水泥石子和沙子，这个房子在做什么？”他丝毫没有迟疑，答：“在装修。”

遥想当年，他要爸爸背他，问他为什么要爸爸背，答案是因为吃羊肉串了（他确实刚刚吃过羊肉串）。永远搞不清楚复杂的因果关系的他，现在却可以运用判断思维。以此类推的还有，回家后闻到榴莲的味，能够用语言表达：“闻到榴莲的味了，妈妈买榴莲了。”听到团团在门口叫，知道团团回来了去开门，引伸到我们的对话：“康康，你怎么知道团团回来了？”“我听到团团在门口叫。”这样的语言表达和思维训练还在继续一点一点地做。比如，听到团团在楼下叫，他就会说：“是谁来了或者是爸爸回来了。”然后跑到窗户往外看。那天他在窗户边看完之后说：“爸爸还没有回来。”我问他怎么知道爸爸没回来，他答：“因为爸爸还在公司上班。”实际是他没有看到爸爸的车，根据爸爸的车判断爸爸没有回来，但他却不能用语言表达出来。

友人观察：康巴士带给我的震撼

汶汶妈妈

8日晚上和桥妈一起去看康康，距去年崂山论剑时见到康康整整一年了，这一年康康的变化带给我的是震撼，强烈的震撼！康康的言谈举止带给我的视觉冲击让我仿佛置身梦境，我在心里反复地问自己："这是真的吗？这就是当年那个以琳的'四大金刚'和'飞毛腿'吗？"真想对邹文姐说："你实在是太伟大了！"我和桥妈赞叹康康真的是个奇迹。

一迈进肖府，康康就过来迎接我们。因为之前看过照片，他毫不犹豫地向我和桥妈问好："王阿姨好！刘阿姨好！"因为桥桥的老师也同去了，康康不认识徐老师，所以可爱的康康问："这个是什么阿姨？"

康康长得更高更帅了，他的热情和好客是我们这样的孩子少见的，他对人的好奇也特别的可贵："王阿姨家有汶汶妹妹、刘阿姨家有桥桥弟弟，徐阿姨家有什么弟弟？"

我们几个迫不及待地请康康教我们做面包，没想到有这么多的步骤，水、盐、酵母、白糖、面粉、食用油、奶……分别放多少我一个也没记住，居然还有四分之三勺这样的量，"康师傅"

有条不紊地做着这一切，而且边做边给我们讲解，真是一种享受。康康会随手把面粉袋的口理平并窝一下、把酵母的袋子口折好用小夹子夹紧放进冰箱，用过的小量具清洗干净归位齐整，操作台上的水擦干抹布放好……面包需要3个半小时的时间才能出炉，我们准备坐下聊天，康康挨个问阿姨们是喝咖啡还是喝茶。

煮咖啡不像做面包那么多的步骤，但是更需要细心，研磨咖啡豆和煮咖啡都很危险，康康告诉我们手不能伸进去，不然手指会受伤流血，热水壶很烫不能用手摸，电源插座也不能摸很危险。安全注意事项他样样明白。康康还知道统筹安排，等待煮咖啡的时间准备好阿姨们用的杯子，每个杯子里放好糖和小勺。喝着浓香的咖啡，我们心里的美无以言表。

康康带我们参观了他家，从一楼到三楼介绍了每个房间和房间里的摆设。可爱的康康一再担心：晚上阿姨们都留下，房间不够用。

晚餐是外婆和姐姐准备的，烧了好多菜，很可口，那香香的米饭，不知道是不是韩国的电饭锅做出来的。从饭前端菜端碗到饭后收拾餐桌，康康都是主动参与的，不需要提醒快乐地劳动着……

饭后4个妈妈坐在一起喝着“康师傅”泡的茶海聊，真的是很投机.邹文姐和柏澄妈妈把这么多年带孩子的点点滴滴跟我们分享，我和桥妈感慨万千。邹文姐送给我们的话，大致意思是：找对方向，从孩子的实际能力着手，时刻关注孩子的情绪。在我们聊天的同时，康康一边磨咖啡豆一边跟徐老师聊天，看得出徐老师很喜欢康康。康康的表现让她对桥桥也充满了信心，还不时地鼓励桥妈。

康康给我们读了3页《成语字经》。他找页码很快，我注意到他不是从第一页往后翻，而是根据经验从书的中间翻起，读得也很好。看到这套教材对康康有帮助，我好欣慰，有机会康康和汶汶见面的话，一定让兄妹俩PK一下。

有一个有趣的场景，我因为去了卫生间没有看到，据说康康放了一个屁，康康把脸低下羞得一塌糊涂，但没有声张，大家也在邹文姐的眼神提示下心领神会装没听见。想起康康曾经故意对着人放屁，让妈妈怒到动手，今天的康康已经有了很好的自我意识。

康康想上楼玩电脑了，和每个阿姨打了招呼。

天已经很晚了，柏澄爸爸在车里等了我们很久，尽管意犹未尽我们还是得离开了。康康听到妈妈喊，快速地跑下楼来送阿姨们。

整个晚上康康没有一丁点自闭游离的状态，一直在自觉主动地做事情，没事可做时就会找人说话。整个晚上邹文姐看康康的眼神都深深地打动着我和桥妈。桥妈说那是放电的眼神，我说是含情脉脉的。邹文姐看儿子的眼神满是爱意，真的能融化一切，在这样的眼神里成长的康康怎么会有情绪？怎么会不懂得情感？我和桥妈约定，改变——先从眼神开始。

我对康康的感情一直很奇怪，我们没有过多少接触，但我一直莫名地喜欢这个孩子，没有理由地牵挂着他，这次零距离接触他后，这种爱更加浓厚更加真实。

“家长的心有多宽，孩子的路就有多远！”康康的路会越走越宽、越走越远……

2010年8月16日

温暖的小事之五十五

时间：2010年，康康12岁，在北京东马坊小学。

※“妈妈，这个字是什么字？”晚饭毕，康康拿着一本小百科书，指着“噩梦”的“噩”问我。告诉他读音和意思后，顺口问他有没有做过噩梦。

答：“做过。”

问：“什么时候？”

答：“方妈妈睡觉。”（嘿嘿，方妈妈看了估计真得做噩梦了）

※上海世博会期间，云驰妈妈送给康康一个蓝色海宝，海宝成为了他最亲爱的朋友。每晚，海宝陪他睡觉，他抱着海宝夸海宝乖，海宝你真听话。海宝线缝破开了，小子让外婆马上给他缝好。当然，通常每天早晨我都看到海宝孤单地趴在地上，那个小子呼呼呼睡得正酣。

※康康最近迷上了表扬。教室光荣榜上，数他的小贴士最多，多得就快贴不下了。据内线小朋友报料，他每天都争着扫地、发作业、回答问题，顺带着踊跃上台读课文、唱歌。

※某天，我带着康康到工厂请工人师傅周木匠来家修理停车位的地

面。走的时候，康康说："把周木匠叔叔放进车里。"

※康康除了批评我闯红灯，连小狗也不放过。某天，一小狗突然从路边冲出来，我猛地一急刹车，吓了他一跳。他看着路边的狗狗，批评道："狗狗这样是不对的，违反交通规则，要出交通事故。"

※开车去金羽翼，我一走神开过了，然后把车停在路边打开GPS，埋怨康康怎么不提醒我从安惠桥出。康康说："下次记得提醒妈妈。"接着又说："给文君姐姐（金羽翼的老师）打个电话，我们走错路了晚到。"小子有时候的反应真是像高人点拨了一样呢！

※"呕耶，太幸福了，太开心了。"康康过来跟我击掌，一脸灿烂。

"什么事啊？"我狐疑地问。

"外婆同意晚上做油酥花生米。呕耶！"小眼睛笑得都快眯上了。

他的幸福，就这么简单。一盘油酥花生米而已。

※李忠忱老师的《讲故事学思维》里有一个故事是《花大姐救白菜》，主要是教孩子体验他人的情感，比方说蚜虫吃白菜，白菜很伤心很痛，花大姐就把蚜虫吃掉救白菜。当我讲到蚜虫吃白菜，白菜很疼，伤心地哭了的时候，康康说："小兔子吃白菜（白菜）也很痛，伤心地哭。"（我们家的兔子白耳朵天天吃白菜）。我只好说是的，兔子吃白菜白菜也会痛。然后，我又讲花大姐把蚜虫吃掉，把蚜虫都消灭了。他再一次瞪着迷茫又纯洁的小眼睛，说："花大姐吃蚜虫（蚜虫）也很痛。"嗨——，真受不了他的眼神。世俗如我只好很世故地讲，蚜虫是害虫，所以我们要消灭它。

※早晨上学，时间总是很紧张。在没有监控的偏僻路上，我偶尔会

闯一下红灯（绝对很少很少）。当某天早晨我又闯了红灯时，康康不但批评了我闯红灯不对，还强调："妈妈保证以后不闯红灯。"

除了让我保证不闯红灯，这两天还让我保证："妈妈保证不把红薯烤得干巴巴的，要烤湿润润。"连续两天早晨我在微波炉里给他烤的红薯都是干干的，不是忘记放水就是放了水又忘记盖盖子。

※周末，美美地睡了个懒觉。下楼喊康康起床时，他说："毯子都换了，换干干净净，睡衣也换了。"我一看，确实毯子换了，新换的毯子铺得好好的，就问他为什么换。小子很平静地说："因为尿床了，都湿了。"我忍不住哈哈大笑，小子竟然半夜起来自己搞定了这一大堆事情。这么大的床，换床单不是简单的事情呢。我又问："垫子湿了吗？"他说没有。摸了摸，确实没有，估计就尿了一点点。让我高兴的是，这家伙解决问题的能力还是很不错的。

后来，吃早饭的时候，他突然问："妈妈会取消吗？"意思是会不会取消周末出去玩。我奇怪地反问他为什么要取消？答："因为尿床了。"看来，以前对他尿床我过度反应的阴影还残留在他心里。哎，真是很歉疚。

温暖的小事之五十六

时间：2010年，康康12岁，在北京东马坊小学。

※康康最近又有新花样。聚会时但凡有第一次见面他又喜欢的人，就会问人家要手机号码，然后细心地输到自己的手机里。上次在化工大学他记下了一个哥哥的电话；在外交学院他记下了两个姐姐的电话；感恩节聚会那天他又记下了晓路女儿果果妹妹的电话。他手机里已经有了许多哥哥姐姐和阿姨的电话。他偶尔会念叨要给他们发短信，打电话。只是我担心他会打扰别人，通常建议他没有事情的时候就不发短信不打电话。

※吃饭时，康康跟爸爸眼神对视后，很自然地说："我爱爸爸。"不知从什么时候起，康康对我们的眼神有了很好的反应。比如在车上，我从后视镜里看到他并对他微笑，他会看着我说"妈妈我很开心"，或者喊一声"妈妈"，总而言之，他不会对我们的眼神视而不见。

※前天，央视"焦点访谈"播出了氢化油反式脂肪酸对人体有害的报道。我们立即进行现场教学，找出花生酱跟康康一起查看，配料表里果然有氢化油，然后，这瓶刚刚开封的花生酱由康康亲自扔进垃圾袋。爸爸亲自给康康讲解氢化油和反式脂肪酸的危害，昨天上午我又特意做

了一个小课件，拓展了含氢化油的大部份零食的名称，比如糕点、饼干派、薯片、冰激凌等。康康主动表态，这些东西以后都不吃了。我忍不住偷偷乐，没想到如此轻松就将这个零食控和谐了。

※下午带康康到4S店给车做保养。办好手续后，我把车钥匙给维修接待员。康康看到后，伸手把钥匙拿了回来，说："我们的车钥匙不给别人。"小子现在对自家的东西看得比较紧。

※感恩节聚会那天，康康给每个哥哥姐姐弟弟妹妹都写了名信片。担心走的时候忘记，我让他拿下楼放在车钥匙旁边。我下楼的时候，看到他正拿着车钥匙进屋，告诉我已经把礼物放到车里面，车门已经锁好了。后来，我看到名信片和小礼物整整齐齐地放在车上的一个小筐子里。这类事情，现在基本上不用我操心了。

※午饭前，跟小满妈妈发短信说事，我做饭就让康康代劳输字。吃饭时，他就想起了小满哥哥，突然说："小满哥哥吐唾沫不对，一抹就脏，不好，难看，小卫姐姐说一句就好了。"他很喜欢论断是非。紧接着，又说："我没有吐唾沫，做榜样。"一听"榜样"，我乐了，小子居然还知道榜样。就问："你是想给小满哥哥做榜样吗？"答："是！"答完，还补充了一句："常常哥哥也是榜样。"那天我说芊芊姐姐跟果果妹妹好，他就说："我跟常常哥哥好。"常常哥哥不仅是他的偶像，还是榜样呢。

后来我们讨论了小满哥哥吐唾沫的事，说小满哥哥已经进步了，很少吐唾沫了。我说小满哥哥字写得好，也可以给康康做榜样。

※下午在复习英语的时候，康康说："去法国要学一下法语。勤儿弟弟在法国。"这家伙，现在知道世界各地的城市越来越多。那天看了

巴黎的介绍，就说：“巴黎没去过，妈妈去巴黎玩一玩。”他以为去巴黎就像去河北呢。美食家又多了一个身份——旅行家。可怜他爹肩上的担子越来越重了。

※自打上次康康说“欧耶太开心了，太高兴了，因为外婆答应做油酥花生米了”，吃下去一盘热热的油酥花生米嘴唇上起了两个大泡泡之后，他天天念叨泡泡好了之后还要吃油酥花生米。今天差不多好完全了，然后晚上他就拼命想油酥花生米，外婆看他掉眼泪了就让他上楼找妈妈。吃就吃点吧，我下楼亲自掌勺给他炒。他激动得语无伦次，在楼上就说：“用特别造一个句，我特别特别想吃油酥花生米。”到厨房看着我把花生米下了油锅开始翻炒，他手搭在我肩膀上，大头靠着我，说：“妈妈也是好哥们。”这还没完，接着又说：“我爱妈妈，爱爸爸，爱外婆。我太开心了，非常开心。”说完在我左边脸亲一下右边脸亲一下，比他爹还温柔。花生米出锅后我告诉他冷了才能吃，上回就是吃了热的才上火。在等待的过程中，他亲热地过来搂着我的腰，说：“妈妈交流一下吗？”问他交流什么，他说：“交流花生米。”

哎，一盘油酥花生米，可以让他幸福成这样。如果我也跟他一样，该多幸福!

铭心记忆：康康被评为北京市海淀区“自强不息好少年”

下午开家长会。史校长说学校有几个同学被评为北京市好学生，在宣读完这几个孩子的获奖决定之后，我听到喇叭里传来这段话：“五二班的肖靖康同学虽然是个自闭症孩子，但家长不抛弃不放弃，老师关爱，进步显著，被评为海淀区自强不息好少年。”坐在教室讲台上的吴老师投给我一个满意的眼神，我们俩相视一笑。说实话，怎么也没想到我家的这个懵懂少年，竟然会获此殊荣。心里好一阵激动呢。

家长会结束，吴老师让我去教导主任肖老师办公室领取奖金。康康看到获奖证书，问：“这个是什么？”告诉他是获奖证书，他又问：“是做什么的？”我和肖老师笑着告诉他，因为你很努力，所以被评为好少年。他很受用，一路上说“我很努力，自强不息了，很自豪”。爸爸得知儿子获奖，回来得比平时早。进屋第一句话就是：“儿子，祝贺你成为好少年！”然后，父子俩亲热熊抱。

这个自豪的好少年，终有一天会明白，是老师和同学们以及所有人的爱，让他能够每一天都进步。

就在我写这篇小文时，躺在床上的“好少年”还大声地说：“妈妈我都自强不息了！”

2010年12月21日

温暖的小事之五十七

时间：2011年，康康13岁，在北京东马坊小学。

※某天，康康坐着爸爸的车等红灯，一个老年乞丐拿着盆隔窗要钱。爸爸让康康把零钱从窗户递出去给那位老人。

只要带着康康，但凡有乞讨的，我们都会让他给一点零钱，借机培养他的爱心，同时让他知道人跟人是不一样的。

给完钱，爸爸逗他："康康，以后你长大了也像这个爷爷一样拿着盆要钱吧。"

"我不想当乞丐，我要当老板。"康康认真地一字一句地回答爸爸。

他不止一次说过他要当老板了。在此之前不久的某天，他曾对我和他爸说："爸爸是老板，我长大了也要当老板。"我和他爸当即惊讶不已。然而，更让我们没想到的在后面，小子接着说："伊派员工好好工作！"我的天，这种话肯定没有教过他，真不知他从哪里听来的。

※元旦前考了《品德与社会》，其实康康背得真的不错，及格是很轻松的事。但是，小子适应不了出题目的小变化，比如换一个问法或者加加减减几个字，他就晕菜了。所以，那天考试，占一小半分的简答题他一道都没做，只把前面的填空选择题做了。晚上，吴老师说康康得了56分。嘿嘿，跟我的猜测一样，全班倒数第一。但吴老师发自内心地

说："康康不错，真的不错，能够记得那么多内容，前面的填空选择部分几乎全对。"吴老师还说："别的学校随班就读的学生，才考了40多分，康康比人家还考得好得多呢。"

※《品德与社会》刚刚考完，又迎来作文考试，康康有点紧张。据说，昨天考试时他紧张得考到一半就肚子疼奔厕所而去。平时他几乎不在学校大号，我估计是紧张所致，紧张就肠胃痉挛（我就是这样的）。同学告诉我，康康的作文好像没有写完，如果他不上厕所，时间肯定够，他上完厕所回来接着写时，时间到了……

不过，值得欣慰的是，康康并不死板。之前我们给他练习的是《一件高兴的事》《一件难忘的事》《一件让我自豪的事》，但考试给出的题目是《……伴我成长》，要求把题目补充完整。康康说他写的是《粉蒸肉伴我成长》，太出乎预料了，竟然能够这样灵活应对。这次无论得不得分，我都给他100分。

※昨天，康康吃完晚饭后起身站起来，对我们说："作文考完了，很轻松。"紧张与轻松，两种高级情绪，他能如此恰当地表达出来。

1月11号12号就要期末考试，他盼着快快考完。还是昨天晚上，他对我说："考试考完太累了，要休息休息。人累了就得休息，困了就得睡觉。"说完后问我："休息好了以后？"意思是休息好了以后干吗。谁说他没心没肺，他惦记着放假出游呢。

※昨天晚上，我和康康一起复习。数学和英语书的书皮很破了，我说干脆把书皮扔了，反正这学期马上就学完了。康康一边取书皮一边说："这个书皮都好几年了，太破了，不要了。"瞧这感慨发的，明明才一学期嘛。

※周末喝茶的时候，康康都会要我赏他一杯喝。通常，我会把头开给他，头开淡。顺便告诉他喝茶小窍门："一开水二开茶三开四开是精华，精华妈妈喝。"讲解完，小子不甚解其意，不过，倒是牢牢领会了"三开四开是精华，妈妈喝"的精髓，每回冲到三开四开小子都认真地说："三开四开是精华，精华是最好的茶，妈妈喝。"

※昨天，燃气灶坏了，打着火后吱吱响，电话咨询售后服务，工程师说明天上门，解决吱吱响的问题只能把电池取了。接完电话顺手就将手机递给了站在一旁的康康。我猫在厨柜旁一边取电池一边对外婆说："只能先把电池取了。"取完电池艰难地刚站起来时，康康把取了电池的手机递给我，说："妈妈，电池都取下来了。"

温暖的小事之五十八

时间：2011年，康康13岁，在北京东马坊小学。

※康康最近迷上当老板了。昨天晚上杨杰哥哥把帮桐妈在网上买的单反相机拿过来。吃饭时，康康问哥哥：“长大了可不可以做数据库？”他知道哥哥是做数据库的，比较崇拜。哥哥告诉他当然可以做数据库。然后小子又问：“当老板可不可以做数据库。”他担心做了老板就不能做数据库了。我和哥哥笑。哥哥说：“当老板什么都可以做。”然后，康康就放心地吃饭了。不晓得，他还有什么理想。

又一天，当康康说想当老板，我和爸爸问他当老板都干什么，他回答我们：“上班，工作。”我和他爸觉得他说得还很靠谱。然后，他来了一句更靠谱的：“当老板去银行。”真不晓得他这些概念都是从哪里来的。

※带康康看小课件，当看到澳大利亚的动物考拉时，康康说：“澳大利亚有个考拉弟弟，考拉弟弟是动物。”（前几天收到考拉妈妈的邮件，我告诉他有个叫“考拉”的弟弟在澳大利亚，他牢牢记住了）。我一边笑一边给这懵懂小子解释：“考拉弟弟小名叫考拉，跟动物考拉的名字一样。”小子终于明白了，说：“考拉弟弟是人，不是动物。可以亲一亲抱一抱表示友好。”他盼着到堪培拉见考拉弟弟呢。

※某天看电视，看到宇航员，他很崇拜，说长大了想当宇航员。我告诉他眼睛近视不行。他于是自己总结："我是近视人当不了宇航员，会晕会受不了。"

※某天晚饭后，我们几个大人事先串通好，我说太累了，今天辅导康康学习还炒了菜，外婆做了饭也很累，爸爸刚下班也很辛苦。然后，我们自言自语："唉，今天谁洗碗呢？"

康康看了看我们几个，不得已地说："我不累，我洗。"

我们忍住笑，看他自己去戴上围裙，撸起袖子，乖乖洗碗。外婆冲动地想去帮忙，被我阻止了。

※"爸爸太牛了太厉害了，崇拜爸爸！"康康扶着梯子，爸爸帮他把他那间卧室的大顶灯换好后，他追着爸爸说了这句话。他还说，长到18岁他也要会修灯。

志向很远大嘛。

※估计是受我影响，看我经常用光影魔术PS照片，康康春节后就迷上光影魔术，时不时把照片缩小尺寸曝曝光加个边框啥的。某天他发现那台台式电脑竟然没装光影魔术，问爸爸哪里有，看电视的爸爸漫不经心告诉他可以到网上下载。半小时后爸爸上楼，看到儿子已经下载了一半，颇为惊讶，悄悄告诉我，儿子越来越牛了。

※这个未来的修理工，几天前小小地露了一手。春节前，我的大衣柜把手的螺丝就松开脱落了，我试着上了上，没拧进去，就让它松着没再管它，想着哪天让康爸修修。几天前，康康替我挂衣服，一拉把手，发现螺丝松了，放下衣服就开修。跟我一样，拧了几下没拧上，然后，

他转身下了楼。一会儿，手里拿着一把改锥噔噔噔上楼，把上面没掉的那颗螺丝拧开，然后上下两个螺丝眼对上，我帮他扶着，三下两下，衣服柜子的把手被他修好了。当下，我就发自内心地表扬他了。

※那天我“雪地长拜”（李师傅语）摔跤后，晚上康爸陪我去医院，没让康康去。他很听话，说：“爸爸陪妈妈去医院我就不去了，我跟外婆在家看电视。”

我上车的时候，看到他站在落地窗后面看着我们。我朝他挥挥手，他也给我挥了挥手。站在窗户后面目送我们，已经不是第一次了。

想起当年那个听而不闻视而不见的家伙，恍如隔世。

温暖的小事之五十九

时间：2011年，康康13岁，在北京东马坊小学。

※“妈妈，韩俊杰今天没来。”中午放学路上，康康对我说。

“是吗？韩俊杰今天没来上课啊。他怎么啦？是不是生病了？”我回应道。

“韩俊杰可能是着凉了，感冒了。”康康告诉我。

“嗯，有可能。明天他来你问问他。”

那天他上全天课。下午放学路上，他又告诉我：“妈妈，下午韩俊杰来了。他没有感冒了。”其实他想表达的应该是韩俊杰感冒好些了。

“哦，他下午就来了，可能感冒好些了吧。”

然后我们俩讨论了一会儿春天容易感冒的话题。

他还告诉我：“李想还没有回来，李想回老家了，过几天就回来了。”他现在能够跟我说一点学校和班上发生的事了。

※那天带着康康去孤独症协会送画。刚开出去就想起当天我的车限号，告诉康康明天再去。他明白限号的意思，知道限号不能去五环内，要罚款。可是，去协会是他特别喜欢的事情，临时有变故，他既失望又难过，下车时含着眼泪。正好看到对面邻居家的车停在门口，也是限号的，于是，带着他把左邻右舍的车挨个看了看，想以此转移他的注意

力。进屋的时候，他还闷闷不乐，我知道这个时候必须跟他再说说这件事。我问他是不是特别想去协会，他说“是”。我说限号去不了，爸爸的车又开走了，所以今天只能不去了。他看了看我，说：“打车可以去孤独症协会。”

原来，症结在这里呢。他其实是想问我为什么不打车去。赶紧给他解释，协会离我们家比较远，打车比较贵，刚才给协会马老师打电话了，马老师说明天送也可以，所以就没必要今天去，告诉他我们要节约。不知他明白了多少。后来上楼学习的时候，他已经高高兴兴的了。

值得庆幸的是，他能够把心里想的说出来，这样我才可以知道他想的什么，问题在哪。（记这件事情的时候才想到，如果当时我跟他商量怎么办，而不是直接做决定，该多好？！）

※康康最近喜欢喝酸奶，一次喝两三小盒，我建议他最好先从冰箱里拿出来放一会儿，变成常温的再喝，冰的喝多了对胃不好。为了强化效果，我强调这是罗大伦叔叔说的，罗大伦叔叔给他看过病，他比较听他的。果然，他很高兴，说要听罗大伦叔叔的安排。我告诉他这不是安排，是建议。然后，他又说：“罗博士，罗大伦。”看来，他对罗叔叔确实很了解。最后，他得意地告诉我：“罗佑佑是唱歌的。”直接把罗大佑变“罗佑佑”了。

※我教导康康，酸奶不喝冰的，喝常温的，喝多了容易得胃病。康康问我还会得什么病。我说容易腹泻，随手在纸上写了“腹泄”。康康见了，二话没说，抄起笔把“泄”划掉，写上“泻”。被他纠正别字和发音已经不是第一回了。他改完后抬头望着我，认真地说：“是腹泻，不是排泄！”

※陪康康背诵《叶公好龙》，背了好多遍都不流畅。为了让他不紧

张，我和他轮流背（我故意装着背得不熟悉），形式嘛，就像表演一样，不背的人给背诵的人报幕，然后背诵的人很正式地踏步走到对面。我替他报的是："下面，请肖靖康同学上台背诵《叶公好龙》。"轮到他给我报的时候，他说："下面，请邹小……"，然后，活活把后面的"姐"吞了回去，改成"请邹同学走到台子上"，看他那认真又笨笨的样子，还没开背我就笑翻了。好一个"邹小姐"！

※还是《叶公好龙》。第一句"叶公子高好龙"，康康读的时候，总是在"叶公子"后面稍微停顿一下，听起来就是"叶公子，高好龙"。这个由来嘛，是在春节的时候，他爸爸总喊他"肖公子"，一喊他就答应，但他不知"公子"是何意，拿着本子让我写，问我是什么意思。所以，这课文里一出现"公子"，他立即联想到自己"肖公子"。此公子非彼公子，古人又是字又是号的，他哪整得明白。

铭心记忆：BTV北京《身边·快乐》拍摄花絮

这几天BTV北京（北京卫视）正在滚动播出我和康康的小短片，一分半钟，类似公益广告。为应景，写几句拍摄花絮。

写花絮之前，先交待下拍摄缘由。

那天拍到一半时，我问制片主任小邵是怎么找到我们的。她说是台里同事看到新京报上关于康康参加画展的报道，觉得这个素材很适合“身边·快乐”这个系列节目，就推荐给他们。然后，他们拿着新京报辗转找到了我们。

因为前段时间太累，联系人打来电话时我说不想拍，后来跟他们接触以后（电话后他们专门到家里来看了我还去学校看了康康），感觉很好，于是才有了这次拍摄。

拍完以后，我才知道这个节目仅仅一分半钟，当时就懵了。这么辛苦的拍摄，加上前期交流和正式拍整整3天，拍的素材长达5小时，节目才一分半钟？那两天，他们特别辛苦，一大早就赶到我们家，选景、选角度、选光线，去康康学校也如此。扛着设备像打仗一样，楼上楼下、小区、学校、马路边，拍啊拍……编导小马说，这种节目很有挑战，如果是10分钟20分钟，可以拍得很轻松。我后来跟他们开玩笑，早知才一分半钟我们就不拍了，呵呵。

两天的拍摄，很辛苦却也很快乐。拍摄中，跟他们结下深厚的友谊。分手的时候，他们说很舍不得康康，欢迎我们去北京台玩。等放假后，就带康康找他们玩去，谁让这家伙最近天天念叨要当演员呢。

花絮一：浩浩荡荡的拍摄队伍

4月20日那天，当他们一行5人（两位摄像师、编导、制片主任和助理）扛着长枪短炮来我家的时候，我着实吓了一跳。吓一跳的原因是，早晨我跟外婆说就来俩人，拍一天，中午出去吃饭太麻烦，就随便在家吃点。这突然变成5人，外婆招架得了吗？亲爱的外婆究竟是见过大场面的，区区5人根本吓不倒她，照常从容不迫。外婆夸口，别说5个，10个人的饭我都可以做出来！还说，人家那么辛苦，做顿便饭算什么。当然当然。亲爱的外婆太能耐了！（编导小马说，台里领导很重视，所以两位领导都亲自来了。）

花絮二：艰难的室内选景

那天，整整一上午，他们5个人都在找合适的拍摄地点。从一楼到三楼，一大堆设备搬上扛下。二楼布景，拉窗帘、挂布帘子挡光、打光，扛设备打光的人都汗流不止。折腾半天后，他们的领导同志还是不满意，据说还是光线的事儿，真想不明白，光对他们就那么重要？一直到中午我去学校接康康，他们的领导还没满意。反正，我把康康接回家后，看到所有的人和设备都转移到了三层露台，设备全在露台支上了，二楼的无比沉重的椅子也搬到了三层。他们喜滋滋地说，就三楼了。饭后，让我坐在三层走廊的椅子上，面对露台上的摄像机，准备开拍。我正表着情，一会儿就听到摄影师纪华在外面喊了起来，不知发生了什么事，冲出去时，他们已笑成一团。原来，被蓝花布盖着头看监控器的纪华，正专心地看着监控器，突然一股水冒了出来——他不小心压着露台角落墙上的水龙头开关了，吓了一大跳。幸亏设备没被浇。

笑完后，接着坐回椅子。正酝酿呢，纪华又在蓝花布下面喊开了，说监控器里看到全是毛毛。可不是么，京城四月柳絮纷飞。另外一位摄影师小龚一边笑一边说要不用扇子扇扇，看行不行。当然，他们肯定奈何不了这漫天飞舞的柳絮，只好再扛家伙，重回二楼。

半天功夫全白费了。他们仨小声说："领导在，就是不出活！"

花絮三：外景群众演员

群众演员：买菜的老人

康康有几个镜头是在小区外景拍的。当我们准备好出去的时候，发现纪华已经拽住两位拎着一兜子菜的老人家当群众演员（纪华特别逗，很主动地把自个儿从摄像变成了导演）。他们跟康康擦肩而过时，康康跟他们打招呼问好。这么简单的一个画面，拍了不下5次。当第5次让老人家按规定走时，我听老人说："还走不对啊，我还要回家做饭呢。"拍完后两位老人都跟我说，要多带康康出去，要有耐心，孩子很不错。

谢谢两位素不相识的老人！

群众演员：保洁工

这边刚拍完跟老人打招呼，那边纪华又扣下了保洁的清洁车。他几次三番骑在车上示范，告诉保洁大姐怎么骑，速度多快，骑到什么位置跟康康打招呼，如何跟康康微笑。

当这一条纪华说“过”的时候，保洁大姐如释重负，说：“我终于可以去收垃圾了！”正是下午下班时间，保洁大姐急着干活呢。纪华对她谢了又谢，特别感谢她的配合。

群众演员：保安

他们都知道康康有保安情结，说一定要拍一个康康跟保安打招呼的镜头。拍这个镜头的时候正是下班时间，车来车往，保安既要配合拍摄，还要负责给来往的车辆和行人开门放行，非常辛苦。镜头里一闪而过的保安，就是当初康康恨不得每天去无数趟远远地敬个礼打个招呼的他最喜欢的保安哥哥。

谢谢他们替我们留下了这个珍贵的影像。

花絮四：康康的哭

拍学校的那天，康康正为车上的触摸笔丢了而难受。从丢的那天晚上到第二天拍完放学，他都纠结这件事情。放学的时候，我和小马又一次趴在车上给他找笔，还是没找到。回家的路上他一路没完没了说这事，很痛苦的样子。快到家的时候，我实在受不了啦，忍不住怒吼一声：“肖靖康，我告诉你，就这根破笔，你都折腾一天了！”他显然吓坏了，下车后哭泣不止。他们的车随后也到了，只听到小马说快拍啊快拍啊，龚伟以最快的速度拎起摄像机拍下康康伤心哭泣的画面。

花絮五：称职和不称职的“演员”

当纪华让康康在小区无数遍地走来走去，终于拍完几个外景镜头的时候，大家都发自内心地夸奖康康真是太乖了，他们完全没有想到康康竟然如此配合。纪华说普通孩子也不过如此。康康的高度配合，他的表演意识，都让大家很吃惊。其中一条是手里抱着足球，让他走到小桥的中间，停步、转头、微笑，然后目送保洁的车骑过去，挥挥手。就这一个镜头，拍了至少6次，我都觉得复杂。但康康都认认真真地照着纪华哥哥的要求一次一次做了下来。拍完后，小纪拉起康康的手，说：“康康你摸哥哥的胡子吧。”嘿嘿，这个奖励。

康康是称职的演员，我却恰恰相反。这里就不细说了。反正，他们让我上楼又下楼，走在楼梯中间停顿一下，甩一下头，我感觉自己像江姐，大义凛然。当然，这个镜头被剪掉了。还有就是洗脸，他们笑说我这一周都不用再洗脸了。总而言之，我说以后看电影电视，我再也不说人家演得不好了。不信，你来试试？

花絮六：最辛苦的镜头

最辛苦的是最后一个镜头，他们一边致歉，一边毫不客气地让我站在北清路上的绿化带中间，整整站了十几分钟，还不让动。小马不停地说：“康康妈妈，实在很抱歉，再坚持一会，再坚持一会儿，马上就好了。”

画面是这样的：我迎着夕阳，注视远方，微风吹动我的头发和丝巾，旁边是呼啸而过的车。他们说想要一个特技处理过的很唯美的镜头，我理解的是：城市里宽宽的马路上、风驰电掣的车流、夕阳下、一位母亲、远方、未来、路、希望……

拍了一天疲惫不堪的我，特意为这个镜头穿了高跟鞋、黑风衣、豹纹丝巾。夕阳下，风衣的衣角被风吹起……其实，绿化带里站着的就是一傻傻的妇人，让来来往往车里的人打望了个够。我还看到公交车里有人摸出手机对着我拍，当时我就想，额滴神，千万别把我发微博上啊！

后来，编导小马打电话说："很遗憾这个镜头没用上。"

2011年5月11日

温暖的小事之六十

时间：2011年，康康13岁，在北京东马坊小学。

※为迎接海淀区的统一抽测考试，康康和同学们紧锣密鼓地复习背诵。在背古诗《江畔独自寻花》时，第三句背了两遍我都没听清楚（这首诗我也不会背），在背了第三遍之后，康康给我作了如下解释："留，留下回忆的留；连，价值连城的连；戏，游戏的戏，游戏Game；蝶，蝴蝶的蝶；时，时间的时，什么时候的时；舞，舞蹈的舞，跳舞的舞。"

全句：留连戏蝶时时舞。我要再不明白，是不是太过份了？

在背惠崇《春江晚景》时，说："惠就是惠灵顿的惠。"

看来，新西兰也没白去。谁说这小子脑子空空如也？

※"阿姨，康康今天偷看我的作业了。"放学的时候，柏俊哲特意告诉我。站在他后面的康康脸都吓白了，说："我没有偷看，不能看！"我轻描淡写地告诉柏俊哲，阿姨知道了。然后，一路上很平静地跟康康聊天，他也就不紧张了。后来在我的引导下，他告诉我，今天做音乐复习题，他看了柏俊哲的。他说："悄悄看一下还是可以的。"

第二天一早我就偷偷地去了解这个家伙是如何"悄悄地看一下"的——他是站起来，侧着身子看的人家的。呵呵，这动静也太大了！后来，我告诉他，不能站起来，只能悄悄地用眼睛瞟着偷看。当然，我也告诉柏俊哲，只要不是正式考试，康康不会的都可以让他“偷看”。柏俊哲很乖，说：“好的，阿姨我知道了。”

我这妈妈，竟然教儿子偷看，还唆使同学配合，唉！

※某天早晨，康康看到泡在盆里解冻的鸡，问我：“妈妈做什么鸡？麻辣鸡、叫花鸡、辣子鸡、宫爆鸡丁、凉拌鸡、糯米鸡、尖椒炒鸡丁、三杯鸡、香酥鸡、五香扒鸡、口水鸡、棒棒鸡、新疆大盘鸡……”当他把一大串鸡的菜名报出来的时候，我基本晕了。告诉他，今天就炖鸡汤。他立即补充：“是当归人参山药炖鸡汤！”（他看到家里有山药！写这段的时候，我让他重新把鸡的菜名说了一遍，因为，我压根没记住。）

基本上，在他的生活中，吃字当头。

※某天晚上，康康在楼梯拐角把我临时放在扶手上的一摞书碰倒了。看他手忙脚乱地捡书，我一边笑一边说：“这些书我要拿到楼上看的。”然后，他就把原本准备重新摞在楼梯上的书抱到我的房间去了。

这小子，现在能够听出一点点话后面的话了。

再用另外一件小事来佐证。某天我躺在罗汉床上，故意喊：“哎呀，我起不来了！”康康本来已经从我旁边走过，听到喊声立即回来，默默地伸出手，把我拉了起来。

※某天晚上我给康康做香煎三文鱼头，他吃得很舒服。吃饱喝足之后，说：“今天三文鱼头吃多了，去游个泳，运动一下，轻松轻松。”

当即，我就笑出了声。整个一FB（腐败）分子。只是，这个FB分子的语言，确实比以前丰富多了。

再佐证一下。晚上我催促他睡觉。喊：“蛋蛋，怎么还磨磨蹭蹭？”他从准备洗漱开始，花的时间很长，经常需要我催促。他从屋里跑出来，说：“小蛋蛋、快乐的小学生、肖公子要快一点！不能磨磨蹭蹭，要麻利一点，抓紧时间！”

※康康对自己喜欢的事情，总是很上心。某天晚上他收拾完书包出来告诉我：“书包都收拾好了，锤子放在书包里了。”他带锤子是为了放学后去湖边砸冰。我随口说：“锤子放在书包里，老师看到了不好吧。”说完我就没再管他。第二天早晨上车的时候，我看到他已经把锤子放到副驾驶座上了。

我说的，他都听进去了。

※前两周，我们每天放学都去湖边玩冰。天越来越暖和，冰开始化了。每天，湖面上的冰都不一样，我告诉他：“冰渐渐化了。”他也越来越明白“渐渐”这个抽象词的意思了。以前，黄昏天色渐晚的时候，我们一起看天渐渐地变得越来越暗……

在湖边，我们还看到柳树发芽了。他告诉我：“柳树不知不觉得地发芽了。”看我一脸赞赏，他越发得意：“迎春花不知不觉开了，小草不知不觉绿了……”

温暖的小事之六十一

时间：2011年，康康13岁，在北京东马坊小学。

※今天早晨，上学路上康康说："小患者（这几天生病了，我说我是他的医生，他说自己是小患者）不哭了，高兴了。"可是，上早读课时，他又默默地掉下眼泪。我告诉他："中午，我们去看湖水，看发芽的柳树，吃饭馆。"他于是破涕为笑。

唉，这个临近青春期的小男孩啊，一言难尽……

※康康消除对水的恐惧后，对小水沟甚至是路边的臭水沟都很喜欢。通常，我们会嘱咐："河水很深小心别掉下去。"他牢牢地记住了，也时常提醒自己。某天，路过一个小臭水沟，小子既严肃又认真地说："这个水沟有几千米深，掉下去可不得了。"

他严肃认真的表情配不搭边的话，除了可笑还是可笑。

又，某天我的车快没油了，他让我加油，我说还可以跑。然后他问："妈妈，油还可以跑几千公里？"

某天晚上他发现裤子上沾了点颜料，准备找酒精搓一搓。估计觉得沾上颜料不好，就问我："妈妈，我的裤子几千块钱？"（教会关于物品的价值、估算，都是难题。）

※那天在798陶笛公社，有一阵子人比较多比较乱。康康很得意地说：“人山人海。”

写作文，帮他用了“依依不舍”这个成语。于是，他自己拓展：“我依依不舍地考了美术。”告诉他“依依不舍”的意思后，小子急吼吼地要重新造句：“我依依不舍地舍不得送小鱼儿姐姐。”

此类抽象词，这家伙使用起来，总是有点到不了位。

某晚小区散步，他惦记第二天保养车的事，我答应带他一同去。他问爸爸：“爸爸来不来保养车？”爸爸很得意地纠正：“不是来不来，应该是去不去！”

※下午在家学习。通常学习之前，康康都会高调表态：“不能光想着玩，要好好学习。”今天，这话变了样：“不要光想着学习，要休息，要劳逸结合。”

※康康问我“监狱”怎么写。他写完后，告诉他监狱是关犯人的地方，人犯了法要被关起来。然后逗他，问他想不想进监狱。小子很认真地说：“我是小孩子，不想犯法，不被关起来！”

※最近，在给康康做吃饭馆的训练。不是训练规矩规则，他已经不需要这方面的训练，是训练相关知识的拓展。比如识别饭馆的档次、菜品的贵贱、估计菜的价位、如何点菜、一顿饭下来大致多少钱等等。就像扫盲一样，分门别类地细说。经过一段时间的积累之后，目前一顿比较简单的饭吃下来，基本能够说出什么菜贵什么菜便宜。因为跟吃相关，小子兴致盎然。昨晚饭后，他评价妈妈做的晚饭：“便宜的低档晚餐。”爸爸说：“有三文鱼，还有黑山猪肚，怎么也可以算作中档吧。”唯此臭小子，难养也。

※关于物品价值，去年听了甄老师的课以后，一直在有一搭无一搭地教康康，比如家里的东西哪些贵哪些便宜，电视机电脑照相机等电器类的东西贵，生活日用品便宜，还有不同的房子车子的价值等等，仅此而已。某类东西多少钱，康康基本没有概念。最近有意识地通过超市购物告诉他各类常用物品的大致价格。某天放学，他说要去买生抽，我问他一桶生抽大约多少钱，他想了想，说："50块钱。"还好还好，没说几千块钱。然后，我又试着问他一袋盐大约多少钱，同时告诉他盐非常便宜，他小心翼翼地告诉我："可能60块钱。"

※前些天，康康告诉我，长大了要开个新公司，当个老板。很长时间了，他的心愿都是当老板。不过，这次当老板，目的很单纯，原话如下："长大了开个新公司当老板，挣很多很多钱，给李华姐姐买部新手机。"上次参加画画活动，在车上李华姐姐随意的一句玩笑，他就当了真。我甚至想，没准10年8年后他工作了挣了钱，还会记得给李华姐姐买手机的事。

温暖的小事之六十二

时间：2011年，康康13岁，在北京东马坊小学。

※前天早晨，在学校陪康康早读，临走时教唆他如何应对上午的某科考试。趴在耳边嘱咐他，抄邻桌柏俊哲的卷子时，不要站起来，用眼睛瞟着看，说完示范了一下如何瞟。他很开窍，说“站起来就会影响别人”。太对了！我又悄悄叮嘱柏俊哲，把卷子放在桌子边上康康看得到的位置。柏俊哲很懂事地说：“阿姨，我知道了。”然后，我才放心地离开。回家炖上一锅柴鸡汤，准备中午犒劳考试抄别人答案的小子。中午放学，问柏俊哲：“康康抄得怎么样？”柏俊哲说：“最后两道题康康没抄，他坐那儿玩了。”

※我一咳嗽，康康就抡起拳头给我轻轻捶背；我一用手抠牙他就立即将牙签和餐巾纸递上；我说渴他就把水杯送到我手上；我下车慢他就过来把车门给我打开；电话响了我人在楼上他就拿着电话噔噔噔以最快的速度送上楼；我在车上接电话，他会迅速把音乐关闭或者将音量调低；我午睡，他会轻轻替我盖上小被子，如果我的脚吊在沙发外面他会轻轻帮我把腿抬起来放到沙发上；手机没电了他会替我充上电；参加活动归来他会把照片导出来，按内容建文件夹，照片DV分开存放清清楚楚；超市购物归来，他会把东西分别放在相应的地方；做饭时他守在一

边甘做下手任我吩咐……偶尔，他还会深情地看我一眼，说："我爱妈妈！"这家伙不是情人胜似情人，比他爸强多了。

※车上听歌《亲密爱人》，问康康："爸爸是妈妈的什么人？"答："亲密的爱人。""妈妈是爸爸的什么人？"答："亲密的爱人。""那你呢？"答："我不是亲密的爱人，是亲密小孩。"

※在4S店看到一辆红色敞篷跑车，康康指着车点评："这个不好，没有篷！"

※康康很喜欢联想，讲到某件事情的时候，他就会联想到自己。比方说，有一天给他讲《品德与社会》里的"吃穿住话古今"，当讲到远古的人都住在山洞里时，小子立即接话："住山洞不好，住我的家，有床，我不喜欢住洞子。"讲到茹毛饮血，他就说："吃生的不好，太恶心拉肚子，我喜欢吃熟的喝饮料。"

※康康十分热爱在车上播放音乐，得意地说自己是小DJ。这个小DJ有时候很生猛，生猛的时候让我听周杰伦的《夜曲》《义勇军进行曲》《霸王别姬》；小DJ有时候也很温柔，温柔的时候给我放《透过开满鲜花的月亮》《二月里来》《亲密爱人》；小DJ偶尔也怀怀旧，怀旧的时候通常会来《恋曲1990》《送别》《船歌》《光阴的故事》《告别的年代》；小DJ还喜欢《唱脸谱》《前门情思大碗茶》《你不孤单》；小DJ也懂小资，小资的时候当然是小野丽莎；当然，儿歌也是他最喜欢的，《让我们荡起双桨》《少先队队歌》《歌声与微笑》……总而言之，车上的时光，我通常要在这些不同的情绪之间来回转换。谁让我家有个杂货DJ呢。这个DJ但凡在外面听到好听的音乐，回家直接百度MP3，下载到U盘再把U盘装进车里，轻车熟路得很。

※盼望长大，盼望长胡子长青春痘的家伙，终于如愿以偿，青春痘如约而至，悄悄地爬满了额头。原本以为康康会为青春痘激动兴奋，没想到人家淡然得很，长就长罢，一副与自己无关的样子。倒是我这个妈妈忍不住为这些痘痘们惆怅了一把。

※最近，康康有一个特别明显的变化，就是问题越来越多，每天他都有好多问题问妈妈问爸爸。听到一首唐诗，他会问："这首诗是什么意思？这句诗是什么意思？"听歌的时候他也会问："歌词是什么意思？"有一天他问："开满鲜花的月亮是什么意思？"笨妈妈就想啊想啊，告诉他："美丽的月亮，淡淡的月光下鲜花开放，很浪漫很美。"他就记住了"月亮和鲜花很美"；爸爸打电话说不回来吃饭，他会问："爸爸有什么事情？去哪里吃饭？跟谁吃饭？说什么事情？"我和爸爸聊天的时候，他会问："爸爸和妈妈说什么事情？"奶奶生病了要去医院，他会问："奶奶去哪个医院，奶奶什么病？"爸爸有时候在外面应酬喝酒了回家没开车回来，他会问："爸爸为什么没开车回来，爸爸的车停在哪里了？"……

这个原本不会问问题的小孩，积累了10年，终于开始想要探索这个复杂的大千世界。

臭小子，来吧！爸爸妈妈等着你，花花世界也很有意思。

铭心记忆：康康第一次独立居家

现在是10点30分，10分钟前我回到家。从下午5点40分离开家去自闭症协会开会到现在，近5个小时。这5个小时，康康一个人在家。这是他第一次独立居家，所以，我很累很困也要在第一时间把这件事记录下来。

接到通知到协会开会。康爸今天出差，问我晚上开会康康怎么办，我很轻松地说让他一个人在家。他问行吗，我说有什么不行，肯定行。确实，我成竹在胸。

中午放学时跟康康说了，问他行不行，他很坚决地说行。下午，我们俩一起把晚上要做的事情列了出来，这个时候，结构化很重要：

6：00：吃晚饭；

6：30：洗碗；

7：00：看新闻联播、玩iPad（新闻联播看不懂但每天必看，玩iPad是他要求加的）；

7：30：画一幅画（想试试他在没有人督促的情况下能不能

好好画），画完了给妈妈打电话；

8：30：玩电脑（这也是他要求的）；

9：00，洗漱上床睡觉，睡觉时给妈妈打个电话。

注意事项：锁好门，不给别人开门，无论谁都不开门。他强调不给陌生人开门，我坚持谁都不开，就说妈妈不在家。如果要出去，务必锁好门带好钥匙。有事给妈妈打电话。

他要求遛团团，我都写上了最后还是划掉了。一是担心他出去忘记拿钥匙进不了屋或者不锁门；二是遛团团通常其实是团团遛他，团团去哪他跟到哪，一遛遛半天。他反对取消，说团团要撒尿。我告诉他，妈妈担心他和团团，等我回家再遛，他同意了。

5点钟，我们一起做晚饭。为了奖励他第一次独立居家，特意准备了他最喜欢的鸡翅。我提前腌好料，他自己在电饼铛上烤（我都没看，只提醒他别烫着），一盘白焯青菜和半盘中午剩下的蒜蓉豌豆角。主食是中午煮好的山药粥，自己放微波炉里热。当我换好衣服收拾停当从楼上下来时，他已经开餐，开了一盒优酸乳。跟平时晚饭时一样，电视也打开了。

我很放心地走了。

7：20，打电话问他在干吗，他说在洗碗正在洗筷子，还说一盘鸡翅都吃完了（吓我一跳，十好几个呢，不过没敢表露）。这晚饭吃得也太久了，整整吃了1个半小时。平时吃饭也相当磨蹭。

8：40，再打电话。他说在画画，还没有画完。事先安排好的，水粉画，蓝瓶彩叶，照着画。

9：30，再打电话。他说他在玩电脑。倒是严格按照程序一件事一件事地做，只不过时间都往后延了。提醒他该睡觉了，玩完这把就洗漱，他答应了。

9：50，正在路上，接到他的电话，问：妈妈，现在是几点几分了？告诉他时间后，他说他已经关机，洗漱。

10点20分到家，儿子给我留了廊灯，看着淡淡的灯光，好一阵温暖。没有上楼，先到厨房巡视一圈，干净整齐，特别让我没想到的是烤了鸡翅油乎乎的电饼铛都擦得干干净净，冰箱里，放着用保鲜膜蒙好的盘子，里面是剩下的几片豌豆角。

楼上，儿子在喊：“妈妈，我睡觉了。”

噔噔噔跑上去，忍不住搂住他，在胖脸上亲了又亲。表扬他一个人在家很棒。他说：“我画画得很好！”

那幅水粉画，静静地放在画好的一摞画上面。画板上，已经放上了新的画纸。只是，那幅水粉画，他按照油画棒的方法，画完后往上面又刷了水粉，破坏了效果。但看得出，是认认真真画的。

儿子的第一次独立居家，我很满意。

我很满意的儿子，在我下午出发之前对我说：“妈妈去自闭症协会开会，我是自闭症。”我以为听错了，反问：“你说什么？”他把手按到胸前，说：“我是自闭症。”说这句话的时候跟他说“我是艺术家”的表情是一样的。我忍不住轻轻地笑了：“你不是自闭症。”他问：“那是什么？”我想都没想脱口而出：“你是快乐的小学生啊！”他看了看我，说：“妈妈是自闭症。”他以为妈妈去自闭症协会开会就是自闭症呢。

儿子，你不是自闭症，妈妈也不是。

我赶紧拿笔记下了这个时间：2011年6月2日下午16点25

分。亲爱的儿子第一次说他是自闭症，尽管他还不明白什么是自闭症。

总有一天，他会明白的。

注：这次把他一个人放在家，也是受了佰澄妈妈的影响。上周六她参加金羽翼艺术研讨会，佰澄一个人在家整整一天，她深夜才回去。一切井井有条，该完成的都完成了，还自己出去买了饭。其实，他们个个都很有潜力。只是，很多时候，我们不敢放手。

2011年6月2日

温暖的小事之六十三

时间：2011年，康康13岁，在北京东马坊小学。

※睡得迷迷糊糊的康康对我说："7月1日是建党节。"我说："是啊，7月1日是党的生日。"小子一听生日来了精神，说："7月1日买蛋糕。"然后又问："党是什么人的生日？"呵呵呵，他其实是想问党是什么人。我支支吾吾半天，告诉他党不是一个人，是许多人。谁能帮我给康康解释清楚这个问题?

这家伙热爱所有的节日，包括三八节植树节等等。台历上每个节日他都标注出来，希望过节就放假。

※康康抄同学的卷子，抄着抄着就哭了。因为他发现有一道题同学竟然也不会。

※给康康买夏天的衣服，我顺便也给自个儿置办了两身。穿着新衣服美滋滋，高兴之下许诺康康，晚上我请客在外面吃饭。康康坐在车里，看我一直在往家的方向开没有停下来的意思，看了我一眼，说："妈妈穿新衣服漂亮。"我得意地瞥了他一眼，小子没表情地回了我一眼之后说："妈妈请客！"哈哈哈，原来前面那句表扬是铺垫。

※散步时，我说康康身高1.66米体重55.7公斤。爸爸很心疼地说儿子瘦了好几斤，怪我最近做饭营养不够。我转头对康康说：“康康，爸爸说你长得太慢了。”他接口就来了一句：“什么意思？”

我和爸爸都笑了。其实康康的意思是他确实不明白我说的话是什么意思，但我们都故意理解为他反问我们：“说这话什么意思？”

这家伙越来越有意思了。

那天在马路上看到一队打广告的人骑着自行车，着统一服装，背上插着统一的小旗，康康问：“这是什么意思？”

最近每天他都有无数的“什么意思”抛给我。爸爸今天去书店买了一本带注释的唐诗和宋词，因为小子最近迷上了唐诗。

※车上听《告别的年代》。康康说：“这首歌是罗大佑唱的。罗大佑在台湾，我想去台湾旅游旅游。台湾还没有去过。台湾有日月潭阿里山。可以喝台湾奶茶。”

谁说他语言不好？吃喝玩乐的时候，语言也流畅了，思维也连贯了。

※爸爸吃完饭有事要外出，我伸出胳膊说：“拥抱一下。”那人不情不愿意地敷衍，回头看到儿子，来了兴致，问：“康康，你看爸爸妈妈在干什么？”答：“妈妈抱爸爸。”那人再问：“妈妈为什么抱爸爸？”答：“因为相亲相爱。”我保证，绝对没有教过他。

※带康康和佰澄参观完警察博物馆后到前门步行街玩，佰澄妈妈请我们吃饭。吃完饭，康康和佰澄还要吃烧烤。我问康康：“阿姨请我们吃了饭，一会儿烧烤谁请？”康康很认真地看了我又看了阿姨，说：“该谁请？要好好想一想，想得出来的！”一脸痛苦状。哈哈哈，我和他阿姨都笑倒了，他还在认真地说：“想得出来的，要想出来，该谁请。”

温暖的小事之六十四

时间：2011年，康康13岁，在北京东马坊小学。

※某周末，合唱团又去表演了。表演前，杨老师跟他们合影，康康被安排蹲在前面。拍完照，他站起来眯着眼睛，摇摇晃晃，我估计他是晕了。果然是。他晕晕乎乎走过来，对我说："刚才是瞬间目眩。"哈哈哈，太精准了。"瞬间目眩"这个词刚给他讲过。

※最近康康时不时来点幽默，估计是跟快放假了有关系，反正是一身轻松的样子。放假了好吃好喝好玩嘛。我吩咐他做什么事，他总会笑嘻嘻地来一句重庆话："要得——"

※如果有不太高兴的事情，康康就会说："假装哭。"然后假模假样地低头哭几声，有时候还会让我也学他的样哭几声，然后就高兴了。

以前玩不过游戏都是哭，最近发现小子进步了。有一天他悲悲切切地对着我唱："康康是个好孩子，玩不过游戏没关系……"最近总唱这个。

哈哈哈，他终于学会自己调节自己了。

※那天下大雨我们家漏雨，收拾完，我坐在电脑前写微博。康康看到了，问："妈妈给谁写微博？"我说在写发大水的事。小子接过去说：

“给小区写个微博。”这联想太对了，家里发水了应该小区来修啊。

※做饭时发现小尖椒和葱没有了，让康康去买，告诉他买5块钱的尖椒和1块钱的葱。半个小时了，小子还没回。我拿着钥匙锁好门准备出去寻他。刚出门就看到他拎着袋子大步往回走。袋子里除了小尖椒和葱，还有四个烧饼。烧饼是他去另外一个专门卖主食的店买的，小子知道晚上喝粥，要配点主食。

※地铁上，康康有座位。我故意说我很累。康康欠了欠身子，说：“（我）可以先坐。”然后坐下。过一会儿，我又说：“我太累了！”做出要晕的样子。康康又欠了欠身子，说：“我扶着妈妈。”伸出双手环着我的腰，把我扶着，还说了一句：“我爱妈妈。”我忍不住了，说：“你爱妈妈，那妈妈累了你还不给妈妈让座？”臭小子竟然吞吞吐吐地说：“我是小孩！”

※前几天外婆感冒，大姨发来问候短信：“妈好些没？”我让康康读短信并让他告诉我是什么意思。他嗫嚅半天，说不明白。于是我引导，我们家谁病了，大姨发短信问候谁，再引导大姨叫外婆什么，外婆是大姨什么人，妈妈和大姨跟外婆的关系等等。因为以前有基础，经写写划划一番讲解，小子终于明白了短信的意思。看着纸上写的那些个关系（他又引出爷爷奶奶和爸爸姑姑等的关系），小子总结：“关系整得不错。”

※晚上，我们几个成年人看《中国地》，在楼上玩游戏的康康下来，拿起遥控器把声音调小，轻言细语地告诉我们：“声音太大了，调小点。”我和外婆都耳背，没注意音量确实太大。看着他满意地跑上楼，我心里暗想，如果是他看电视声音大了，我们肯定会扯着嗓子喊“小声点！

小声点！”谁会像他这么客气，亲自从楼上下来，一点不抱怨？

※“儿子跑马了。”2011年7月26号晚，康爸神秘兮兮地告诉我。

“你怎么知道？”我反问。

“刚才他洗澡拿了一套干净睡衣，我说睡衣是昨天才换的今天还可以再穿一天，他坚持不干。趁他洗澡进去了，我拿起他的睡裤看到的，上面都干了。”

我赶紧跑进康康的屋，果然如那人所说。那人跟在我后面说，跑得还不少。

我怔怔地，好一阵怅然。越来越成熟的身体和幼稚无比的心智，这就是我的儿子。

推算起来，那一天应该是7月25号。

之所以记下这件事，是因为几个月前我们几位妈妈曾在一起讨论儿子的这些问题，一个孩子已过二十的妈妈说她没有发现过儿子这方面的迹象，我们齐笑她太粗心。

这几天我又多了一件事情，每天早晨检查儿子换下的睡衣。

※“康康，你和妈妈去旅游，爸爸也想去怎么办？”爸爸总是喜欢提问。

“爸爸不去，爸爸要上班挣钱。”儿子应答自如。

“挣钱干什么？”爸爸问。

“钱可以买好吃的好喝的，钱可以买服务。”上回听了甄老师的课以后，给他讲了关于钱的用途。其实，服务是什么意思他只是一知半解。先记住再理解，对于他来说，很多事情都是这个顺序。

温暖的小事之六十五

时间：2011年，康康13岁，在北京东马坊小学。

※晚饭后，康康拿了我的车钥匙出门，不一会儿就回来了。问他干吗去了，他告诉我车的垫子没铺平。原来，他专门出去一趟就是为了把车里的某个垫子拉平。那天晚饭前我们出去购物，外婆坐的副座，外婆腿脚不便，把垫子踩乱了。

※“今天是8月1号，8月1号是建军节。建军节没有干吗。”建军节那天下午学习时康康如是说。说完问我：“建军节是什么意思？”

告诉他建军节的意思，只是没敢说是解放军的生日。

※康康迷上了游戏彩色方块，放假后几乎天天奋战此游戏。此游戏共31关，其中有几关非常难。这个假期时常看到儿子跟他爹坐在电脑前，奋力熬夜通关。

※北戴河回来的路上，我靠着康康睡觉，手就放在他腿上。迷迷糊糊中感觉他轻轻地抬起我的手，另外一只手把短裤裤腿拉平，然后再轻轻地把我的手放回他腿上。这一抬一放让我想到的是，可惜这辈子他的温柔没有姑娘享受。

※给康康讲故事《小熊上当》。“上当”是什么意思得先让他明白了。用语言描述一番之后，看他瞪着迷茫的小眼睛，灵机一动，主意来了。

“康康，外婆给你买了10串羊肉串，你快下去开门吧。”我们俩正学习，我突然对他说。

他噌地一下从凳子上站起来，转身就往楼下跑，一会儿后上来说：“外婆没有买羊肉串。”

“哈哈哈，刚才是妈妈骗你的，你上当了。”

又过一会儿，我说：“康康，爸爸给你买了一个乐phone手机，你快下去看看。”

他想都没想噔噔噔又跑下了楼。哈哈哈，这小子，太好骗了。

那天我总共骗了他3回，3回他都信了。当然，关于上当受骗他也有了自己的理解。那天他自己总结：“腾阿姨骗佰澄哥哥，余华阿姨骗小满哥哥。”糟了，他以为妈妈都会骗孩子。

几天后，我再用类似的事骗他，我说味多美送冰激凌蛋糕来了，他似信非信，狐疑地看着我，说：“妈妈骗我的。”

※周五上午11点左右，接到康康从学校打来的电话：“妈妈，我们中午吃咖喱饭。”吃咖喱饭是头天晚上说好的，他担心我忘了，所以借了班主任许老师的手机打来提醒我。我跟许老师说了两句，他说没什么事，康康说要给你打个电话。真拿这个食客没办法！今天上午正写着这篇博文，又接到小子电话，还是借的许老师的手机，说：“妈妈，今天中午我要吃烤鸡翅。”这也是昨天说好的。他总担心我们不履约，确实我们经常不兑现。放学的时候，我告诉他：“以后妈妈答应的事肯定说话算话，在学校没有特别重要的事情，不能总借老师的手机打电话。”

不过，这两个电话确实打得不错，实实在在的功能性电话。

※带康康去超市购物。但凡去超市他都有点小激动。下车后，挽着我胳膊，讨好地说："妈妈穿衣服是搭配，挂项链。"连他都知道搭配了。刚说完"挂项链"，小子指着我脖子上的项链问："这是什么东西？"哈哈哈，疑惑的表情太逗了。这项链确实有点不像项链，简直就是石头印章嘛，难怪小子那么疑惑。

※从商场出来，康康背着新买的登山包走在前面，人模狗样的。我和他爸走在后面隔了一段距离。看到一黑车司机拦住他问："去哪？"我们在后面放慢脚步，只见小子停下来，看着黑车司机，认认真真一字一顿地回答"我去……"，就差说门牌号了。司机走了几步，拉开车门，转身准备招呼他上车。他爸爸赶紧说："康康，你得告诉他我们有车。"于是，小子认认真真地对黑车司机说："我们有车。"

我在后面笑得眼泪都快出来了。黑车司机也笑了。当然，回家后赶紧给他补了一课。

后来，我对康爸说："应该不说话，看他怎么办。"

温暖的小事之六十六

时间：2011年，康康13岁，在北京东马坊小学。

※外婆度假去了，康康放学回家，有点失落地对我说："外婆走了，我们三个人，冷清。""冷清"这词用得太好了。

※去姑姑家，他对小小妹妹说："小小，我们要去上海玩。"看他很自然地跟小小妹妹分享，真有点小惊喜。不过，小小有点不屑地回他一句"我知道了"，他就接不上话了。

※小小不知道做什么事情不合适，康康拖长声音对着小小："小小——"意思是小小你怎么这么顽皮。那声调，让我们全屋的人都感叹了一把。多么恰当的声调啊！

※周日从金羽翼回来，康康把裤子脱下来让我帮他洗，裤腿上沾满了颜料，领洁净都洗不掉。那天他没画画，怎么沾了这么多颜料？我有点不悦。问他："在哪弄的颜料啊？"他认认真真地告诉我："可欣和可怡妹妹的手颜料摸我的裤子。"我一听就笑了。尽管表述不够精准，但我已经明白是怎么回事了，想象可欣和可怡沾满颜料的手摸他裤子的样子，好玩。

※我曾多次举例说明康康在对细节的关注上相当有“造诣”。爸爸出差，我通常会把爸爸的车钥匙从进门的衣帽柜上放到客厅的小筐子里。有一天，我发现车钥匙又被拿到衣帽柜上，就问康康是不是他拿的，他说是。我告诉他，爸爸出差了，车钥匙放在门口不好，收起来放在筐子里。他二话没说把钥匙重新放进筐里。昨天，爸爸出差回来，出门开车时，发现康已经把车钥匙放到衣帽柜上了。

类似的事情特别多。我的手机没电了都不用我动手，他肯定会帮我充上；爸爸剃须刀的电也是他负责充。爸爸比较奇怪，说儿子怎么知道剃须刀什么时候没电？每次充电的时候刚刚就是快没电了。

※某天中午，我在沙发上小睡。康康过来帮我把小被子掖掖，盖住我的胳膊。弄好后他没走，而是俯身对我说了一句话。我没听清楚没理他，他又说了一次。我问他说什么，他说：“妈妈，不用谢。”原来，等着我说“谢谢”呢。

※“妈妈，家庭妇女。女人可以摸男人。”某天晚上，我和康爸左一个右一个陪康康睡觉，小子突然对着他爸说了这完全没有关联的字词句。他爸很狡猾，轻描淡写就把儿子的话套了出来。原来，小子要表达的意思是“妈妈是女人，可以摸爸爸的胡子”，被他提炼成了“女人可以摸男人”。

※“妈妈和妈妈不一样。”有一天，康康指着我说。嗯，莫非还有别的妈妈？赶紧拷问。“哪个妈妈不一样？”小子指着照片，说：“这个妈妈头发剪短了，那个妈妈头发扎起来了。”虚惊一场。

※本来要去自闭症协会开会，因康康发烧临时决定不去了。快到下

班时间，我让康康给爸爸打电话，教他说："妈妈开会去了，爸爸快回来陪我。"康康转头对我说："妈妈没开会。"我说骗骗爸爸嘛。他认真地说："骗爸爸，不好。"在我的思想工作之下，诸如"逗爸爸、开玩笑"等等，小子终于答应跟我一起行骗。

他拨通电话，脸上表情有点不自然，看了看我，对着电话说："妈妈开会去了，爸爸回来陪我。"特别的理不直气不壮。我忍住笑看着他跟爸爸你一句我一句，爸爸相信了。爸爸下班回家，进门就问："你妈呢？"康康立马从沙发上站起来，指着另外一个沙发："妈妈在那里。"我藏在沙发后面呢。本来想演一回爸爸上当啦，被我们骗了，却给小子整砸了。他对爸爸说："骗了爸爸就不骗了。"

※放学路上，看到前面有一辆车后挡风玻璃都没了，就跟康康聊天，说这辆车被撞坏了，挡风玻璃都没了。然后问他这辆车可能要开到哪里去？"博……"他刚说出一个"博"字，立即改了口，说："去修理厂。"他本来是想说去博瑞祥云4S店（我经常带他去那家店），但他最后说出的却是修理厂。把具体的某一家店变成了修理厂，说明他有了提炼概括的能力，建立起了概念。

温暖的小事之六十七

时间：2011年，康康13岁，在北京东马坊小学。

※早饭时拿筷子，4个人他只拿了3双。爸爸问他："4个人为什么只拿3双筷子？"他结结巴巴地回答："妈妈烙饼，一双筷子。"我在厨房烙饼，手里确实拿着一双筷子。

※每个星期天晚上睡觉前，康康都会把校服拿出来放在椅子上——星期一穿校服升国旗，对于他来说很重要。生病休息了几天，周一没上课，周二早晨他想穿校服，自己想了想，说："星期一必须穿，星期二到星期五可以穿也可以不穿，不是必须。"

※立冬那天，康康说："今天没哭，立冬有可能下雪，也有可能不下雪，不一定。"去年立冬那天早晨他哭得稀里哗啦，因为没下雪，他认为立冬必须下雪。一年过去了，小子终于明白了"不一定"。

※某天，施丹阿姨一家路过进来小坐，走的时候康康和我们一起在门口送客。他们刚上车，康康转身就往家里跑。我笑着对他爸爸说："这小子，人家还没走呢就跑回去了。"他听到了，立马转身回来。我趁机告诉他送客的礼仪："客人上车后要目送客人的车开走了才回去，这是礼

貌。”说完，我就忘了这事。

过了好些天，政委阿姨和常常哥哥来我们家玩，晚上走的时候，我们一家人照例在门口送客。政委的车开走后，我回头看到康康在我后面端端正正地站着，基本上就是立正的姿势。小子看我看着他，立马说：“我都目送张政委阿姨和常常哥哥了。”

※康康的手去医院包扎后，不能沾水，晚上洗脸外婆帮他拧毛巾。早晨我在厨房准备早餐，他洗完脸下来告诉我：“我自己洗脸，不能弄湿手，用3个手指头拧的毛巾。”

这个家伙在生活中解决问题的能力还是不错的。

※我跟康康一起背对韵歌。记不得，我就偷看。提醒他“妈妈偷看没？”小子得意地说：“妈妈偷看了，不算。”这个“不算”是我没想到的。

※爸爸出差回来的时候，只要我们有时间都会去机场接。前些天爸爸回来，康康表示他不想接爸爸，他要在家等广辉哥哥学数学（他特别喜欢广辉哥哥）。没等我问不接爸爸怎么办，小子就对我说：“爸爸自己打车，很方便的。”

※“这个星期都不用去学校，我研究琢磨游戏。”生病休息那几天，他很快乐地对我说。“研究琢磨”这些词都用上了。看起来，心情愉快可以让人变得聪明。

※某天我洗碗，让康康扔垃圾。他不情不愿地到厨房，问：“扔垃圾多少钱？”我说：“2块钱。”一会儿就听到他在外面对外婆说：“外婆去扔”。外婆于是美滋滋地帮她外孙把事办了，还美滋滋地表示：

“康康真聪明，都会支使人了！”

※“‘关于’是什么意思？”某天康康看着我给他做的“关于康康感冒发烧”的小课件问。

“‘重播’是什么意思？”某天康康看博客，看到“油麻菜国医堂节目重播”问。

“‘或者’是什么意思？”

“‘技巧’是什么意思？”某天学画时，告诉他画画的某种技巧，他问。

晚上天气预报前有一段广告：“庐州老窖支持中国航天事业。”康康问“‘事业’是什么意思？”还问“‘航天’是什么意思？”

“稍后请看其他城市和地区天气预报。”天气预报节目之后，问我“‘地区’是什么意思？”

带康康去医院看手，他提醒我带着病历本。挂完号拿着病历本讲解看病流程，他看见病历本上写着“北京地区医院机构”，问我“‘机构’是什么意思？”

“‘暮年’是什么意思？”某天晚饭时他突然问。不知他从哪儿听到的这个词。除了给他讲“暮年”的意思，还想到了应该告诉他关于书面语和口语。

“‘天文学家’是什么意思？”为解答这个问题，找出了晓丽姐姐送的《地球与太空》书，昨天下午还专门带他去了趟天文馆。

“请勿与司机攀谈”“老弱病残孕专座”。这不是他问的，是我主动给他讲的。他说“攀谈”就是爬上去，还说“孕”就是孕人。“专座”讲了以后，他联想到了在中间艺术馆开画展时鞠萍姐姐的“专座”。

为了解答他的这诸多“什么意思”，我每天都得不停地查百度、请教高手、做简易小课件（组织一下语言，打印出来）。要用他听得懂的语言解释某些词实在有难度，比如，“关于”“事业”。

温暖的小事之六十八

时间：2011年，康康13岁，在北京东马坊小学。

※康康说：“要学一点知识，早上起来背背书。”问他“为什么？”答：“因为要工作、上班，挣很多钱。”

“语文快学完了，多学一点知识就能上班。”这家伙，最近貌似有点开窍。

前段时间不开窍的时候，某天学习讲到国籍。我顺便问他是哪国人，他说他是北京人。我提醒，北京是一个城市，妈妈问的是哪个国家的人。他看出我不太高兴，重复我的话，“哪个国家的人？”然后小心翼翼地斜眼看着我，说：“重庆。”我耐着性子再启发：“重庆也是城市啊，再想想。”他低着头，用更小的声音，说了一个字“回……”，后面两字等着看我的表情，我怒目投向他，他生生把“龙观”吞了回去，嗫嚅着说：“我是哪个国家的人，我想不起来了。”

这家伙会做粉蒸肉会烤鸡翅会一口气说出至少十种鸡的菜名却想不起来自己是哪国人。

※“广辉哥哥慢点。”广辉哥哥教完他从家走的时候，康康跟在后面，亲切地嘱咐。他还会在哥哥走的时候，塞几个糖在哥哥手里。

“外婆别呛着。”外婆喝豆浆时呛着了，咳嗽了几声，康康自自然然地对外婆这样说。外婆激动得差点又呛了。

“阿姨多吃一点菜。”某天在饭馆招待客人，康康对着一位阿姨这样说。

类似的工具性社交语言，小子好像越来越熟练了。

当然，那天看到阿姨他还说：“阿姨，我都长高了。”初次见面的阿姨很懂他，赶紧说：“啊，是是是，你都长高了好多了。”

※爸爸伸筷子挟一碗离得比较远的菜，康康看到了，二话没说，伸手把那碗菜给爸爸挪了过去。

※康康画完画，爸爸问他画的什么，他答：“爸爸，我今天画了一条蛇。”哎，明明画的是龙嘛。

※“我想当园长。不是园长，当馆长。谷燕阿姨，郑冬梅阿姨（是馆长）。吴啸海叔叔不是馆长，是画家。还有什么是馆长，李华姐姐。”李华姐姐总是带着他们出入各美术馆，所以他以为李华姐姐也是馆长。

这个家伙，好久没提职业理想了，最近又开始有远大抱负了。刚去了趟元典美术馆，就要当馆长。够敢想的。

※“爱是什么意思？外婆给我做好吃的，好喝的。”这个说得比较靠谱。

“我们要依赖爸爸。”看到课文里“依赖”这个词，康康立马用这个词说了一句话。当然，随时处于教学状态的他妈，立马举例把“依赖”和“依靠”讲了。我们不能“依赖”爸爸，但要“依靠”爸爸。

“教训，妈妈教训我。”还是学课文，看到“教训”这个词，他脱口而出说了这句话。

※某天放学快到家时，我问康康："喂，你说今天姓肖的回来没有？"小子犹豫了一下，说："是爸爸。"

※上周末我开会两天，据说两天的早饭都是康康负责的。外婆买菜回来，他已经给他爸爸煎好了鸡蛋，问外婆："外婆吃早饭没有？"言下之意是，如果外婆没吃，他接着给外婆做。亲爱的外婆又激动得一愣一愣的。

※某天，看了雨时妈妈写她生老二的经过，晚上我做梦生孩子。早饭时说起这事，康爸骗康康："妈妈生了一个小妹妹，在楼上。"小子立即放下筷子，转身冲上楼。外婆不忍心，说："爸爸骗人的。"康康念叨要小妹妹，一脸盼望。如果有个小妹妹，他一定是极尽温柔的大哥。

※去科大金田合唱团唱歌，我停车，让康康自己先去（有约5分钟路程）。一会儿，他打电话给我，说："在1205教室（唱歌的教室）外面，没有人。"唱歌临时变了地点，他等着我上去接他。这个电话打得相当有水平，那天我恨不得逢人便说这事。

※天冷，外出我偶尔会戴帽子。康康总是夸奖："妈妈戴一顶帽子漂亮！"莫非我还能一次戴两顶?

※我问康康："冬天什么有趣?"他说："下雪，萝卜炖羊排。"

※"我靠，植物都能通关了。"起初我还不相信他说的是那个词，但确实是。跟谁学的呢？肯定不是我。

温暖的小事之六十九

时间：2011年，康康13岁，在北京东马坊小学。

※“爸爸一路平安，路上小心。”“阿姨再见，小心点。”这些话他脱口而出，相当自然。

※康爸激动地说，晚上睡觉儿子竟然给他盖被子。最近他主动要求陪儿子睡觉，为的是给儿子盖盖被子啥的。他说昨天晚上迷迷糊糊，发现儿子把他的胳膊放回被子里，还给他掖了掖被子。

※“那夜我喝醉了拉着你的手，胡乱地说话。”听《冲动的惩罚》，康康说：“这个人喝醉了。”

“草原的风，草原的云，草原的羊群，草原的花，草原的水，草原的姑娘。”听《卓玛》，康康又说：“姑娘在草原上喝水。”

※12月10号晚，月食。康康一个人趴在窗边，看了两个多小时，还时不时举起望远镜。这么长时间专心致志兴趣盎然，比较不可思议。因为我和他爸看了一会儿就不想看了。

※经常去游泳，最近发现康康的礼貌用语少了。报卡号签名的时

候，没有问好。于是特意示范："你好，我的卡号是……"小子很好教。之后每次都认认真真地问好，再报卡号。归还钥匙时，致谢并说再见。想起某次坐飞机安检时他把机票和证件扔给安检员，安检员不太高兴地看了他一眼（当然他根本意识不到这一眼的意思），过后立即告诉他不能扔，要双手递交。礼多人不怪，有礼貌的人总是受人欢迎的。

还是游泳的事。某天他都洗完澡了，看他穿着游泳裤出来，在服务台拿了一条毛巾，赶紧又进去了。后来问他，是毛巾太湿了，所以出来重新拿一条。我悄悄感动的是他穿着游泳裤出来这个细节。

※某天，我对康康说："别说无聊的话！"

"无聊是什么意思，就是没意思。"小子自己总结。

※"感恩节不讨糖果。"过完万圣节就是感恩节，康康自己总结了一下感恩节跟万圣节的区别。拿出去年做的感恩节小课件，复习。复习完，他列了一大堆他要感谢的人。帮他把这些人做了分类，家人、亲友、老师、同学、朋友等。

※讲课文《特殊的考试》，我告诉康康，"特殊"的反义词是"普通"。康康说："我要做一个普通的人，不要做一个特殊的人。"

可是儿子，这辈子你都只能做一个特殊的人。我们争取做一个可爱的特殊的人吧！

温暖的小事之七十

时间：2012年，康康14岁，在北京东马坊小学。

※2011年最后一周的那几天，康康每天早晨都热情地对我们说“新年快乐”“元旦快乐”。元旦前两天，他就果断地扔掉了旧台历换上新台历。他用他的方式盼望2012年。

※“老鼠的天敌是猫。这个常识一定要记住！”“一年的第一个月是1月，最后一个月是12月，这个也一定要记住！”康康现在学习热情高涨，时不时自己总结一把。

※“妈妈化妆漂亮，容光焕发，抹口红。”外出时，我通常会抹一点口红，康康则会用他刚学会不久的词“容光焕发”来夸我。某天开车带他外出，坐上车他习惯性地又开夸。我扭过头，结果他看到老妈素脸一张，赶紧说：“妈妈今天没化妆，不容光焕发。”

※偶尔，我会突然地考考这个家伙，尽管这样做其实很不地道（练一问一答玩）。比如，某天我突然问：“康康，你家小狗团团是什么品种？”他很干脆地回答：“博爱。”明明是博美，变博爱了。

※“爸爸取了多少钱？”某天，康康跟爸爸去银行取钱，回到家我故意问他。他答：“很多钱。”之前的某天，收到晓丽姐姐寄来的一箱子怪味胡豆，我问：“姐姐寄了多少袋胡豆？”他答：“很多袋，数不清楚。”太进步了，这个“很多”是才会用的，之前要么重复问题，要么不知道，要么一、二、三开数。

※“下雪吃羊肉！”这是很多天以前外婆承诺康康的。结果，下雪那天外婆早忘了这事，康康很难过。外婆觉得很对不起她外孙，说“到哪里去找这么守信的人”，第二天赶紧做了一锅香喷喷的红烧羊肉。

※“康康，你看外婆的血压计是不是没电了？”康康拿过血压计，三下五除二，找出电池换上，好了。外婆很得意，说她外孙啥子都会做，外婆的羊肉没白做。

※外婆牙痛，康康很关心，询问之后，说：“外婆不用去宠物医院，去口腔医院。”这次外婆没夸她外孙。

※这个“啥子都会做的外孙”也很讨钟点工阿姨的喜欢。阿姨是文盲，刚来的时候，洗衣机、电视机、微波炉都不会用，全是康康把她教会的。还有，厨房的东西放在哪里，她不知道的都问康康。阿姨说，康康帮了她的大忙。

※某天讲到抽象词“慈祥”，讲完后康康自己泛化：“外婆很慈祥！熊奶奶很慈祥！”太棒了。最后，来一句：“熊大大慈祥！”

※康康画画进步很大。进步，不是他画得好，而是他确实可以通过画画来打发时间。钟点工阿姨回家了，我做家务，他可以安安静静地画

半天，从起形到着色，从画具的准备到结束后画具的清洗归位都非常好，完全不用我过问。画完后，他通常会自己把自己夸一番：“画得很棒，我是艺术家！”有时候说自己是大画家。我很欣慰的是，在画画这件事上，他找回了许多自信。

※元旦去谷燕阿姨家作客。晚上睡觉时，康康说他去叔叔的房间看剃须刀了。爸爸问他叔叔的房间漂亮还是康康的房间漂亮，小子很肯定地说：“叔叔的房间漂亮、豪华。”有判断力了，长进了，连“豪华”这词都会用了。然后，小子对我和他爸说：“说一说别墅。”说完，自己总结，“我长大以后可以住谷燕阿姨家的房子。”我问：“你是说你长大了想住谷燕阿姨家那样的房子，是么？”他说是。我故意问：“怎么才能住那样的房子？”答：“长大了上班，挣钱。”在他看来，长大了，就什么都可以实现了。

※还是在谷燕阿姨家。晚上回家临出门时，康康跟叔叔阿姨姐姐一一道别，然后自己去厨房，跟司机叔叔和做饭的阿姨说再见。康康这个举动让叔叔很吃惊，忍不住夸：“康康真是太乖了！”

※“老师贵姓？”康康问坐在他旁边的外校老师。“姓贾。”老师回答。

“贾大夫的贾。”小子对贾大夫非常熟悉。

“你姓什么？”老师问他。

“我姓肖，大名叫肖靖康，小名叫康康。”停顿了一下，小子接着说，“我会做饭。”

这是放假前某天康康参加完学校组织的劳动技术活动，在返回学校的路上，跟同车的一位他不认识的外校老师的一段对话。

※康康渴望社交。鉴于他基本不会社交却愿望强烈，我在家跟他演练最简单的工具型社交。我扮演不同的角色，比如非常熟悉的人、第一次见面的人，做不同的对话练习。告诉他第一次见面的人打个招呼就可以了，比如："你好，我是康康，很高兴认识你。"熟悉的人可以多聊几句，比如："易叔叔，您好，好久没见到您了。"没话说了就不用说了，可以说"失陪了。"然后离开去做自己的事。可能是因为他热爱社交，这个练习他喜欢极了，兴致高涨，让我扮演了无数角色，恨不得把圈里圈外的人都演一遍。最可笑的是，他立正站好，说："我先走，失陪了。"然后极其认真机械地点了一下头，自己加上一句"谢谢！"一字一顿。我怎么也没忍住，哈哈大笑。

温暖的小事之七十一

时间：2012年，康康14岁，在北京东马坊小学。

※某天晚饭时，康康问：“技术是什么意思？”他爸一听，非常热情地说：“儿子，技术是什么意思，爸爸给你讲，技术嘛就是……”“就”了好几个“是”都没说出来，结结巴巴地问儿子：“你说的是技术吧？”连阿姨都笑得不行了。他爸讪讪地，总算领教，没两刷子还真教不了臭小子。

※“永远的朋友是什么意思？”关器姐姐写的微博，康康不懂，问。关器姐姐解释：“永远就是一生的……”小子继续不懂，问：“一生是什么意思？”关器姐姐再解释，“就是一辈子的。”“一辈子”还是不懂。然后，小子彻底晕了，关器姐姐也晕了。

※“DIY是什么意思？”小子看到我写的“DIY生活”，问。明白意思后，他时不时得意地说：“DIY，我们自己动手做。”

“生活是什么意思？”还是我写的“DIY生活”。告诉他，生活就是每天我们过的日子，比如康康的生活丰富多彩，做好吃的、旅游、滑冰、参加各种活动，等等，这些都是生活。

※“宅男是什么意思？”某天我说他是宅男，他问。

※课文里有“光耀门楣”一词，康康问是什么意思。解释给他听后，小子说：“康康要光耀门楣，不开小差。”之前我刚批评他读书开小差。

※放假前的一个周五，学校组织低年级学生去劳动技术活动中心，史校长很周到地通知康康也去。活动结束回到家，我就倒下了，重感冒。康爸出差不在家，照顾妈妈成了小子义不容辞的任务。晚上喝完中药，我早早地躺下。他给我泡了一杯苦荞茶端上楼放在我房间，给我盖好被子，把我的手机充上电，然后关上门，自己到书房玩游戏。我冷，让他再给我加了床被子。他刚盖好被子出去，我还觉得冷，又让他上楼再拿一床被子。他轻轻地把被子给我盖好，还把被子角都掖掖好。过一会儿，我又支使他到楼上给我拿毛衣（肩膀疼睡觉必须用毛衣护着肩。我告诉他毛衣在熨衣板上，结果他不但拿了毛衣，还拿了熨斗）。睡得迷迷糊糊时，手机响了，他跑进来帮我接手机，是景宸哥哥从济南打来的。他告诉景宸哥哥妈妈生病了，睡在床上。我坐起来够不着手机，他把正在充电的手机拔下来递给我。等我接完电话，他帮我重新把手机充上电，给我盖好被子，接着出去玩游戏。

那天晚上，在儿子给我盖得严严实实的温暖的被窝里，我很踏实地睡了。

※“我长大了当个厨师，要好好学习，天天向上。”某天晚上，他一边看着一本5、6岁孩子看的书，一边对我说。这家伙，在梦想当美术馆馆长、演员、导演、记者、老板、工程师、伊派员工、泥瓦工、电影院检票员、清洁工等等无数崇高和不那么崇高的职业之后，最后还是决定当个厨师。

※说康康是我的秘书一点也不夸张。每次外出，他总是动作很快比我先出去，当我穿戴好上车时，车钥匙已经插到钥匙孔里只等我打火，我的手机放在司机座旁边的杂物格里，包放在副座上。“秘书”乖乖地坐在后座上等候我。如果我化妆了，他会殷勤地恭维我“化妆了漂亮，容光焕发”。

当然，“秘书”也有办事不力的时候。比如，某天我让他把我的红包（拎的红色皮包）拿下来，他噌噌噌跑上去，一会儿就拿着一个红色的压岁包下来了。红包，红包，他最近都快钻钱眼里去了。

※“小伙子，去哪？”下了地铁，康康走在前面，好几个黑车司机热情地围着他。

“我要去回龙观吃呷浦呷浦。”小伙子非常认真地回答。

“去吃呷浦呷浦啊，跟我来，上我的车。”一女司机一边笑，一边引着他走。

我和哥哥在后面笑得不行。后来打了一辆正规出租车，告诉他，那些让他坐车的人都是黑车司机，我们不坐黑车，坐正规的出租车。下次有人问你，你就说谢谢，我们不坐。为了表示都记住了，他主动演练：“谢谢，我们不坐黑车。”赶紧告诉他只需要说“谢谢，我们不坐”就行了，不要说“黑车”俩字。真担心他像陈佩斯小品里那样学舌，还好，重新演练一遍，对了。

温暖的小事之七十二

时间：2012年，康康14岁，在北京东马坊小学。

※康康痴迷电话号码是春节发现的。春节，爸爸要给一朋友发短信，康康直接把电话号码给背了出来，老爸很奇怪，问他还记得谁的，这下不得了，他几乎把我手机里常用的人的电话全背了一遍。

几天前，他突然问我梁阿姨的车牌号是多少，我哪记得啊，就告诉他不知道。结果他一会儿忍不住又说一遍，还说不能打电话（我限制他随便打电话）。看出他难受，说如果实在想知道，就给梁阿姨发个短信问吧。发完短信，他飞快地跑上楼拿了一个小本一支笔放在茶几上，我问他干吗，答："记车牌号。"车牌号查到后，小子脸上的笑容无比灿烂和满足。

※某天，去昌平办事，带着康康一起去。下车问路，让他在车上等我，发现要去的地方就在旁边，想着盖个章就出来，就没倒回去叫他。盖章等候时，想着去把他叫进来学学常识，结果，吓了我一大跳。车里没人，钥匙还插在车里（我下车时灭了火但没拔钥匙）。他手机卡过期了新的还没办。这地方没来过乱糟糟的，他不会是遇到坏人被骗走了吧？赶紧倒回去找，伸长脖子看，连个影都没有。紧张无比，扯着嗓子

喊，一会儿看到他从路边低着头走过来，很镇定，他说他去那边的大鸭梨饭店找妈妈去了，没找到就回来了。真是有惊无险。赶紧补课，车钥匙没拔，车没锁，不能下车，万一坏人把车开走了怎么办。我也长记性了，以后下车一定记着拔钥匙。

※康康很多时候不会给很多东西命名，比如我们家饭厅有个操作台，他就不知道是什么。某天，我们俩练习说什么东西放在哪间屋的什么上面，他说“电饭锅放在饭厅的杂桌上”。好一个“杂桌”，很形象，上面确实杂七杂八放了好多杂物。

想起他很小的时候在青岛吃蛏子，他不知道那个东西叫蛏子，就说他要吃“硬壳”，也很形象。之后很多年他都一直叫蛏子为“硬壳”。

※周末，朋友来家作客。中午，叔叔跟康爸喝了点小酒，阿姨说她开车。走的时候，还是叔叔开的车（喝的酒不多，也很近）。送走他们回到家，康康着急地说：“叔叔喝酒了不能开车。”我只好说：“叔叔忘记了。”“给叔叔发个短信。”说着他就拿起手机要发短信，通知叔叔喝酒了不能开车。我只好骗他，说刚才叔叔忘记了，开出去想起来了，就会让阿姨开车。我们这些大人啊！

※晚饭后，我和康康通常会聊聊一天发生的事情。今天晚上我和他坐着面对面聊天时，他有点讨好地说：“我和妈妈的对流方式。”估计换个人都不晓得他讲的是啥，我马上就猜出来了。“康康，不是对流方式，是交流方式。”

※最近，无论做什么，我都有意无意地跟数学关联，连外婆都被数学武装起来了。比如，某天晚饭时，外婆激动地分享了她外孙的一件得意之事。外婆说她煮好了粥，康康拿碗筷时看了一眼她放勺子的碗，就少拿了

一个碗。外婆说："康康真的太不简单了！"

类似"太不简单"的事情还有很多。比如，某天爸爸本来说不回来吃饭，康康摆好碗筷后，爸爸又打电话说要回来了，康康放下电话，到厨房拿出一套餐具给爸爸摆上。我跟外婆一样，看在眼里，喜在心里。

小子做木瓜西米露，我问他做了几碗，他告诉我："做了三碗，康康外婆和妈妈我们三个人一人一碗。"（爸爸出差了没回来）关于西米和水的比例，不知他是怎么把握的，反正浓稠刚刚好。他说他用手抓的西米，抓了四把。

还有，某天他说想吃鸡翅，担心他吃太多，我只拿了10个解冻。后来我听他跟外婆说他想吃15个，外婆让他自己拿。吃的时候我数了数，真是15个，不多也不少。

※爸爸经常出差，几号回来是康康非常关心的。当爸爸告诉他几号回来，他通常会掰着指头算还有几天，现在基本上都能算对了。

温暖的小事之七十三

时间：2012年，康康14岁，在北京东马坊小学。

※某天，康康说天暖和了就要去语言大学玩，我说可以。可能是想着到语言大学玩单杠双杠的事，他有点小激动，让我说一说语言大学。然后，主动问我："语言大学有多少平方厘米？"在我一番讲解之后，他似乎明白了一点。我接着拿我们家的面积举例。隔了一会儿，他问："我们家是多少万平方米？"

※最近，我和康康在玩钱的游戏，让他学习关于钱的知识。

某天，一位记者姐姐来家里采访康康的故事，走的时候，康康问："给多少钱（给记者姐姐）？"

画展送画，我跟他一起整理画，他问："画多少钱？"

今天收到许老师短信，让明天带上学籍卡注册。康康找出学籍卡放进书包里，然后问我："学籍卡多少钱？"

※康康最近感叹句用得比较多，比如："多好啊！""怎么回事啊？""好奇怪啊！"等等。当然，"为什么呢？"也用得相当多。

"这是什么意思？"每天都在问着，懒妈妈都懒得记录了。

※“胡说八道就是没意思的说。”这是康康自己对这个词语的解释。

“陈广辉哥哥用来学数学。”广辉是给康康请的数学老师。某天广辉来了，康康热情地说。

“哇，看，这个乒乓球多神奇。”当爸爸用开水把踩瘪了的乒乓球烫起来后，我故意很夸张地说。“这个没有神奇。”康康捏起另外一个没完全复原的说。

“你以后跟他说话的时候……”我正提醒康爸怎么跟儿子说话，康康在旁边迅速接了下半句：“——说清楚！”

“妈妈任何时候都允许康康做想做的事情……”我话没说完，他又接了下句：“——康康不用拘谨。”

某天家里来了客人，吃饭时，康康说“请入席”，还伸手做了个请的姿势。刚从故事书上学会的词，活学活用。

“碗，一个碗，一个大大的碗。扩一下句，要扩长一点。”某天，康康一边帮我把洗过的碗放进柜子里，一边自己念叨。

※“你在干吗？”“上厕所。”“大的还是小的？”“小的，不是大的，是小便。”这是某天晚上爸爸跟儿子的对话。康康在卫生间，爸爸在卫生间外面。爸爸有点小得意，对我说：“你儿子这些话都懂得起了！”

※外婆把花椒撒在了灶台上。康康二话没说帮外婆捡花椒。“灶台缝里的花椒，康康是用筷子细的那头掏出来的。”外婆不无自豪地告诉我。

在电饼铛里煎青椒。我正准备按“鸡蛋薄饼”那一档，康康过来帮我按了“花生豆荚”档。我问他为什么，答：“因为青椒是蔬菜，鸡蛋薄饼是主食。”

饭馆吃饭，康康自言自语。服务员以为是在对她说，问他有什么事？他很自然地回答：“谢谢，我不要菜了。”我又窃喜。小子在公共场所的表现自然度越来越高。

温暖的小事之七十四

时间：2012年，康康14岁，在北京东马坊小学。

※“爸爸打豆浆，我还想睡一会儿。”某天我一早带外婆看病走了，康康睡眼迷朦地安排爸爸。

※康康坐在沙发上看一本旅游杂志，这本杂志是爸爸家乡旅游局寄来的。那里面有许多好吃的好喝的，还有许多他熟悉的风景，整整看了一小时。看的过程中，他跟我分享他去过的中山古镇，吃过的腊肉豆花，另外很多词他都不懂，一边看一边问。我让他拿个小本记下来，回头到百度查（因为许多词我也解释不出来）。小子没按我的指导做，直接拿了Ipad上了百度，一边看一边查。我凑过去看，他正在查“口号”和“传统”。

※某天散步时，康康装着很有见识地跟我聊：“蒙蒙哥哥考动物员。”唉，可怜的蒙蒙哥哥从公务员摇身一变成了动物员！

“蒙蒙，一会帮我拍几张照片。”我刚跟蒙蒙说完，康康又接话了：“妈妈穿什么漂亮衣服？”

放学接了康康直接去开会，他兴奋地盼着盒饭晚餐。还没等到盒饭送来，蒙蒙哥哥就来接他了。他无比失落地说：“妈妈下回一定请我吃盒饭。”

※冠军溜冰场溜冰，休息时，康康拿着一瓶冰红茶很享受。“谁给的？”我问。小子有点自豪地：“自己拿钱买一瓶冰红茶，10元。”这是上周的事。今天溜冰，小子休息时，让我去跟阿姨们聊天。一会儿一位记者姐姐跑过来告诉我，说康康举着一个钱包去服务台买东西了，行吗？我笑了笑，告诉她：“行！”

原来小子把我支开，是有目的的，担心我干涉他。

前些天吃KFC，点完餐他不满意点的鸡块，想吃另外一种，我说这是你自己决定的，今天只能吃这个。小子二话没说，打开背包一边拿钱包一边说：“我自己有钱，我自己买。”拿着钱包排队去了。

钱包放他包里一年有余了，里面始终放着一百来块零钱，一年过去，这家伙终于开始比较自如地花自己的钱了。

※康康最近比较勤快，原因是他妈实在太累了。外婆做手术，已经跑了七八趟北医三院两趟宣武医院，回家煮完饭再没力气洗碗。此时不用他，更待何时？摘菜、洗碗、洗完碗擦厨房的地、洗自己的袜子内衣，他没有怨言，早晨下楼时还知道主动把垃圾带下楼。绝对好帮手一个！

※在车上，康康的电话响了，他拿起来看了看，说了一句“未知电话号码”，然后很果断地把电话挂了。他基本能够分辨出垃圾短信、骚扰电话，只是有时候人家用飞信发我的短信，他也一律视作垃圾短信。

※爸爸出差回来带了两天康康，表扬说儿子越来越乖。中午他在沙发上睡觉时，儿子玩Ipad，自己就调成了静音，他睡醒了开始说话时，小子立马就把声音调出来了。我告诉他，这都是我们平时教的。除了在家里，在公共场合，他也知道开静音或者调很低的声音，包括开会时电

话调静音他都知道。这样的教养和礼貌对咱们的孩子绝对需要。

爸爸频频点头，有点小得意。我立马告诉他另外一件事：

团团吃饭时总叫唤，我略带呵斥地喊了一声：“团团！”康康立马从餐桌边站起来，冲着团团喊：“团团，他妈的！别叫了！”我对康爸说，都是跟你学的，连口气都跟你一样。

那人讪讪地，说：“那我以后注意点。”

※“他们住别墅，好富裕啊！”道然哥哥送康康回家，看到别人的别墅时发感慨。“嗯，他们都是富人，我们是穷人。”康康如此接了下句。

※“妈妈，安慰什么？”我不舒服，躺在沙发上，康康过来问。我没明白他的意思，他又说：“妈妈不是头痛。”其实他是想表达：妈妈哪不舒服？想安慰安慰妈妈。

温暖的小事之七十五

时间：2012年，康康14岁，在北京东马坊小学。

※“4月2号是世界自闭症日。”刚讲完这句，正发愁怎么讲后面，康康接下去说：“是伟大的日子。”然后他数了几个人，“贾大夫、温洪阿姨、魏清云、覃阿姨是自闭症。”我问：“余华阿姨施丹阿姨许剑秋阿姨是吗？”他说不是。呵呵呵，谁知道他心里怎么想的。不过我还是告诉她：“贾大夫、温洪阿姨、魏清云、覃阿姨她们不是自闭症，是为自闭症人做事情的人。”

※“喂，我老公呢？”我问康康。小子看了我一眼，说：“是爸爸。”某天我又问：“我妈呢？”小子很自然地回答：“外婆在楼下。”众人均觉得小子相当不错。然后，我就这样问了：“我老公是你什么人？”小子支吾着说：“我老公是你儿子。”他爸站在旁边，一脸不悦。我忍住笑，拉过小子的手教：“你老公是我爸爸。”其实，到后来，我也差不多被他弄糊涂了。

※“你给谁打电话？”晚上散步时，康康看我打电话，问。平时他一般都是这样问的：“妈妈给谁打电话？”今天连续问了几次，都用的人称代词“你”替代了惯用的“妈妈”，是不是要开窍了？

※“我想念爸爸了。”散步时，康康说。这家伙对爸爸相当依恋，一顿饭没回来吃，他都会把“我想念爸爸”挂在嘴边。

“我想我老公了。”我故意这么说。他愣了下，看了看我，说：“可以。”

※“妈妈打一下铃。”“打什么铃？”“妈妈的车打一下铃。”他怕我不明白，又补充：“我们家到学校多少公里？”其实，他说第二句的时候我就完全明白了。他想表达的是，妈妈把里程表归零，看看我们家到学校多少公里。他的困难在于他不知道那个东西叫“里程表”，也不知道那个词叫“归零”。

※“我今天心情不好。”某天散步时，我说。“是什么原因？”他很自然地边走边问。从前他基本都是学舌“妈妈今天心情不好”。语言的自然度越来越高了。当然，妈妈没忘记把这个话题继续。

※“爸爸敬礼！爸爸是警察。”某天，康爸要参加一个正式会议，穿了西裤衬衫一本正经刚下楼，康康便如此要求爸爸。爸爸很听话地像警察那样给儿子敬了个礼。

※带康康参观“2012艺术北京”博览会，小子看到人体写生作品，驻足点评：“这个，太丢人了，没穿衣服，没穿内裤，不礼貌。要把衣服穿上，袜子也要穿上。”我连忙解释，这个，是艺术，艺术就不丢人。问题是，他能明白吗？

“一只狗狗，站在木板上，狗狗不能掉下去，掉下去就找不到狗狗了。狗狗在听雨，雨哗啦哗啦。”他如是描述一幅很诗意的画。

※这家伙，越来越靠谱了。这是最近常挂在我们嘴边的话。比如：外婆让人送来一袋大米放在门口，康康放学回家二话没说，直接把大米抱进厨房；某天请同学到家玩，一起到球场打完蓝球，离开时，只有康康同学一个人收拾矿泉水瓶子和冰棍纸，装进袋子扔进不远处的垃圾箱；某天请同学到比格吃饭，外婆也去了，我和爸爸嘱咐康康照顾外婆然后就离开了，后来外婆告诉我们，康康牵着她去上厕所，外婆出来时康康还在外面等着，小心地扶着外婆回到坐位。

※家里没保姆，不知不觉间收衣服叠衣服这些事就被康康主动承担下来了。我上楼时经常看到这个小男人正站在我的大衣柜前挂衣服，悄没声息的。看他整理衣服宅男的小样儿，很有趣。如果他能帮我熨衣服就更好了！

※家里在修露台。一天下午我和康康放学回家，负责施工的老郭说，昨天康康把他新买的一包水龙头配件当垃圾扔了，500多块钱，只好重新去买了。说完他直叹气。我一听，觉得不大可能，让他稍等，立即下楼问康康，有没有看到郭叔叔放了一包水龙头在门厅。小子二话没说到楼梯间拎出了那包水龙头。平时家里的工具箱以及诸如此类物品都是放在楼梯间的啊。后来我才知道，老郭担心放在外面会丢，头天收工时悄悄放在我们家的小门厅，第二天要用时发现不见了。康爸和外婆在家找了半天没找到，告诉老郭肯定被康康扔了，因为老郭放的位置正好是平时我们周转垃圾的地方。老郭连物业都去找了，物业说垃圾都清掉拉走了，为此老郭难受了半天！没想到能失而复得。我批评康爸和外婆，太不了解康康，康康绝对不可能扔。问康康为什么没当垃圾扔掉，人家说："这是水龙头，不能扔！"

铭心记忆：军训胜利结束

昨天上午军训总结大会，汇报表演，康康所在的班非常荣幸表演三声三相，鼓掌，唱军歌，站军姿，走正步。每一项，康康都跟同学们一起顺利完成。前来检阅的张校长很关心，特意问老师康康在哪个班，当他看到康康的表演后由衷地表扬了康康。

康康能够坚持7天艰苦的军训，有几个必备条件：

学校领导和老师的重视和关爱。学校王主任一去就跟教官交了康康的底，希望教官关照这孩子。

生活上，老师也很关照，担心康康不方便，特意把他从上铺调到下铺（小子还不愿意）。

教官的差异化对待。整个训练过程中，教官对康康按普通同学对待，所有作息和训练跟同学一样，但在康康有困难的方面差异对待，比如他身体协调性不够好，一些动作确实做不到位，不苛求他。有一位生活教官还总是表扬他。

康康的同学杨金权对康康的帮助。跟熟悉的小学同学杨金权在一起，康康有安全感。他们同住一间宿舍，早晨起床都是杨金权喊他。他睡得沉，教官的起床叫声他是听不到的。我问杨金权喊几次康康才起来，杨金权说要喊两次。到食堂吃饭他们也在一起，通常同学们抢饭（米饭是同学自己盛），康康总是在外围进不去，是杨金权冲进去以后拽着他进去。这些是生活上的帮助。还有训练上的帮助。训练的时候，康康跟杨金权挨着，康康队列不能标齐，杨金权总会拉他一把，往前或往后一点。整个训练过程中，许多时候，我看到康康和杨金权总是手拉手，让我很感动。

康康自己的努力。大太阳下，站队训练，他没有怨言。杨金权跟我说，康康可以休息但他都不休息，他说康康真不错，能吃苦。训练的艰苦，生活上的简陋，他都能适应。在家，他是必须开着空调才能睡觉的。军训期间的宿舍没有空调，只有一台电扇，12个人住在一起，空气浑浊，睡硬板小床，很脏的公共卫生间，每天列队到营房集体洗澡。饭菜还算可以，但他喜欢的荤菜数量有限，比如每顿饭鸡腿只有一个，烤鱼排只有一块，想吃也没有了……如此种种，他都接受，不但接受，还很喜欢，每天情绪高昂，乐在其中。老师说他可以回家住，但他十分坚决地表示住在营里不回家，训练结束才回家。

康康良好的身体素质。这两年，我比较重视康康的体能锻炼。打乒乓球、游泳、跑步，一直在坚持。良好的身体素质让他顺利完成艰苦的大负荷军训。

我的陪伴。我的陪伴对于康康来说最微不足道，他并不希望我陪他。但我的陪伴从另外一个角度来说意义重大。首先，让老师们觉得踏实。他们实在不了解自闭症孩子，很担心，包括校医。其次，我的陪伴让老师和教官感动。因为，有史以来妈妈陪孩子军训，应该是第一次，他们觉得当自闭症孩子的妈妈太不容易。这几天跟老师朝夕相处在一起，沟通得非常好，他们对康康更加了解，为康康下一步的中学学习打下了较好的基础。

康康的首次军训以他获得“军训优秀学员奖”而划上圆满句号。学校领导和老师说：康康完成了一次超越。

这是康康人生中非常重要也非常难忘的一段经历。老师、同学、教官、军营、朝阳下的晨练、星空下看露天电影……许多年后，看着照片和视频，我和他会一起回忆这段美好的经历。

非常感恩，在康康的成长过程中，总有那么多的爱 。

爸爸特意推迟了出差，说要在家迎接儿子凯旋。儿子要求的奖励很实在——一顿麻辣香锅而已。

铭心记忆：初中开学第一天

“妈妈，夕阳好美啊。”早晨，6点40分，上学路上。在你的感叹中，你的初中生活正式开始了。不过儿子，早晨升起的太阳不是夕阳是朝阳。于是，你重新来了一遍：“早晨升起的太阳不是夕阳是朝阳。妈妈，朝阳真美啊。”是的，儿子，朝阳很美。尽管上学的的路是一路向西，灿烂的朝阳却一直一直追着我们。

9月1号，你参加了开学典礼。领回了一大书包新书。你把书放在你的书桌上，一本一本地数，一共22本呢。妈妈告诉你，中学多了几门功课，地理、历史、生物、政治，这些都是小学没有的。妈妈看了看课本，哪门都不是你能学得明白的。看着这一堆新书，妈妈的胃又开始隐隐作痛。然后就一直痛一直痛，痛到今天早晨。

昨天晚上，爸爸打电话回来问你上学的情况。从你军训回来他就出差了。妈妈对爸爸说我有点紧张有些担忧。爸爸很奇怪，说：“不是还按以前的路继续走吗？我们要的是学校的环境，儿子的学生身份，还有他的归属感，当然也有妈妈的归属感。至于学业，根本不用考虑，能学多少学多少，紧张什么担忧什么呢？”妈妈说：“初中生活，一切都是全新的，儿子得有一个适应的过程。”其实，这并不是妈妈最担心的。妈妈真正的忧虑是，你的智力开发一直不尽如人意，尽管大家都安慰我，说已经不错了，已经很不容易了。但我知道，如果你的理解力上不去，你的社会性融合进程将会大大地受阻碍。爸爸不是我，他哪里知道我的心事。

昨天中午，学完烘焙回家已经1点钟了。饭后，我吃完胃药躺在沙发上休息。你洗完碗收拾好厨房，过来拉着妈妈的手，给我掐虎口。因为头天妈妈胃痛的时候，你看到外婆也是这么做的。上周五，妈妈带外婆看病，你一个人在家。早晨起床你没吃妈妈给你打好的豆浆，而是自己煮了一碗醪糟汤元，汤元还是用汤元粉一个一个搓的。吃完早饭，你看了会儿书，然后自己去游泳。中午1点妈妈和外婆回家的时候，看到收拾得整整齐齐的厨房，豆浆倒出来装在大碗里，豆浆机洗得干干净净，二楼阳台上，游泳裤也洗干净晾好了。你说你自己在家很棒。你是很棒。有时候，妈妈就想，是不是太贪心了，得到了就想得到更多。

开学第一周，妈妈让你选择，是上一天半还是五天都上，你选择了五天都全天上课，中午在学校吃饭。妈妈问你行吗？你肯定地回答：“行！”你总是想证明自己。妈妈也想让你感受感受所有的课程，所以同意了你的选择。

到学校了。你自信满满地大踏步走进学校，妈妈站在学校门口一直看着你，走到升国旗的地方，然后右转，再走几步，就是你们的教室楼了，你的教室在一层的尽头。你急匆匆的背影消失在妈妈的视线外，你没有回头看妈妈。在路上，你说："我是中学生了！"这是每天上学路上你必说的话。不过，以前，你说的是："我是快乐的小学生！"今天，你把这句话改了改，改得很好。

同学，老师，还有校长都陆续进了学校。我在校门口站了许久。杨金权的妈妈也在校门口跟我一起站着，她是陪我，她不用担心杨金权。"走吧，看不到什么了。"她招呼我。

回家路上，迎着朝阳，一路向东。这条路我们走了6年，还将走3年。春夏秋冬，一年四季，这条路上的一草一木都熟悉得不能再熟悉，亲切得不能再亲切。昨天一场雨，今晨，天空透亮，秋风习习，丝丝凉意，秋光很好。不用赶路，慢慢地开着车，缓缓地想着心事。还记得一年级第一次开家长会，也是秋天，一个秋日的下午。那个秋日的下午，也是在这条路上，妈妈慢慢地开着车，缓缓地想心事，想着你终于上学了，终于成了一名小学生。时间真是快啊，6年，怎么一转眼就过去了。6年后，在这个静静的秋日的早晨，妈妈坐在电脑前，缓缓地敲下这些文字。

心，慢慢地静了下来。窗外，蝉声轻鸣。

2012年9月3日

温暖的小事之七十六

时间：2012年，康康14岁，在北京上庄中学。

※还是那些修修补补的事。某天，康爸修厨房的的水龙头，遍找几天前拆下的笼头丝网不得，问康康，小子又二话没说从楼梯间的工具箱里拿了出来。

以前他是家庭的破坏者。现在，他是家里的一把好手。

※某天我开会，安排康康在家画画。小子画完画没按我的要求继续写作业，而是拿着外婆买菜的钱包，挂着手机出门去对面的小超市采购去了。那天他采购的物品分别是：醋、香油、打蚊子的药。早晨，他听到我跟外婆说枸杞树长虫子了，打蚊子的药没了，所以他买了打蚊子的药。

※周末，在陶然亭公园唱完歌，回家已下午2点多，我累得躺在罗汉床上不想再动。康康一直在厨房忙乎，问他忙什么，他说厨房太乱了，乱七八糟。外婆在沙发上很不好意思地笑了，说她今天没收拾。小子收拾完厨房又出来做了七杯酸奶，才摘下围裙休息。

※晚饭后，他拿着满满一篇写着油盐酱醋色拉油白砂糖酸奶蜂蜜鱿

鱼米糕的购物清单，让我开车去了趟超市，我只是司机而已。爸爸说蜂蜜家里还有一瓶为什么还买，我告诉他，儿子的习惯是要备上一瓶。谁说他不会企划？家庭妇男快把我取代了。

※这个靠谱的家伙，有时候也会做出不靠谱的事儿。4月，中国儿艺活动那天，活动结束坐地铁回家，我刷卡先进去，康康的卡估计是没钱了报错被拦在外面。正在这时，小毕爸爸举着自己的公交卡走到康康旁边，关切地询问康康怎么没进去。康康告诉毕叔叔，卡没钱了。说完，他以迅雷不及掩耳的速度，夺下毕叔叔手里的公交卡，飞快刷了卡进去。然后，他坏笑着隔着刷卡器把卡还给还没反应过来的毕叔叔。我和小毕妈妈又吃惊又好笑，毕叔叔一边笑一边回去重新买了一张票（特别感谢小毕爸爸，总是对康康这么友爱）。

※自打康康发现自己钱包里的钱可以买饮料买吃的，就开始喜欢钱。某天爬山，梁阿姨给付宝宝钱，让宝宝和康康去买喝的，回来问宝宝找的钱呢？宝宝说康康把钱拿去了。呵呵呵，这小子把人家的钱装到自己钱包里了。

爬山那天梁阿姨带了很多吃的，在山下等人的时候，小朋友们开吃，康康谢谢阿姨。阿姨开玩笑说，康康以后你也给阿姨买吃的，康康满口答应，说给梁阿姨买豆腐干。然后，我就发现小子不见了。转悠着去找的时候，远远地看到小商店里小子的身影，好像正在付钱。没过去打扰他。小子回来后，拿着两袋豆腐干递给梁阿姨，说："我请梁阿姨吃豆腐干。"梁阿姨激动坏了，夸康康真是有情有义的孩子，我也暗自高兴。不过嘛，那两袋豆腐干，基本上只是在他梁阿姨那过了过手，很快就被那个请客的家伙自己干掉了。

※某天在冠军溜冰场，我看到康康正拿着我的钱包把包里的一堆零

钱往他的钱包里塞。连忙过去问怎么回事。小子很平静地说："我觉得我的钱不够了。"果然，他钱包里只剩3.5元钱，连一瓶冰红茶（5元）的钱都不够了。

※"康康，你撒过谎吗？""撒过谎。""撒的什么谎？""嗯——，姑姑——"，说完，他扭了扭身体。"哈哈哈，那不是撒谎，是撒娇！"这是上周末，康康和姑姑的一段对话。

※"妈妈为什么感动？"那天，看最美司机的事迹，康康看到我流泪，问。

※"爸爸吃点什么呢？"早晨，康康看到爸爸下来，餐桌上什么也没有，问。

※爸爸出差很久才回来。康康因为想念爸爸掉了好几次眼泪，爸爸很感动，事情还没有办完就中途赶了回来，一解儿子的思念。

※爸爸回来了，康康很高兴很高兴。爸爸开车他坐在副驾驶座位上。爸爸困了打了个呵欠，康康立即伸出手抚了抚爸爸的后背。

※周末，姑姑坐我们的车。听到坐在后排的姑姑咳嗽了几声，康康立即把空调风量调小了，说："姑姑太冷了，咳嗽了，把空调关小一点。"

※"农庄有个张宇叔叔，不是焦点访谈的。张宇叔叔又酷又帅。"许久前某天，康康听到施丹阿姨给我打电话，说起某农庄，还有张宇什么的。他总结了一通。

※某天，我们讨论到哪儿吃饭。康康提议："哀老大肉夹馍。"我们愣了一会儿，然后一齐笑。儿子，"袁老大"的老板知道你把他说成"哀老大"，肯定会气晕的!

※"妈妈，去'西雅园板品咖啡'喝咖啡！"某天，别字先生康康很洒脱地提了个要求。唉，那是"西雅图"，不是"西雅园"，是"极品咖啡"，不是"板品咖啡"。

※周末，给康康20元零花钱。小子接过钱，说："我想要很多很多钱。"然后又说："只有这么一点点钱。"说完，再来一句："等爸爸回来要点钱。"爸爸回来后，他果然又要了10块钱。

温暖的小事之七十七

时间：2012年，康康14岁，在北京上庄中学。

※“手牵手，好朋友。”散步时，康康牵了牵妈妈的手，总结道。我问他都有哪些好朋友，小子说柏俊哲。我提醒，除了同学，自闭症圈的还有哪些好朋友。小子很流畅地列举，熊宝宝、芊芊姐姐、佰澄哥哥、小满哥哥、常常哥哥等，连不经常在一起玩的李任达哥哥都没漏掉。当他说顺口了说到源源弟弟的时候，立即改口：“源源弟弟他不是自闭症。”

※“康康，你拿着车钥匙出去干吗？”大姨问。然后，我听到他回答：“要去把《爸爸爱喜禾》扶正。”大姨听不懂，问我什么意思。“他说他要去车里，把《爸爸爱喜禾》那本书放正，刚才停车时放在副驾驶座上的书歪了。”大姨终于明白了。

※“明天星期四中午有红烧鸡翅。”没上学的那天，康康惦记着食堂中午的菜。我甚至以为，他之所以喜欢上学喜欢上全天，很大程度要归功于这顿在学校的午餐。

※教师节早晨，康康写了很多张贺卡带到学校。我交待他送给老

师，但细节没有吩咐。放学回家，问他卡片送完没有，告诉我都送完了，送给老师了。问怎么送的，答："到办公室送的。"如果他说的属实的话，这小子确实长进了。

※某天，我在家语速飞快地数落康爸，康康在旁边不紧不慢地来一句："妈妈口若悬河地说。"那人立即得意地鄙视我。

※"金鱼很可爱。金鱼说，康康吃辣椒脸上都长疱了，可不能再吃辣椒了。"康康看着爸爸给鱼缸换水，对着金鱼说。不得了，拟人也学会了。

※早晨，康康不想吃早餐，我问他是不是没食欲，他于是问我："食欲是什么意思？"

表叔请吃饭，介绍一位朋友说是他战友。康康问："战友是什么意思？"

※从康康10岁起就带他做足浴。很难想象这个曾经触觉过敏的孩子，可以忍受做足浴。某天在陆琴足浴，新花样，做完后往脚上涂蜡。看着白白的一层蜡，康康不知为何物，紧张地说："起皮了。"然后问，"不会烂吗？"

※回老家，陪三姨找物业说房子漏水索赔的事，三姨跟物业发生争执，声音很大还拍了桌子。吵完后，发现康康已经在旁边哭得一把鼻涕一把泪，赶紧安慰他。小子伤心地一边抽噎一边说："三姨不吵架。"

※我和康康在饭馆吃完饭回家，他手里拎着打包的饺子。走过我们家门口附近的垃圾桶，他顺手提起垃圾桶盖上的一包垃圾，打开垃圾桶

盖，把垃圾扔进桶里。其实，那天下午我来回几趟都看到盖子上的垃圾，只想着谁那么不文明，至于把它扔进桶里我肯定不会做，我认为那是保洁工人的事。

※康康逛商场或去别的公共场所，看到地上空的饮料瓶，他一定是顺手捡起来扔进垃圾桶。那次在中央电视台，他被晒得流着鼻血还没忘记把洗手池上堆的好几个空瓶子和纸团扔进旁边的垃圾桶。

※路过小区门口的小饭馆，饭馆门口的凳子倒了，他很自然地把凳子扶起来放正；去姑姑家或者三姨家进楼道门的时候，无论后面是谁，他都会扶着大铁门等别人进了他再进去；在电梯里，只要听到别人喊等一下，他都会摁住电梯等候。

※最近教康康洗袜子，示范时我随手拿起两只袜子搓，他让我停下来。原来，我手上搓的袜子不是一双，换成一双后他才让我继续搓。后来我看他洗的时候，都是配对搓揉，晾的时候当然也如此。

※某天，大姨把一个包装袋扔进客厅垃圾桶，我看到康康伸手从垃圾桶里把包装袋拿起来，翻了一面再放回去，他不允许包装袋反面朝上。同样，扔进垃圾桶的饮料瓶，盖一定要盖好。凡是扔带包装的东西，包装一定要整整齐齐。

家里的吸尘器，通常我用完就放在某个角落，电源线我是肯定没有耐心把它绕上的。每次，康康都会默默地把线绕好吸尘器归位。问题的关健是，他做这些事情的时候，从来不抱怨，包括捡别人随手乱扔的垃圾。

关于刻板或者强迫，只要不影响别人，对自己没有安全妨碍，就随它去。我们哪个人又没有个特别的习惯特点呢？更何况，刻板时常可以转化成优秀品质。比如，某天晚上去姑姑家蹭完饭回家，我吃得太饱屋都没进就跟康爸散步快走去了，嘱咐康康自己洗了睡。11点散完步回家，突然想起洗衣机里洗的衣服还没晾，赶紧冲进卫生间，洗衣机里空空的，小子已经晾好了。阳台上晒干的衣服也收了，并把我和他爸爸的送到了我们的房间。厨房，第二天早晨打豆浆的黄豆也泡上了。他不能忍受不把这些事情做完就上床睡觉……

温暖的小事之七十八

时间：2012年，康康14岁，在北京上庄中学。

※给康康讲“战友”的意思，告诉他在部队一起当兵的人，就是战友。讲完让他举一反三。“在学校一起读书的人叫什么？”他转动着小眼睛，想了想，小心地回答：“读友。”我忍住笑，换了一个说法：“在学校一起上学的。”这次他答：“学友。”答对了。再问他：“还有没有另外的表达？”看他的茫然样，再提醒：“跟你一起上学的人，比如杨金权，是什么关系？”“同学！”——真是功夫不负有心人。

※给康康讲老家和北京有什么不一样，其中一条是语言不一样。问他：“老家和北京语言哪里不一样？”答：“老家说汉语。”说完看了看我，有点不敢确定的样子。我拼命忍住笑，不给他任何暗示。小子于是说：“北京说英语。”我狂笑之后改用四川话：“幺儿，你这个都不晓得哦？”小子立马很自信地回答：“老家说四川话，北京说普通话。”

※“我们家的饭碗怎么那么多都磕了缺口啊，破了的就不要了扔掉。”洗碗时我一边洗一边念叨。洗完收拾好就忘了这茬事。过一会儿，康康过来跟我说；“妈妈，把这些碗都扔掉。”我的天，碗柜里就剩下两

只好碗。我忙说：“亲爱的儿子，扔了就没碗吃饭了，只磕破了一点点，凑合还能用的。”小子迷惑着把准备扔掉的碗重新放回了碗柜。

※一段对话：

“爸爸这样抱着妈妈行不行？”在客厅，爸爸故意跟妈妈拥抱一下，转头问康康。

“可以。”小子看了一眼，答。

“爸爸这样抱着别的阿姨行不行？”我问。

“不行，因为大了。”小子说完，补充一句：“会不高兴。”

“谁不高兴？”我来了兴趣，再问。

“是妈妈。”人家很顺溜地如是回答。嘿嘿，竟然知道老妈擅长吃醋。

※关于三角恋的一段对话：

“你觉得芊芊姐姐喜欢常常哥哥吗？”前些日子，这三角恋有点好玩儿，我问。

“不喜欢。”小子很肯定地回答。

“为什么？”

“因为常常哥哥老打我。”这个答案让我小吃了一惊。

※在超市买木瓜。售货员帮忙挑选一个，康康按了按，觉得硬，让售货员换一个，还是硬的。问：“这个木瓜怎么这么硬？”售货员认认真真给他解释这是另外一种品种，表面硬，但已经成熟了。类似的正常化交往越来越多。

※康康跟爸爸打乒乓球。爸爸故意推快球，小子接不过来了，大声抗议：“爸爸，打慢点！”

※“妈妈，我都整理内务了，叠被子拉窗帘了。”早晨，康康给我汇报。每天早晨，无论时间多紧张，他都要“整理完内务”才下楼吃饭。

※“雪被树压断了。”晚上散步时，看到路边断了的树，康康感慨。

“不是雪被树压断了，是树被雪压断了。”我纠正。

“树把雪压断了……，雪把树压断了。”小子小声念叨，最后找到了正确答案。

我笑得不行，告诉他爸，这“把”和“被”，已经整了10年了，从在以琳的时候就开始学，至今仍然没整明白。夏天的时候，时常听他念叨：“我把蚊子咬了个包。”或者“蚊子被我咬了个包。”甄老师那条著名的定理“自闭症孩子的进步是以年为单位的”看来得改成“以十年为单位”了。

※去“冠军溜冰场”滑冰，进去刚滑一圈康康就溜了出来，手里捧着两三个空的饮料瓶。这些饮料瓶当然不是他喝的，而是别人扔的。找垃圾桶扔掉后进去，刚滑一圈又出来了，这次手里捏着一大团卫生纸，地上捡的，还是别人扔的。牛牛妈妈笑说：“康康成捡垃圾的了！”

※“人太多，坐下一班地铁。妈妈，我都排队了，没有加塞。”最近康康经常自己坐地铁去上绘画课，这是某天他向我汇报坐地铁的情况。

※“康康总是吃两个鸡腿。”放学的时候，杨金权告诉我。“你们吃几个？”“我们只能吃一个。”“康康怎么能吃两个？”“他吃完了就去要。”原来，康康没有每人只能吃一份的概念，吃完了就端着盘子理直气壮地去要，食堂师傅照顾他，通常都会多给一个。如果没要着，他会怎么样呢？

妈妈感悟：以乒乓球为载体的学习

10年前，我参加黄严丽慈女士（黄太）的“努力试”培训班。10年过去了，黄严丽慈女士讲的许多内容已渐渐模糊，但有一个情景至今仍然清楚地记得，那就是当我在视频里看到黄太的儿子泽林（Louis）跟家人打乒乓球，享受着普通人的运动休闲时，我内心的那份强烈震撼。当时，我们正在跟康康的各种行为问题情绪问题斗争，跟他几乎空白的认知理解较劲，根本不敢想，有一天他也会像泽林一样，挥舞着拍子，享受着运动的力量和美好，享受着普通人休闲的乐趣。10年过去了，我们终于等到了这一天。

康康是2007年9月16日九岁半开始学乒乓球的（感谢我事无具细的笔记），当时也没什么想法，反正觉得他总得学点什么。乒乓球是最好的训练协调能力的运动，训练手眼协调、身体协调和注意力等等，总而言之有许多好处。记得他的第一个教练是蒙蒙哥哥的大学同学、乒乓球爱好者洪凯哥哥。后来的两位教练都是北京体育大学的学生。或许是康康当时的综合能力太差，注意力、协调性、自控力、理解力都不好，即使是我和姐姐全程陪同参与练习，他学起来仍然非常辛苦。因为没有成就感，他反感抵触乒乓球，两位教练也一直没能进入状态。断断续续学了一年，只是不会再把球打到天花板上了，喂好球的话也可以接几个，谈不上会打。看他确实没兴趣就停了。这一停就是三年。小学六年级时我在学校陪读，下课后带着他跟同学们打乒乓球，发现他竟然很有兴趣，打得也不是最差的，他的同学经常在打球时说，谁谁谁打得还不如康康。于是决定让他重新把乒乓球捡起来。

去年11月，在我们家附近的康乐中心，找到一位非常好的教练——道然哥哥。道然哥哥毕业于体院乒乓球专业，不但有耐心还有爱心，看到康康有一点进步就非常高兴。他说康康总是让他有一种不一样的感觉，特别想把康康教好，他没有完全说出他的感受，但我懂，也因此很感动。康康因为喜欢哥哥，对打乒乓球的热情无比高涨，我们常说动机具备就什么都好办，确实如此，康康打乒乓球，哥哥就是他最好的动力。每次打球，康康都很高兴，对我，则是一种享受。看着青春洋溢的哥哥带着康康运动，看着康康那么努力地跟着哥哥学习，一招一式无比认真，我的那份愉悦满足就不说了，当然，康康滑稽可笑的动作也常常让我开怀不已。因为他各方面能力的提升，这一年的学习比起几年前进步快得多。同时，这一年的学习，也让我反思孩子在不同阶段的教育。以前要教会康康做一件事情，需要做很多铺垫，需要先分解教会他许多能力，然后他才可能胜任完成一件事。现在则反过来，通过完整地做好一件事情，触类旁通地教他很多能力。正如甄老师所说，一个载体任意附加各种目的，不同阶段不同目标。下面我就简单总结一下，以乒乓球为载体的学习。

社会性。社会性贯穿在所有学习中。乒乓球学习中有人，有环境，那么，这里面是什么样的关系呢？康康的乒乓球训练在康乐中心乒乓球室，每次去的时候，他都会跟认识的服务员哥哥姐姐们打招呼问好。遇到新来的，他会问哥哥或姐姐叫什么名字，或者看看他们的胸牌，然后礼貌地问好。他能够记住每一个人的名字（记名字是他的兴趣所在，无所谓好不好）。如果他去得早，会自己找服务员拿钥匙开门，自己开灯，把东西放好，然后安静地等哥哥。打完球离开时，收拾好自己的球拍、水杯、纸巾等小垃圾带走扔到垃圾桶，关灯关门，到前台签单，礼貌地跟前台服务员哥哥姐姐道别。从社会性的角度来总结，在康体中心，康康明白他跟环境和人的关系，并且能够按照这个关系规则去约束调整自己的行为。引用甄老师的话：我们教孩子理解人际关系、理解社会生活，那是因为，所有的人际之间的交往规则，都是对某种人际关系的概括，不同的关系要形成不同的交往规则，孩子要利用对人际交往规则的认识，去解决具体的交往问题。

独立性及自我管理。刚开始打球的时候，都是我陪着他去。后来，他独立意识越来越强，想自己做事的愿望越来越强烈，我就试着放手，让他自己去。从我们家到康体中心步行约十来分钟，到了他会给我打电话，不用担心。我不在现场，丝毫不会影响他的训练。现在打球，我不用次次都去，在放和收之间，要找最合适的方式。

另外，打乒乓球的准备工作从来都由康康自己完成，他会提前把球拍、水、手机装到专门的袋子里，一个都不会少，当然还有无论走到哪里都会带着的指甲刀。如果遇到时间有变化，他会跟哥哥打电话商量时间。我只需要悄悄监控一下就行。

数学学习。打乒乓球涉及到的数学学习最直接的就是时间。几点打球、从家到球馆用多长时间、几点从家里出发、中间休息几分钟、几点再重新开始、几点结束等等。难的，我们就写在本上，像学应用题一样学，再泛化到具体生活中。关于时间，除了计算，更有时间的感觉，比如快到点了，他可以正确地回答还有几分钟，但正确回答并不表示他明白自己应该怎么做，他会继续磨蹭。前不久看到Jinglenn 老师说：语言上明白别人“讲的是什么意思”，不代表孩子明白“这个是要发生的情况”，这个是自闭症孩子身上常见的问题——不建立事物之间的联系。所以，当给孩子语言指令、提示、通知等时，一定要检查孩子是不是真的理解了——这里讲的理解不仅是指孩子明白语言上的意思了，要检查孩子是否知道行动上要做什么。真正明白时间意味着什么，建立时间和行为的联系，还有一个漫长的过程。

关于付钱。我专门给他讲过付钱的事。为什么要付钱、付多少钱、怎么付，不管懂多少，慢慢灌。甄老师来家里那次，打完乒乓球，他把钱给哥哥，甄老师故意问他：“为什么给哥哥钱？”他答：“因为教打乒乓球了。”再问：“能不能把钱给其他人？”答：“不行，是别人。”钱的学习，同样需要漫长的积累。

语言和理解。几乎每次打球，我都随身带着本和笔，遇到哥哥说的康康不懂的词，就写下来，演示解释。小本上记录的词语很多，最近忙乱不知丢哪去了，比如爆发、收拍展拍、正手反手快攻、定位球……我还时常充当翻译，哥哥的话是什么意思，用康康能够听得懂的语言解释。哥哥的动作分解不够细的，我还要帮助分解示范。慢慢地，哥哥明白了康康的学习方式和学习特点。康康不是听明白的，而是做明白的，并且，做还是掰碎了做。他们俩磨合得差不多了，我充当翻译的机会就越来越少了。

写到这里，我特别想说一说康康的动作模仿。哥哥告诉他，打球的时候，腰要动，边说边示范。康康很认真，但由于身体僵硬，协调性差，他完全不能做到在打的过程中自然地扭动腰部，同时完成几个动作。所以通常是先站住，摇几下腰，再打，然后再站住，再摇几下腰,接着打，滑稽之极。包括移步移动身体接球等，都是这个套路。不用气馁，假以时日，给他充分的耐心和等待，慢慢地，生硬的模仿就会内化成自己的东西，动作越来越连贯自然。现在他正手反手发球扣球，都有模有样。长久的坚持之后，总会有收获。哥哥总是说，康康并不比普通孩子差，他说他有信心把康康教好。他既是鼓励我，同时也是对康康的肯定。

思维训练。那天甄老师看康康打球。康康一边打一边说："要出其不意，瞬息万变，声东击西。"这些都是哥哥说给他听的，他记住了，但并不理解。经过一年的学习，他在技术上有很大长进，那么，接下来我要想做的就是通过打乒乓球训练他的思维，这个想法跟哥哥不谋而合（在这里必须说，哥哥真的非常棒，他是用心在教康康），比如，为什么不能总把球打到一个位置、怎么打球才能够让对方接不到球、怎么样识别对方球的目的、怎么样才能够打败对方等等。这里面涉及到揣摩别人的心理，就是我们通常说的想法解读，这对自闭症孩子来说是最难的。尽管难，我们还是在尝试着去教，至于最后是什么结果，也不用多想。不做，肯定没结果。

自信心。无论学什么，孩子需要有成就感，有了成就感才会有自信心。孩子自信心的建立，跟大人的态度密切相关。除了要提供给他好的环境，选择适合他的老师，制定适合他进度和时间的练习安排，还要学会欣赏，在他遇到困难时要有方法帮助他跨越障碍。记得刚刚找到哥哥的时候，我就告诉他，首先是要保护康康对乒乓球的兴趣，他的学习过程比普通孩子长，难度也更大，学得慢点打得不好都没有关系。我们学习的目的很明确，既不参加比赛也不以此谋生，而是要在学习过程中，逐渐达到训练的目标。因为有事先的沟通，当哥哥有点冒进的时候，我也会提醒，因此，后面的学习非常顺利，康康始终处于特别想学而且想好好学的状态。乒乓球带给他的是愉悦的感受和体验，还有自信心。

额外的收获。最后，我想说的是，康康很幸运，遇到了道然哥哥。如果没有哥哥的耐心和爱心，康康的乒乓球学习不可能如此顺利。上个月甄老师到家里看康康，那天正好康康要打乒乓球，甄老师看了一堂乒乓球课，非常感慨，说："这个道然哥哥是真的对康康好！"甄老师阅人无数，她没有看走眼。略举一些小细节，哥哥在教康康打球的过程中，陆续准备了几种小器械——拉力器、小哑铃、瑜伽垫等，让康康练习俯卧撑、仰卧起坐、拉臂力等各种运动，这么多好玩的学习和尝试让康康始终兴趣浓厚。后来，哥哥还在康康的体能训练上拓展了许多项目，比如长跑、篮球、器械等，还专门跟另外一位健身教练宝玉飞哥哥讨论康康的体能训练。这一年下来，康康的体能有很大的提升，现在一次性跑3000米已经不是问题。在一年的相处中，康康和哥哥建立了很深的感情。哥哥的女朋友从国外回来，他们俩会带着康康去外面吃饭，帮康康买衣服。哥哥还带着康康参加小区同龄孩子的集体体能训练，参加小区小朋友的集体活动，比如烧烤聚会等。哥哥甚至还发动康乐中心的同事们看康康的节目，告诉他们康康如何可爱如何努力。现在康乐中心上上下下几乎没有不认识康康的，每个人对他都亲切友善。哥哥一个人带动了一群人，

偶尔会有家长问我，康康的课外学习付多少钱。写到这里，我想说，无论是康康的数学老师广辉哥哥，书法老师小郭，还是乒乓球教练道然哥哥，到后来都不再是单纯的教和学的关系、钱的关系。他们就像康康的哥哥一样，发自内心地喜欢康康，愿意帮助康康，而我和康康爸爸，也是发自内心地感激他们，把他们当作很亲近的晚辈，一起外出，一起玩，请他们到家里吃饭聊天。哥哥们回老家，都会给我们带一些他们的家人特意给我们准备的土特产。其实，人与人之间，最重要的是交心。

拉拉杂杂写了这么多，每个阶段在孩子的训练上都有不同的目标，只要我们用心去做，孩子总会有收获。

2012年12月6日

温暖的小事之七十九

时间：2013年，康康15岁，在北京上庄中学。

※我贴着面膜，问康康：“妈妈弄的什么？”答：“妈妈弄面具了。”再问：“你能弄吗？”答：“不能，因为是女人，不能贴男人。”

※清理手机无用电话号码无数，几天后发现那些电话又回来了，顺序都一样。康康坦白是他重新输进去的。他记得我手机里无数的电话号码。

※打乒乓球时，康康突然想起爸爸答应他吃“老莫西餐”的事，我敷衍他说以后找时间。他自己找理由安慰自己：“老莫西餐要穿正装，今天穿这衣服没法去。”我问：“正装是哪种服装？”答：“漂亮的服装。”

※早饭时，外婆说昨天晚上半夜发现康康站在她床边，吓她一大跳。原来这小子半夜起来上厕所，发现搭在暖气片上的外婆的袜子干了，就收了袜子送到外婆房间。就着这事我对康爸说：“你还敢夸口说你儿子将来可以给人家当保姆？这大半夜的站床前不把主人吓个半死才怪。”

※我还在炒菜，康康已经端坐在桌前开吃。我让他拿碗盛饭，小子立马站起来，瞥了我一眼，说：“要帮妈妈干点活，不能老想着吃。”

我心里确实这么想。谁说他的解读不对？

※来了客人，康康下楼迎接打招呼。客人是军人，康康很崇拜地对叔叔说：“叔叔穿军装，是很了不起的人。”叔叔心花怒放。

※一天放学路上，康康说：“没有撕杨金权的书。”他的否定表示肯定。我问：“你撕杨金权的书了？”小子立马否认：“没有撕，不能撕。”我平静地接着问：“你撕了杨金权几本书？”答：“就一本《语文》书，没有撕别的书。”自己的撕完了，只好撕同学的了。

※上周，康康告诉我：“上语文课找老师借《语文》书。”问他书呢？答：“《语文》书扔垃圾桶了。”因为没得书皮撕，只好撕书了（这学期我们俩包了无数次书皮）。

初一第一学期马上就要结束，总结这一学期：上半学期主要是抠手，下半学期主要是撕书。

※“哇，田园风光，好美啊！”康康发感叹那会儿，我的车刚刚驶进清河收费站。马路两边，车水马龙，高楼林立。

※“中央电视台像一个大裤衩，我觉得又酷又美！”最近，康康时不时总想发发感慨。路过中央电视台，康阿哥又开始感慨。我不得不建议他使用另外一个词儿：“很独特。”于是，他重新感叹：“中央电视台像一个大裤衩，很独特。后面的就不用说了。”

※某天在商场吃快餐，我建议他吃面条，简单，还快，他不干，要吃麻辣烫。我强硬地说：“就吃面条，不行吗？”他一字一句不快不慢地说：“不行，我非要吃麻辣烫。”本来我还有点撮火，一听他这“非

要”，立马高兴地同意了。康康第一次使用“非要”这个词。当然，除了高兴他的“非要”，更高兴他的自主。

※“妈妈，我把鞋子洗了。”他在楼下扯着嗓子告诉我。“为什么洗？”我问。“弄上雪了。”“什么血？”我以为他又把手撕伤了。“白雪。”哈哈，人家是到院子里玩雪了。

※“康纳洲是个？”我接完到康纳洲开会的电话，康康如是问。我答：“康纳洲是一个单位，家庭支援中心，专门支持自闭症孩子和家庭的。”管他能听懂多少，告诉他。“开会说什么？”这小子，现在忒喜欢穷追问。“说4月2号世界自闭症日活动的事。”

穷追问其实也很好。比如说，他爸在外面吃饭，回家后小子通常这样审问：“爸爸今天去哪吃饭了？跟谁吃的饭？说的什么？”哈哈，真的不是我教的。

※康爸说他第二天要出差。康康立即说：“我很想念爸爸！”

外婆回老家了。康康很舍不得外婆。问我：“外婆走了会怎么样？”我认真地回答：“外婆走了，妈妈也会煮饭给你吃。”

康康放学回家看不到外婆，说：“我觉得外婆走了很孤单。”

温暖的小事之八十

时间：2013年，康康15岁，在北京上庄中学。

※某天深夜我和康康送李华姐姐去然然家。我们只知道然然家的大致位置，准备快到的时候再打电话。但是，我发现忘记带手机了，李华的手机没电了。我说："完了，这下怎么找得到然然家？"康康摸出手机，说："我带电话了。"我们说："不知道然然家的电话号码啊！"康康立马背出了然然妈妈的手机号，还一边背一边拨通了手机。关健时候，这背电话号码还是有点用的。

背电话号码确实有用。再比如，康康学吹葫芦丝，曲谱记得很快，本人分析，得益于背电话号码，反正都是一堆数字，相通。

※除了背电话号码，这家伙最近还开发出一项本领——带路。周日在清河附近学完烘焙，要去惠新西街小关，林翠桥那条路没走过，刚开口问小语妈怎么走，康康就说："我认识路，我给妈妈带路，会走。"我将信将疑一路按照他的指点，中间好几次不确定，问他，人家都非常肯定。果然顺利到达。以后认路的事都交给他搞定啦。

※为帮助康康建立方向感，他爸买了《中国地图》《北京地图》张贴墙上，还有带灯的大地球仪，俨然俩认路专家。突然想起有一个职业

没准适合他。时常看到在一些二三线城市进城的高速路边上，有人站在路边举着“带路”的牌子。现在让他先给路盲老妈带路，以后就往职业带路方向发展。

在柬埔寨旅游期间，康康除了吃得爽玩得嗨，表现也不错。比如，在饭店和在机场，自己的事都自己搞定，去找卫生间啊，要根牙签啊，买冰激凌啊，都是操着半生不熟的英文，连比带划。在机场买草莓冰激凌，他先看单子英文怎么说，然后我和他爸远远地观望，听到他用很慢很慢的英文在表述，然后旁边有人发现他有点不对劲儿，白他一眼之后走到一边。我和他爸继续微笑远观。后来，他拿了原味冰激凌过来，因为草莓味的没有了。白眼算什么？他早就百练成钢啦。

※康康的秩序感或者说强迫症不同阶段有不同表现，除了厨房卧室等房间东西的摆放要整齐、坐车必须系安全带、拉链必须拉好、扣子必须扣好、包包带子不能拧着、包里的东西必须按顺序摆放、钱包的钱哪面朝外等等以外，现在又延伸到“管理”我的电脑，他时不时地就按他的规则把我的文件整理归类，当然，我就时不时地扯着嗓子怒喊：“康康！你又把我的××文件放到哪里去了？”然后，他飞快地从不同的地方跑过来，迅速把文件找出来，一点也没有歉意。

※在重庆，参观周公馆、曾家岩八路军办事处，康康大声地说：“国民党反动派！”他小学课文里学过。后来我们到大邑建川博物馆参观抗战主战场馆，给他讲解国民党官兵如何抗战打日本鬼子，看完博物馆他一边下楼梯一边若有所思对我说：“国民党就不是反动派了。”再后来，我们又去了延安，关于国民党是不是反动派，他完全糊涂了。

※天还没热的时候，我看他被子有点薄，问他晚上盖这个被子冷不冷，他回答：“不冷。被子太短了。”被子确实太短了，时常看到他的

脚露在外面。表达越来越生活化正常化了。

※给康康讲故事，有一篇《公开课》，老师问小朋友都有什么水，故事里的孩子说汽水，康康于是开始发挥："开水、温水、热水、冰水、酒水、泪水、盐水、茶水、糖水、柠檬水……"故事讲完后，他找出《儿童百科全书》，翻到《水》的那一篇看起来。其中有一条说水是溶剂，可以溶解洗衣粉、盐等，他问："淀粉可不可以溶解。"我让他记下来，查百度。他还问调料可不可以溶于水，比如香油、辣椒油、酱油、醋，问氯气和明矾是什么东西。让他一并查百度。全部查完后，他到卫生间洗手准备吃午饭，看到架子上的洗发水，又问："洗发水里都有什么？沐浴露里都有什么？"那天中午，我们查完了才吃午饭。这家伙，有一天会不会怀揣十万个为什么难倒老妈我？

有些时候，康康也不问，自己悟。比如今天晚上，他自个儿练葫芦丝，自己打拍子唱《我和你》，五音不全，唱到"为梦想千里行"时，高声说："爸爸，为梦想千里行就是跑很多千米。"最近小子晨练，其中一项就是跑3000米。

※求知欲很强的康康有几天总是问我"委婉是什么意思"，以词解词通常他是不明白的，只能示范。我分别委婉地说，很凶地说，然后告诉他意思。为了巩固，让他也用委婉的语气和很凶的语气说一句话。他委婉地是这么说的："妈——妈——，我想吃芒果——"然后，他不委婉地说了一句："肖靖康，我告诉你！你要好好学习！不许开小差！"语气表情跟我训他时一模一样。

温暖的小事之八十一

时间：2013年，康康15岁，在北京上庄中学。

※这家伙如果不说话，走在大街上是很容易潜伏在普通人堆里的。母亲节那天，在东单地铁口，康康走在前面，我看到两个年青女孩在跟他说什么，然后看到他头都没偏一下，直直地往前边走边对她们也说了什么。之后，俩女孩会意地相视一笑，走了。我追上去问康康两位姐姐刚才说什么，他说："王府井怎么走？"原来是问路。我问他怎么说的，答："前面右拐。"说对了的啊，人家只是笑他的表情语气。

※康康让爸爸陪他睡觉。半夜康康起床上厕所，迷迷糊糊踩着爸爸的胳膊，爸爸没有像以往那样夸张地哎哟哎哟。康康把爸爸的胳膊放好，喊了两声"爸爸，爸爸"。爸爸故意没有答应，康康有点急了，大声地喊："爸爸，爸爸。哎！"这个"哎"是让爸爸答应。爸爸终于憋不住笑了，问他："爸爸不动也不答应，你是不是以为爸爸死了？"小子一本正经地反问："什么意思？"

※关于"什么意思"，生活中处处皆是。一早去上画画课，路上康康问："听党指挥是什么意思？"然后又看到一个店名叫"捷达总代理"和"长安之星"，问是什么意思。刚讲完，他又看到一楼盘广告

"尚品"，问："这是什么店？"后来又看到一条"首选晚餐"，主动告诉我："这是打的广告。"

早晨吃着饭，问我："妈妈，新力博物馆是什么意思？"没听明白，反问他"什么新力博物馆？"他说："马未都博物馆是一家私立博物馆。"呵呵，原来是这个"私立"啊（Si的音他发不清楚）。告诉他私立的就是私人的，不是公家的。解释完就知道他肯定不懂。果然，小子又问："公家怎么写，是什么意思。""公家就是国家的，不是私人的。"自己都晕了。告诉他，比如你的中学就是国家办的，列举了一些他知道的机构啊幼儿园啊门口的小商店啊，都是私人开的。

我们的世界对于他就是外星球，他们太不容易了！

※这个外星球来的家伙开始逐渐意识到自己跟别人有点不一样了。某天，在回家的车上，康康突然对我说："妈妈，我是自闭症。"我问："在哪看到的？"答："海洋天堂，从我做起。"《海洋天堂》电影他看过，"从我做起"是央视的一期关于自闭症的节目，他常看。我问他："你知道什么是自闭症吗？"答："自闭症又叫孤独症。"然后反问我："自闭症是什么？"

尽管他问了这个问题，但他还没有真的把自闭症跟自己关联起来。甄老师说，下一步他会问自闭症好不好、自闭症跟自己有什么关系，再下一步就是自闭症人和普通人有什么不一样、为什么我是自闭症。等着，别诱导启发，等他有评价时，再告诉他。

※上完一天课回家，让他写一篇日记。他有点警惕，说："今天没发生一件什么事情。"言下之意是今天没有做错什么，不需要被批评总结。

温暖的小事之八十二

时间：2013年，康康15岁，在北京上庄中学。

※给康讲阅读，他突然问："干爷爷去世了，去哪儿了？"我说干爷爷去天堂了。他又问："天堂走哪条路？"我一时不知怎么回答。他自己说："很远很远的。"我赶紧说："是的，是天上的天使把干爷爷接走了。"他以前曾经问过，天堂都有哪些人，在天堂吃什么饭。

※昨天晚上，康康在楼下看"新闻联播"，突然对着楼上的我喊："我不想妈妈死！""新闻联播"里正说着国内外大事，没有关乎生啊死的呀。问他怎么突然想到不想妈妈死，他一边说着"为什么不想妈妈死呢"，一边跑上楼来坐在我旁边回答这个问题："因为，因为妈妈不会摔倒！"都什么答案啊。看了看我，又说："因为我爱妈妈！"养了他15年，终于知道一点点生啊死啊爱的概念了。

※讲到"逃跑"这个词，康康为了表示自己确实很明白了，说："去大学跑步不是逃跑。"

※电视里放护舒宝广告，故意问康康："护舒宝是干什么用的？"他有点犹豫地回答："是贴屁股的。"我和阿姨笑。他又赶紧说："是

上厕所用的。”我和阿姨又笑。他困惑地问：“是干什么用的？”告诉他：“是女人用的，男人不用。”他就不再问了。

※关于康康的琐碎记录：

每天晚上，他都要在厨房忙一阵。即使是我洗的碗，卫生和整洁度也不符合他的要求。

每天，他都要奔走在不同的房间，把不该放在这里或者那里的东西归位。比如，我的眼镜、围巾、手机、钱包、车钥匙、书、记事本、爸爸的车钥匙、手机、笔记本电脑以及厨房的勺子、碗、盘子等等。

每天，阳台晾的衣服干了，他一定会收起来，分别送到不同的房间。

几乎每天晚上，他都会睡了又爬起来，因为他会突然想起爸爸玩了他的Ipad没放在原来的那个地方，楼下有张毛巾还没拉直，卫生间的洗衣机门没有关上，阳台晾的袜子没有成对晾……

每天，他都要翻着字典或者打开百度查不认识的汉字不会写的汉字。

每天，他都会帮我把闹钟的闹铃调好，帮我们把手机充上电，帮我把钱包里的钱按正面反面整理好，把我包里的东西按他的顺序放置好。

每天，他都会在我下车后打开车门重新把我随意松下的安全带捋直。

每天，他都会在我们的“求求你了，别干了先吃饭先睡觉”的劝导中更加飞快地干着这些琐事。

无论什么时候，我都不用担心找不到车钥匙。

无论什么时候，我都不用担心钱包里的公交卡忘带了。

无论什么时候，我都会在需要墨镜的时候，从包里掏出来。

无论什么时候，晚上厨房的垃圾一定是倒掉了的。

无论什么时候，剩的饭菜一定是蒙上保鲜膜整齐地放在冰箱里。

无论什么时候，晾干的衣服一定会有人收。

有的时候，他爸爸会扯着嗓子喊：“康康！你又把我的手机放哪了，我一会要打电话，就放在这里好不好？”

有的时候，我会扯着嗓子喊：“康康，我求求你了，别动我的东西好不好，这本书我现在正在看，你又收哪去了？”

有的时候，他爸爸会很生气地叫：“康康，我办公室的钥匙呢，是不是上次出差回来你清我的包把它放别的地方了？”

有的时候，我会怒冲冲地吼：“别在厨房收拾了，快要迟到了！”

其实，有的时候，我们冤枉他了。他并没有把爸爸的钥匙收起来，是爸爸自己收起来忘记了。他也没乱放书，只是把书放在平时该放的地方了。他从不声辨，在我们的呵斥中只是更加急匆匆地楼上楼下地替我们找啊找。

还有的时候，我们也会讨好地让他帮忙：

康康，我的那个小记事本找不着了，你知道在哪吗？

康康，薛阿姨放我们家的杯子呢，你收起来没有？

康康，我们家报箱的钥匙呢，在哪呀？

康康，我手机里的这个人是谁啊？在哪见过的？

康康，××阿姨的电话号码我误删了，你想得起来吗？

康康，今天我们见的那位哥哥叫什么名字啊？

这个被我们呵来斥去的康康，从来不计前嫌，认认真真无比耐心周到地做着他该做的一切。

温暖的小事之八十三

时间：2013年，康康15岁，在北京上庄中学。

※我去医院看病，中午康康自己煮面条，还给关在房间做视频督导的姐姐煮了一碗。刮丝瓜、切丝瓜、切葱姜蒜、调佐料，井井有条，吃完收拾、洗碗也相当利索。（第二天现场看他煮面条，细节有待改进，比如丝瓜切太大，煮面时盖着盖子、火开得太大等。）

※在去医院的路上，接到康康电话，告诉我家里的玉米热狗肠、面条、盐都没有了，我随口说回头再去买，他告诉我自己已经去超市买了，钱是在妈妈平时买菜的零钱包里拿的。买完东西就准备去打乒乓球。煮面条，买东西，打乒乓球，时间掐得正好。

※康康打电话告诉爸爸，妈妈去医院看病，他去打乒乓球了。爸爸下班去接他时，他已经去游泳了。爸爸跟道然哥哥聊天时，接到康康的电话，说他游完泳了，在酒店门口看到爸爸的车了。看到爸爸的车，判断爸爸应该在附近，给爸爸打电话，很自然。

※跟康康一起出门，他飞快地关各个房间的窗户。一边关一边念叨："得把窗户关了，要下雨。"

※出门的时候，开着空调，他飞快地把中央空调的主机关掉，然后把各个房间的空调关上。

※我的车修好，爸爸取了车回家，康康马上把我的驾驶本、车上的零钱包、他平时体能训练用的篮球等放回车上。一方面帮了我的忙，另外一方面也满足了他的秩序感。

※我很累，回家后躺下休息，告诉他别打扰，我睡一会儿。半小时后，他噔噔噔跑到我房间，告诉我时间到了他都准备好学习了，让我起来给他讲课。还说面包也做上了（回家路上我随口说了句想吃做的面包了），起来后发现洗衣机的十几件衣服也全都晾得整整齐齐。我很累的时候，家务活完全可以不用我操心。洗衣机洗衣服，手洗自己的内衣裤袜子，衣服干了收衣服、扔垃圾、洗碗等等。如果来了客人，客人走后，喝茶的茶壶茶杯、水果盘等等，他会飞快地收拾洗净归位。基本上，这家伙可以照顾自己，服务家人了。

（从干家务看，他有点儿强迫，有点儿刻板。好在，都是积极有益的。我不想让他被太多家务事占据时间，这个阶段主要任务还是学习提高。因此，他干家务时总是偷偷摸摸，干得飞快，生怕我干涉他。）

※“康康，快上来看晚霞。”我在楼上大声喊。他跑上来，漫不经心的表情，问：“为什么要看晚霞呢？”然后自己回答：“因为晚霞很美。”他并不觉得这晚霞有什么看头。

※去中央音乐学院看金羽翼组织的有佰澄哥哥参加的演出，因为票的问题保安和观众在门外面打起来了。看到110车来了，康康问：“发生了什么事故？”他竟然也会说“事故”。告诉了他是发生纠纷

不是事故。

※中医药大学的田哥哥问康康，我们国家乒乓球谁最厉害？康康很大声很自豪地告诉他：“李道然哥哥。”（他的乒乓球教练）

※爸爸说康康该理发了。于是他揣着10块钱要去理发店。提醒他时间太早，估计理发店还没开门，他还是想去。去就去吧，没开门就回来，下次就知道理发店没这么早开门。但凡可以实践感知的机会都给他。我出去买菜，顺便去理发店看一下，发现理发店确实还关着门。赶紧给他打电话，他告诉我，这家理发店没开门去了旁边的另外一家。刻板的家伙也可以变通了啊。不过，他以为哪家理发店都是10块，结果这家是20块，幸亏我去解了围。

※最近，康康很喜欢说“我明白了”。比如，我告诉他衣服干了，收的时候最好不要揉得皱巴巴的，要平平整整地挂好，特别是妈妈的衣服和裙子.他搞不清楚我的哪些衣服该挂，哪些衣服该折，但他会大声地回答：“妈妈，我明白了！”就差立正敬礼。

※昨天晚上，康康告诉我：“妈妈，明天我不想跑步，不想学习，我想睡个大懒觉。”想来想去，我们实在是平时连睡个大懒觉的时间都没有。慈祥的妈妈立即答应了他的要求。

温暖的小事之八十四

时间：2013年，康康15岁，在北京上庄中学。

※某天，我逗他："康康，换个妈妈好不好？"他很激动，大声说："不行！不换妈妈！"

"换一个妈妈，不逼康康学习，带康康玩。"我继续逗。

"还是要妈妈，康康的妈妈，可爱的妈妈，温柔的妈妈。"如果不是亲耳所闻，不会想到这家伙竟然如此爱妈妈。

如此深爱妈妈的家伙很坦诚。讲课文《走月亮》，关于妈妈的气息。我问他："你妈妈是什么气息？"答："温柔的。"答完立即改口："很凶的。"哪个是正确答案呢？

※康康去姑姑家，晚上自己坐公交车回来。姑姑打电话让我出去接，说毕竟是晚上，她有点儿不放心。我和康康爸散步到小区外面车站等着，发现连续来了两辆车，时间也应该差不多，但下车的人都没有他。正纳闷，突然看到已经启动的车里康康的身影。他似乎刚从座位上起来急急地往门边走。我告诉他爸爸康康肯定是坐过站了，赶紧追，这路公交车的终点站没什么人也比较乱。他爸快步飞跑，哪跑得过公交车。我们迅速拦一辆黑车追去，黑车还没到车站，看到儿子背着包贴着路边急急地往家的方向走。路比较黑也没多少人，我和他爸悄悄尾随在

后面，回家后装着不知道他坐过站，问他在哪下的，他非常坚决地告诉我们在家门口那站下的，说完坏笑。然后我旁敲侧击，他终于说："我没有睡觉，没有睡着，不能坐过站。"哈哈，原来，这家伙上车就睡着了，所以坐过了站，走了一站路回家。无论如何，解决问题的能力还是有的。

※他学完葫芦丝坐地铁回家。原本是想去地铁站接他的，因为我的手机没信号，结果他打电话时已经到站了，只好自己坐公交。他很高兴可以自己坐公交车回家（公交还得倒一趟）。过了一阵，我发短信问他上车没，他说还没有。又过了40分钟，下班高峰期已经过了，左等右等饭都做好了还没回来。打电话也不接，我急了，他爸也急了，赶紧开车去找。后来爸爸在地铁站外面的公交站找到他，他还站在站牌下等车。他告诉爸爸人山人海上不了车，等了两趟都没上去。原来如此。我看过他上公交，先是大家都排着队，然后到车门口时就乱了，通常他就被别人挤出来了。想想有点可怜，但不练他又怎么能会呢？

※讲应用文《寻狗启事》。设置问题之一："王强的什么东西丢了？"他没有直接回答狗丢了，而是问我："狗是东西吗？"我愣了一下，笑了，告诉他狗不是东西，然后，他拿起笔把"东西"两字划掉了，回答我："王强的金狮狗丢了！"一边汗一边欣喜！

能够挑出狗不是东西这个错，是他对狗和东西这两个概念确实明白了。

※参加爱佑的开幕式，遇到贾大夫。贾大夫问："康康，你从哪来的？"康康看了看贾大夫，很认真地回答："我从北京来的。"我和芊妈在旁边忍住笑。贾大夫接着又问："康康，你去哪玩了？"他继续很认真地回答："我去自然博物馆玩了。"不能说他回答错了，但总不那么对

劲。这里的问话是有潜在语境的，从哪来，从家来，从单位来，或者从别的什么地方来。去哪玩，正值暑假，一般是指暑假去哪玩了。对于康康来说，别说潜在的意思，就是直接的意思他还弄不明白呢。

※我跟康爸生气，生气完我用手撑着头，康康看了，想安慰我，说："妈妈脑子好点了。"本来正气着也忍不住想笑。

※每次出门前，康康都会问我穿哪身衣服拎哪个包。然后他会非常积极地帮我把包从柜子里拿出来，把另外一个包包里的东西倒到这个包包里，告诉我，妈妈的包都准备好了。不知道他为什么这么乐意做这些琐碎的事?

※源源弟弟来玩，早晨跟康康一起晨练。源源没有带袜子，穿康康的袜子。之后每次晨练的早晨，康康都会很周到地提前把袜子送到源源的房间。

※晨练时，需要从篮球场转场去操场跑步，平时康康是坐道然哥哥的摩托车转场。源源来了，源源和康康都要求坐摩托，只好用石头剪子布以示公正。每次都是康康输。每次输了他都强烈要求重来一次，源源让着他，重来他基本上还是输。看着源源坐摩托车威风的样子，康康很生气也无可奈何。后来的一天，他又输了，源源还没爬上后座，他就迅速爬上去稳稳当当地坐着让哥哥快走。他总算也知道去争去抢或者不按规则出牌了。

温暖的小事之八十五

时间：2013年，康康15岁，在北京上庄中学。

※前些天《焦点访谈》曝光不文明行为，其中有在地铁抢座打架，他看得很认真。借机引导他，问他地铁抢座会怎么样，答："发生纠纷。"告诉他如果抢座，会被别人打，打得头破血流。然后问他："以后坐地铁还抢不抢座？"这家伙赶紧回答："不抢坐了，不想打架。"最近发现他抢座厉害，屡屡告诉他不抢座，不过似乎不管用，只好用此下策。

※小语妈妈发私信给我，说那天一起吃饭，她夹起盘子里最后一块肉，康康眼疾手快伸出筷子就夺了过去。我忍不住哈哈大笑。类似事情还有。几天前外婆做了他最喜欢的麻辣鲫鱼，里面煮了他最爱吃的豆腐皮。剩最后一点豆腐皮时，我夹起来准备给外婆，埋头苦吃的他立即说："我的！"看来，该解决问题了。正如前面的地铁抢座、跟源源争坐摩托车、抢别人筷子上的菜等等，如果不加以规范，他肯定无法自知自己的行为有什么不合适。好在，他特别可调教，相信通过社会性故事，很快可以明白怎么做才更好。

※每天他都要看天气预报，如果第二天有雨，他会把伞放进自己的

包里。第二天早晨睁开眼睛第一件事情便是拉开窗帘看天气，如果看到是大晴天，他会立即跑到楼下把包里的伞取出来放回原处。在这类小事上，他总是特别认真对待。

※最近又发现他有了新的小刻板。比如，我们谁把电视关了，他一定重新打开，将频道调到他固定的频道，音量调到他固定的音量再关。我说要扳一扳他，他爸爸反对，说又没影响我们什么，何必呢，让他保留一点自己的特点又何妨?

※去理发的时候，在家换衣服时无意中发现他的内裤破得成网状了，笑着让他理完发回来就把内裤扔了。一会儿，接到他从理发店打来的电话，声音非常洪亮："妈妈，我理完发回家就把内裤扔了，这个内裤太破了！"哇，儿子，公共场所我们不说内裤好不好?

※讲世界地理"音乐之都维也纳"，他立即联想到李雪岩弟弟刚去过维也纳；讲到《蓝色的多瑙河》，他立即联想到他小学三年级下册的《语文》书有一篇课文《喜欢音乐的白鲸》，里面有《蓝色的多瑙河》；讲到《月光曲》，他马上把四年级上册《语文》书找出来，找出贝多芬那篇文章。比较吃惊他总是准确地说出在哪本书的第几页。当然，他还联想到他在国家大剧院听过《蓝色的多瑙河》，告诉我在中学的音乐教室里有莫扎特、舒伯特，还有冼星海（墙壁上的照片），说教音乐的王老师讲过。平时一点一点的积累，总是有用的。

※康康翻着书想查莫扎特，没有找到，告诉我："没有莫扎特，字库不全。"他时常在手机上查某个汉字，有的字没有，我们就告诉他手机字库不全。于是，他一知半解地用错了地儿。

※每次我洗完碗，康康都要去厨房收拾半天，个人认为本人完全可以是家里的卫生标兵，我收拾的厨房，还用得着他收拾吗。这天，我刚洗完碗离开，这家伙立马进厨房忙碌上了，悄悄观察，原来，他嫌我没把台盆里面的水迹擦干净，盆漏没取出来用洗洁精洗，放在台盆上面的不锈钢洗菜盆的底还有污渍，电饭锅内边沿粘着饭粒。看得我心服口服。之后每次洗碗，我都下意识地按照他的标准弄，省得他再花时间来替我善后。包括晾衣服，我也学着他的样子晾晒。在家做月饼，称油的重量，少了一克，我说没关系，他说少了得加上，只好随了他。

※道然哥哥休息，骑着摩托带康康外出吃饭逛商场。回来我问道然："康康有什么问题需要我注意的？"道然不是外人，自然会对我讲实话。他说康康太热情了，太想跟别人聊天了。吃饭时遇到学校老师一家人也在那里吃饭，康康向老师问好，还问老师孩子的名字、先生的名字。后来逛商场时又遇到哥哥的一位朋友，本来哥哥就跟朋友打个招呼，康康不但热情地问好还问对方的名字。

哥哥描述的这些我都明白，他所谓的热情，其实是他分不清楚人和人之间关系的亲疏远近，归根结底还是理解力的问题。经过这一段时间的干预，发现这类问题，如果不启动内需，认知没有上去，内在的东西没出来，是很难靠外在的干预完全解决的。一句话，耐心再耐心，给他时间，也给自己时间，引导中等待。不过多去钻牛角尖，也不总戴着眼镜去挑他的毛病，毛病永远挑不完，培养他正面的好的东西，套用中医的思路，扶正！只要他整体的生活是良性的就好。

温暖的小事之八十六

时间：2013年，康康15岁，在北京上庄中学。

※天冷了，外婆每天晚上都要用保温杯装一杯热开水端进卧室。有时候外婆忘了，会让康康帮她。后来，晚饭后康康洗完碗，不用提醒，就会烧一壶热水，给外婆倒一杯送进房间。外婆很感动，用四川话自豪地说："稀奇（喜欢）外孙得靠（依靠）了！"外婆多容易满足啊。

※"这把扫把是康康修好的。"外婆一边扫院子一边很自豪地说。原来，半年前某天，外婆让康康把扫院子的扫帚扔了，因为把脱落了。一会儿，康又拿着扫帚回来了，告诉外婆，他把扫帚的把儿接好了。这把扫帚后来用了半年都没坏。

※国庆出游，高速公路服务站。康康上完厕所回来，外婆要上厕所，让康康带着外婆去。远远地看到他搀扶着外婆，把外婆送到卫生间，自己出来站在外面看大牌子上的地图，一边看地图一边不时向卫生间门口张望。过了一阵，只见他又进了厕所，估计是去找外婆，一会儿就看到他扶着外婆出来了。整个过程特别靠谱。外婆说，康康把她送到女厕所门口，告诉她"这是女厕所"才离开。

※买了新的果蔬萃取机，康爸在家用了一次就出差了。我想用时发现不会取机器杯子，告诉康康等爸爸回来教我们。本想打发他了事，结果没想到人家拿着说明书一边看一边试，取下了杯子。原来，取这个杯子得反着转。这家伙解决问题的能力确实是越来越强了。

※“今天晚上洗漱很快，发个代币。”他拿着代币美滋滋地放到书桌的格子上。“怎么放书桌上不放包里啦？”我问。平时他都是放在自己的背包里的，天天拎着包拿出来数。“放这里方便！”小子回我。忍不住笑了，这家伙竟然也有如此自然的语言。

※“水龙头的网子装上了，就不水流湍急了。”洗完碗，他出来报告。家里所有水龙头出水口的过滤网都被他抠了装装了抠。他爸告诉他：“儿子，要这么说，水就没那么冲了！”

※磨蹭，是康康当前最大的特点。洗澡只听得里面水哗哗地流，每次催促他快点他都会焦虑，于是，我故意站在门口大声对康爸说：“现在几点了？”他爸很懂我的意思，也冲着门口大声回答：“10点了！”然后，卫生间哗哗的水声立马消失，那个家伙很快就出来了。

※根据上次听甄老师课的建议，一帮孩子都在看《家有儿女》，康康也几乎每天一集。其实他只能看懂那么一丁点儿，主要是先培养兴趣。看了几集之后，他比较关注刘星哥哥的家住在哪里。根据电视里出现的路牌路标，他得出结论，刘星家住某某小区，地铁哪个口出，刘星哥哥的学校在哪里等等。还在本上认真仔细地写了下来给我看。正应了甄老师说的——“他们关心的都是人家不关心的”。不过，最近有点儿进步，能够围绕剧情问出一点儿相关的问题了。

※参观雍和宫，看到一尊抱着琵琶的妙音菩萨塑像，康康说："她在弹苏州评弹。"

※爸爸带康康吃完涮羊肉出来，康康自言自语："粉丝没吃完就算了，没关系。"过了一会儿又说："我是林依伦叔叔的粉丝。"爸爸问他："这两种粉丝是一样的吗？"康康很肯定地告诉爸爸："不一样！"

※康康迷上水龙头里的热水差不多1个月了。他曾经举着电吹风吹水龙头，想把没有接着热水器的水龙头吹热好让水变热。热能工程师爸爸给他讲解了水是怎么变热的、太阳能热水器怎么让水变热、太阳不够时怎么用电加热等等。不过，知识并没消退他的迷恋，每天水龙头哗哗地流着热水流得我们肝颤。儿子，电很贵的！老爸老妈忍不住总想阻止。后来，人家就偷偷地放热水，洗双袜子也会用掉半缸热水，时常晚上到洗澡时发现热水已经没有了。记录在此，看看这"热水恋"能有多长。

※康康除了迷恋热水，这个时期同时还迷恋水龙头。水龙头的笼头那一小段全被他拆卸下，因此，我们家每个水龙头都"像洞一样"（康康语）。他用手电筒照着看水管里像什么、拆掉网子的水龙头流出的水像什么，还发挥了无限想象用了无数形容词，比如：水管像一线天、雅鲁藏布大峡谷、像房山石花洞，流出的水像落日郎瀑布、黄果树瀑布，像喷泉、雨水……而且，他还耗费了大量时间，抱着工具箱里的工具试图把拆掉和弄坏的水龙头修好。

温暖的小事之八十七

时间：2013年，康康15岁，在北京上庄中学。

※爸爸爬山累了，晚上让康康帮着按摩腿。康康一边假模假样按摩，一边说："爸爸的腿是鸡腿的腿。"

※康康自己坐公交车去康纳洲雨人烘焙坊上烘焙课。问他下车时售票员怎么说的，他用手卷起做话筒，说："各位家长，清河站到了，请……"让我笑的不是后面的词记不住，而是前面的"各位家长"，真是天天耳濡目染，他脱口而出的都是"自闭症""家长"等等关健词。

※穿新裤子，感觉屁股有点扎，康康伸手摸半天没摸到什么，说："裤子里面没有刺猬了。"

※康康迷上用两个杯子把开水倒来倒去降温，晚上见他乐此不疲，跟他一起玩。问他热水散热都有哪些办法，他一口气回答了五种——加冰块、放冰箱、装进大盆子、两个杯子倒、放到室外（冬天）。替他补充了用电扇吹、加凉水，然后总结。没想到的是，后来他自己打开电脑查百度，希望有更全的答案。不过嘛，他输入的查询句子是这样的：水的制作。

※听我接电话，康康问谁打来的，告诉他是志愿者小胡。他听完自个儿念叨了一遍：“大小的小，胡说八道的胡。”

※“张天爱姐姐的小姑娘，说英语，Hello,你好！Goodbye，再见！”参加陈碧舸姐姐组织的“星星兔子爱”义卖活动回家，康康自己念叨在那见到几个小女孩的事。他的提炼比较有意思，那几个小女孩确实是张天爱带来的，所以他总结是张天爱姐姐的“小姑娘”，没说“小朋友”“小女孩”。从他嘴里说“小姑娘”比较好玩。张天爱阿姨长得年轻漂亮，所以他称呼张天爱“姐姐”。那几个小姑娘不会讲中国话，他印象深刻，可又不知人家说的是什么，只好自己瞎编两句“Hello,你好！Goodbye，再见！”

※康康锻炼完回家，爸爸出差了，他抱着爸爸脱在沙发上的外套，闻了闻，说：“我想念爸爸了。”电话里说给那人听，电话那边的声音似乎有点哽哽的。

当得知爸爸周五不能回家推迟到周日才回家时，他的思念更是如洪水般泛滥。说：“我想爸爸了！我很想念爸爸！我想爸爸快点回来！我巴不得爸爸快点回来！”丰富的语言就是这么出来的。

当然，这个“巴不得爸爸快点回来”的家伙，其实还是有水分的。

他总是要求爸爸陪他睡觉，从周末陪睡变成每天陪睡。被儿子需要，爸爸一边乐颠颠地幸福着，一边不那么幸福，因为睡得迷迷糊糊的儿子总是喊着“爸爸过去点爸爸过去点！”恨不得把爸爸挤到床下。睡不好觉的爸爸有点儿苦恼却没办法。有一天晚上，儿子又相当坚决地嬉皮笑脸地到我们的房间要求爸爸陪睡，还要求第二天爬完山吃涮羊肉，我不露声色道：“好啊，爸爸陪睡。不过呢，爸爸陪睡明天就不吃涮羊肉，二选一吧！”这家伙像被电了一下，立即非常坚定地：“我还是想吃涮羊肉，爸爸就不用陪睡觉了！”简直没想到是这结果。“爸爸还是陪吧，康康这么想爸爸陪，爸爸也想陪康康。”爸爸有点阴险。“不行，我长大了，不用爸爸陪了，可以独立完成了！”急了。我们一边笑得不行，一边假装正经继续逗他：“都说好了，今天还是陪吧。”爸爸一边说一边起身假装要去他的房间。那个家伙逃跑一样地回到自己房间，大声喊：“不要爸爸陪，明天吃涮羊肉！”

对爸爸的“爱”，敌不过一顿涮羊肉！

※后来，康康自己念叨：“爸爸陪睡觉就不能吃涮羊肉了，我长大了自己睡觉！以后找个媳妇来睡！”这次我作证，媳妇的事跟爸爸没关系。

※因为想爸爸，爸爸出差康康每天都要给爸爸打电话。爸爸很忙，所以教他打通电话后先问：“爸爸你方便说话吗？”有一天跟爸爸通完话挂断了，突然想起没问“爸爸你方便说话吗？”又重新拨通电话问“爸爸你方便说话吗？”不晓得电话那边爸爸是啥表情。

温暖的小事之八十八

时间：2013年，康康15岁，在北京上庄中学。

※要去晨练，康康自己走路去。告诉他时间来不及了快点儿，但见他慢慢悠悠泡好柠檬水，把夹柠檬的夹子拿进厨房洗干净放好，一边往外走一边问："爸爸的手机多少钱？"这都什么问题呀，然后停下来等爸爸回答。等爸爸回答的时候，他手扶着椅子，椅子背上搭了条毛巾，发现毛巾上面有条线抽丝了，又转身拿剪刀，把抽丝的线剪了。把剪刀放好，线剪了，手机多少钱也知道了，换鞋出门。打开门，看到鞋柜上刚送来的报纸，立即又拿了报纸进屋，不是随手放在门厅，而是送进客厅放到茶几上。放好报纸，又发现垃圾桶没套垃圾袋子，准备去取垃圾袋套上，估计终于想起时间来不及了，就大声安排爸爸把垃圾袋套上，爸爸答应了，他才放心地出门。

※晚上，他指着手背上被常常哥哥挠的一道红印，说："不疼了，常常哥哥不打我！"我故意说："下次常常哥哥再挠你，你就打他！""不行！不能打常常哥哥！"他眉头拧在一起，很焦虑。"为什么不打常常哥哥？"我问。"因为，因为爱常常哥哥。"我眼泪都快下来了。

※看《家有儿女》，趁机给康康讲解“后妈”，然后问他：“妈妈以后不住我们家了，爸爸给你找个后妈，行不行？”儿子都快哭了，说：“不行，我还是想要原来的妈妈！”以后，再也不说这个话题了。

※2013年圣诞过得很简慢。康康自己把圣诞树立了起来，然后半夜又把它收起来，说圣诞节过完了。我也没有给他准备圣诞礼物。早晨，他说：“圣诞老人要送礼物。”我问：“礼物在哪里？”他指着门口放着的准备扔掉的圣诞服装说：“在那里。”我灵机一动，赶紧悄悄拿起一大块巧克力，迅速跑到门口塞进圣诞帽里，然后假装刚刚发现：“哇，圣诞老人送的礼物在这里耶！”康康很高兴地跑过来取了巧克力，配合了我的演戏。估计这小子心里什么都明白，只不过不想戳穿我而已。

※2013年最后一天，康康参加学校的新年联欢会，表演葫芦丝《美丽的金孔雀》。提前告诉他：“如果同学们热烈鼓掌说‘再来一个’，你就再吹一曲《荷塘月色》。”为了加深印象，我和爸爸模拟一边鼓掌一边喊：“肖靖康，再来一个，再来一个！”回家，爸爸问他今天吹了几曲，答：“同学们没有再来一个，只吹了一曲就下台了。”

温暖的小事之八十九

时间：2014年，康康16岁，在北京上庄中学。

※某天，饭菜有点不太够，吃完了问康康吃饱没有。小子有点迟疑，答："差不多了。"我们一边笑一边乐，这家伙，语言表达越来越准确。

※在路上，看到前面的车后挡风玻璃上贴着"新手上路"，问康康是什么意思，答："就是挥挥手，摇摇手。"他看到一个牌子上写着"禁放烟花爆竹，举报电话：×××××××××"，问："'举报'是什么意思？"回家费了好大的劲又是百度又是举例也没能让他完全明白。看来，只能慢慢地找生活中的例子接着教。

※2013年，康康痴迷研究水龙头，几乎拆卸坏了家里所有的龙头喷头。他把自己卫生间淋浴房的喷头拆坏了，要求爸爸换上，说洗澡很不方便。爸爸告诉他，必须等10天后发工资才能买新的装上。于是，这10天，他只能缩着身子蹲在水龙头下洗澡，每天盼望着25号爸爸发工资。当新的水龙头终于装上后，他很坚决地表示："以后再也不拆了！"

※他确实再也不拆水龙头了，从拆变成维护，具体地说就是"拧

紧”。前两天去郭建军伯伯家做客，饭前厨房卫生间巡视一圈后，问韩霞阿姨有没有扳手，韩阿姨说有。我担心他又拆，他说不拆了，只是拧紧。阿姨和叔叔似乎很淡定，随便他弄。小子确实说话算话，只是把不是那么紧的龙头嘴拧了拧紧，还随手把它们擦得蹭亮。韩阿姨非常高兴地表扬他把水龙头擦亮了。

※外婆很得意地跟我们分享了她抢救水龙头的事。话说我去台湾几天，康康拆坏了两个卫生间的淋浴头，还有一个是怎么幸免于难的呢？外婆说，当他看到康康很威武很神速地拆卸了两个龙头之后，预感他肯定马上会去妈妈的卫生间拆第三个，果不其然，他三步并作两步地跑上了楼，外婆紧追慢赶上去的时候，喷头已经拆下了，正准备进一步捣鼓。外婆柔声劝解：“康康，这个别拆了，妈妈回来看到坏了不能洗澡会生气的哦。”小子几乎没有搭理外婆，继续甩开膀子拆。外婆上去，抱住他，一个劲地表扬：“康康乖，听外婆的话哈，不拆了。”一边表扬，还一边在他脸上猛亲。外婆说没想到这招管用了，小子不但答应外婆不拆了，还告诉外婆把拆下的装好。装好后，很顺从地跟着外婆下了楼。外婆不晓得，她这招叫四两拨千斤。

※还有一件特别值得记录的事。康康特别喜欢玩一张叫“流行游戏”的光盘里的青蛙祖玛游戏，这个游戏光盘是多年前参加网博会赠送的。几乎每次玩他都会掉眼泪哭鼻子，因为，这个游戏他总是通不了关。以前请姐姐帮忙，后来请爸爸帮忙，都没有一次通关，一直纠结了这么多年。2013年快结束的某天晚上，他又跟这个祖玛斗上了，在电脑前哼哼唧唧。让我们意想不到的是，他非常坚决地把光盘扔进了垃圾袋，并要求爸爸立即扔掉。爸爸有点不敢相信，问他确认是要扔么？小子十二分坚决地说：“第十一关实在玩不过，扔了！”爸爸兴冲冲地拎着垃圾袋出门时，我嘱咐他拍张照片留作纪念。这个“扔”，表示康康

已经可以战胜自己了。

※某天，我说做椰子布丁，康康立即告诉我配方在烘焙书的第几页。非常不同往常的是，他用了“可能”这个词：“可能是67页。”

※“今天是阴天，是重度雾霾天气，阴沉沉的，不明显。”最近，康康也会与时俱进地发表些对天气的评论。当然，这里面的词就不一定准确啦，比如用“明显”表达“明朗”。

※“康康，汪峰的那首歌叫什么名字？”某天吃着饭，我因为想不起汪峰最有名的那首歌，没头没脑地问他。“《北京北京》。”他非常流畅地回答。

“不是这首，是俩农民唱的那首。”我说。

“《春天里》。”他继续流畅地告诉我。哈哈，对辅助信息的理解很到位。

※在国家博物馆参观完“地中海文明”展览回家，他迅速查地理书。查完，扯着嗓子喊：“妈妈，欧洲卷没有土耳其。”

温暖的小事之九十

时间：2014年，康康16岁，在北京上庄中学。

※春节前，他自己去理了发。回家的时候在路上一边走一边犹豫不决地站在路边，摸着前面留的那一小撮头发，然后继续走走停停。我悄悄尾随在后面。回家后发现，那撮头发被理发师打了发胶吹起来立着，他觉得不舒服。在我的协助下，他告诉我感觉很别扭。我陪着他回去剪掉后，他露出舒展的笑容，说："舒服了，不别扭了。"

※农历二月初二那天晚上（也就是前天晚上），康康收拾完厨房出来告诉我："要去理发，二月二，龙抬头，要理小龙头。"他爸惊讶于他的"知识"，乐颠颠地陪着他去理了"小龙头"。

※爸爸出差回来，我们去机场接爸爸。去早了点，康康一直站在出站口张望，生怕错过了爸爸出来。看错人了，他举着手使劲挥，大声喊："爸爸——，爸爸——"，旁边的人都被他感染了感动了。这么大的小伙子，这么幼稚的举动！不过，爸爸知道后着着实实被感动了。

※"我想爸爸陪我睡觉。"考虑到他情绪不太稳定，最近爸爸总是陪他睡觉。这次我继续略施小技，告诉他如果今天晚上爸爸陪睡觉，明

天就不吃比格了。第二天因为全天在外活动，中午吃比格已经定了。他立即表示："爸爸不用陪我睡觉，爸爸要陪妈妈聊聊天。"不一会儿，他跑到我们的房间，笑嘻嘻地问："如果爸爸陪我睡觉，在哪吃饭？"

※某天晚上他折腾水龙头起泡器到半夜3点，爸爸熬夜熬得忍不住打了他两下。我陪他睡下后，他很认真地说："爸爸打我屁股是不对的！"我反问他你不睡觉对不对，答："也不对。"

※春节，姑姑让康康去他们家住，告诉康康去了后要帮着做饭。康康想了想，问姑姑："万阿姨呢？"万阿姨是姑姑家的阿姨。

※春节拍了照片。他负责导照片，在移动硬盘建了文件夹，还命名"2014年春节"。这个文件夹里面又建了两个文件夹，一个是"春节1"，过年拍的年夜饭照片，第二个文件是"2014春节每年一照"。真的很靠谱。

※春节在大姨家，康康想去三姨家住。爸爸担心他感冒，让他就住大姨家。他在微信上问我可不可以去三姨家住，我在越南不知情，说当然可以，想去就去。结果，爸爸不让他去，他就打开微信，说："听一听妈妈的微信。"大姨说他很有心眼儿。

关于心眼，大姨还说了一件事情。康康想出去做什么事，爸爸不同意，故意说："你去吧你去吧！"康康听了马上就回来了，他知道爸爸说的是反话不能去。他想去三姨家住，爸爸不同意，故意说："你去吧你去吧！"结果这家伙假装不懂，笑嘻嘻地跟爸爸挥手再见，走了。

※"我又想矛盾，又想纠结。"康康刚学会这俩词儿，周六究竟是去看义卖还是去博物馆，他相当矛盾，于是说出了这句话。

※“妈妈，爸爸会把水龙头的方向弄正吗。”早晨出门在路上，他担心爸爸洗漱完毕不把水龙头弄正。我收了衣服，他同样会非常担心地问我：“妈妈衣服叠正了吗？”我拿了垃圾下楼，他马上会问：“妈妈套上垃圾袋了吗？”

鉴于他的严格要求，为减少他的麻烦，我和他爸已经非常默契地按照儿子的标准要求自己。比如：洗脸毛巾搭在杆上必须商标冲外，上下和正反面不能反，当然，晾整齐是最基本的；晾衣服，衣架必须一致统一朝一个方向，衣服正反前后不能有错；晾上衣的衣架肯定不能晾裤子；垃圾扔掉后必须立即给垃圾桶套上干净的垃圾袋；衣服干了马上收；内衣袜子换下来必须当天洗；所有水龙头的方向必须一律冲右……

当然，我和他爸经常会忘记。他爸说：“天天这样就成习惯了，也没什么不好！”听起来，他是准备向儿子看齐。

当然，如果我们没有严格执行也没有关系，康康每天会不厌其烦没有任何怨言地帮助我们。

温暖的小事之九十一

时间：2014年，康康16岁，在北京上庄中学。

※“看到这有一把伞吗？”酒店前台，一个刚刚离开又赶回来的人问。康康答：“装我包里了。”明明他包里装的是自己的伞。

※晚上陪爸爸去理发，坐在旁边的沙发上玩手机。忽然从里屋洗头间出来一妇人，妇人冲外面喊：“快把衣服穿上！”正很投入地玩着手机游戏的康哥，转头看了妇人一眼，迟疑了一下，放下手机把衣服穿上。那妇人是叫她的同伴穿上衣服准备走。

※某天夜里下雨，早晨起床，康康说：“我轻轻地起床把窗户关上了。”又说：“因为下雨了，所以把窗户关上。”天哪，他竟然半夜轻轻地起床把窗户关上了，我都不知道晚上下雨了。

※想当初他爸买了新鞋柜，宣布，凡脱下的鞋，必须放入鞋柜。但没几天，他自己的鞋就随意扔在地上。遵守得最好的，当然是康康，即使出去扔垃圾，拖鞋也是放进鞋柜的。其他事皆如此。

※“这家伙不做秘书太可惜！”某天我说晚上睡小屋，小屋睡得

好。晚上进屋便发现，我的手机冲电器已经从大屋拿下来放到小屋并插在插座上了。

※为方便取拿，我把放在矮柜里的盘子挪到高柜，第二天炒菜取盘时，发现盘子又全部被放回了矮柜。他爸从柜子里拿出一个茶壶放在桌子上准备带去公司，几分钟后发现茶壶又被放进了柜子。后来我和他爸总结，但凡挪动东西这类事，若不提前知会那家伙，过一会儿保准被挪回去。

※打完球，道然哥哥饿了，买了路边的烤红薯，让康康吃，康康很认真地告诉他："妈妈说路边的东西不卫生，我不敢吃。"他果然一口没吃。

※吃保健药，我总记不住，有一搭无一搭地吃。自打请康康监督后，一天三次从不落下。饭后，药送来，水端来。某天水太烫，没有凉水可兑，过一会儿水凉了，他过来告诉我："水变温了妈妈吃药。"

※"30个代币可以吃麻辣香锅。"早晨起来，康康点数，26个，路上告诉我："今天我自己起的床。"我说："是啊，真不错，自己起的床。"然后他立马接话："发一张代币。"中套了！接着，他自己安排："画画课好好画发一张代币，下午健身操课好好上发一张代币，合唱课好好唱再发一张代币，就30个代币了，晚上吃麻辣香锅。"谁说他数学不好?

※还是代币。40个代币吃海底捞，28个，差得太远，特别想吃。早晨起来，康康点数半天，左数右数还是不够。只见他很快从我的包里拿出一堆，放进他的包里。然后，拿出来数，告诉我："够了，有40张

了。”当然，他很老实，承认是从妈妈包里拿的。

※上午，拌好粉蒸肉，放进锅里，准备做午饭的时候再蒸。康康锻炼回家，告诉他中午做粉蒸肉，然后给他讲课。11点，手机闹铃响了，康康说：“闹钟响了，妈妈下去蒸粉蒸肉。”他竟然能够揣摸出我定闹钟是为了提醒自己去蒸粉蒸肉。

※气筒打气针坏了，爸爸弄了半天没弄好，想着一会儿如何糊弄儿子。后来，爸爸听到楼下篮球砰砰砰响，下去看，发现康康已经把气针弄出来，装上新的气针，把气打足了。爸爸说：“难度很大，真是很意外！”

※去超市买了鸡翅，准备回家做泡椒鸡翅，回家后却发现两盒鸡翅不见了。明明交了钱拿走了的嘛，怎么会不见呢？我正纠结，康康乐呵呵地说：“鸡翅不见了，太奇怪了！”感恩，他终于不再为这样的事纠结。

※参观“法国名家名馆”画展，不允许拍照，我偷偷拍了两张，康康非让我删掉，告诉我不能拍照。

※睡觉前跟康康聊天：“今天立夏呢。”康康二话没说，下楼，一会儿上来，告诉我：“妈妈，我做好冰块了。”噢，我曾经说过，夏天就可以做冰块。

温暖的小事之九十二

时间：2014年，康康16岁，在北京上庄中学。

※“我觉得很孤独，我为什么孤独呢，因为爸爸出差了。”躺在床上，康康对我说。情绪表达越来越高级了嘛。

※康康对一件事情反应过激。我说：“不就这点事，至于吗？”他立即很认真地回答我：“妈妈，我觉得很至于。”

※“妈妈你写错了，不是灰常好，是非常好。”康康发现我给朋友写的一条微信，很严肃地让我改过来并重发。

※某天，他煮了面条。我想喝面汤，发现面汤已被他倒掉了。为了即时纠错（他认为自己把面汤倒了是错误的），立即重新煮了一碗面，然后给我盛了一碗汤，告诉我这次面汤没有倒掉。

※外婆去姑姑家小住两天，康康一边吃着简单的饭菜，一边说：“如果外婆回来了，外婆给我做好吃的。”

※最近，康康又把自己弄成了光头，还试图让刚出差回家的爸爸也

来一个跟他一样的发型。爸爸苦口引导，自己的发型自己作主，康康喜欢光头，爸爸喜欢头发长一点。康康很通情达理，坏笑着说："爸爸变成秃爸爸就不帅了。"

※春晓姐姐帮助我们在草莓音乐节义卖康纳洲雨人烘焙坊饼干。那天遇到8级风，康康写日记这样记录：去草莓音乐节发生了什么事。我和芊芊姐姐、林婕阿姨一起去小吃店买香辣鸡翅在路边上吃东西，突然我在草莓音乐节摔倒了，胳膊上摔了一点点轻伤，今天我去草莓音乐节所以刮大风逃跑了。哦，好一个逃跑！

※"妈妈很爱康康的。""妈妈不生气。"这两句是最近他常挂在嘴边的话，原来，他担心妈妈生气就不爱他了。昨天他甚至还说"妈妈生气不凶猛。"（专门给他讲了生气和爱的关系）

※康康躺在床上做脑电图，一直让我握着他的手。问他为什么，他说："握着妈妈的手温暖。"

※"回到温馨的家很舒服。"康康从医院回家，外婆打开门迎接他进屋，他站在门口这样感慨。

温暖的小事之九十三

时间：2015年，康康17岁，在北京上庄中学。

※在“蓝色港湾”一饭馆吃饭，点了一道菜名奇怪的菜——“豆汤鸭血九连环”。上菜后，爸爸给康康夹了块血旺，康康看了一眼，说：“爸爸，我不爱吃杀猪菜。”

※“你爸在楼下干吗？”我问康康。他不太耐烦地回我：“我不想说。”

另一天，我又问：“你看妈妈瘦了吗？”我得到的回答是：“我不想回答。”

※“小猫你好！”停好车我刚下车，就听到康康在跟谁打招呼。原来是一只流浪小猫趴在旁边的花台上。小猫肯定特别感动。

※外出回家，我安排他写日记。他忙着给各间屋子的东西归位，又不能不完成我交给的任务，于是，差不多就三五分钟，便举着日记本走过来——日记写完了。三句话，时间、地点、人物、事件过程、感受，一个不落下。写作的标准套路熟练得很。

※“一个老男人一个小男人，我喜欢哪个呢？”早晨，看到呼呼大睡的父子，我问。小男人努力睁开睡眼，迷迷瞪瞪回答我：“老男人。”忍住笑，继续问：“老男人是谁？”“爸爸！”

※在超市购物，排队结账时训练康康算帐。米糕4元一个，20个多少钱？他转着小眼睛，用手比划着列算式，过了一会儿小心翼翼地看着我试探着说：“用乘法，大胆地用乘法。”得到肯定的眼神后，终于大胆地算出了答案。这个家伙数学学了十几年，课外数学辅导学走了研究生哥哥广辉、本科生哥哥黎力，又来一个本科生哥哥小穆，还在继续学三年级的数学。活到老学到老啊!

※得知要带他游史家胡同，康康迅速查好地铁路线及地理位置。灯市口地铁C口出来后，他站在地铁口看地图，确认方向，准确地把分不清楚东西南北的我带去了史家胡同。胡同参观结束，又准确地把我带到东方新天地。被表扬后，他有点小得意，夸自个儿：“方向感很强！”

温暖的小事之九十四

时间：2015年，康康17岁，在北京上庄中学。

※“今天是三月八号。”上烘焙课的路上，我假装无意地对康康说。

“祝妈妈三八妇女节快乐！祝爸爸……”话没说完立马打住，改口说：“爸爸不是妇女。”

“送妈妈一束百合花！”情人节和三八节，他能想到的所有礼物就是百合花。不过，比那位中年人强多了，中年人仅仅在微信上送了四个字：“节日快乐！”

※康康开门接了快递。我在厨房问快递的什么东西，答：“一把手枪。”我冲出厨房，看到包装成手枪状的一个快递包，和外婆忍不住大笑。小子待我们笑过，认真地纠正：“是工具。”（确实是他爸网购的热水器加热管，没拆包他能够根据形状判断是工具，不错。）

※写日记写到看春晚，康康总是一字不落地写“2015年春节联欢晚会”。告诉他可以简写为“春晚”，于是，元宵节他把元宵晚会简写为“宵晚”。

※“奶奶关门！”“外婆把门锁上！”康康是我们家的文明大使，

总是不停地提醒外婆和奶奶上卫生间关门的事。对于外婆奶奶的屡教不改，他从来不生气。

※“康康——”我在屋外唤他。“哎——，康康忙着呢。”他在屋里回答。

※不确定的时候，他是这样表达的：“好像可能确认。”

※有一天，走高速还是不走高速，他变了又变。最后，车马上就要到高速入口了，他确认：“要不然还是走八达岭高速。”好一个“要不然”“还是”。

※“走出误区！”这是目前我们使用率比较高的词儿。当康康控制不了，做了不恰当的事，我和他爸就善意提醒他：“走出误区！”他很乐意走出误区。

※“爸爸不打康康！”某天晚上他总睡不着，快睡着的时候，他迷迷瞪瞪地说。“爸爸不打康康，爸爸和妈妈都爱康康。”我陪伴在旁边柔声回应。“爸爸不踢康康的腿。”上次挨打，爸爸狠狠踢了他一脚。好久没踢过了。

“爸爸再拥抱一下，没有拥抱够。”他总是在渴望我们的拥抱。爸爸说终于理解天宝为什么设计拥抱机。

温暖的小事之九十五

时间：2015年，康康17岁，在北京上庄中学。

※“我看到一只狼。”在家门口刚停好车，康康说。他刚看完电影《狼图腾》，在电影院睡得昏天黑地迷迷瞪瞪。哈哈哈，一只白色的流浪猫跑开了。

※某天早餐，我用牛油果抹面包，问康康觉得怎么样，他答：“这个办法不错！”口气有点像家长表扬小朋友。

※每次出门康康都会换衣服。每次换了衣服出来，但凡我欣赏的眼神一过去，他立马说：“哇，帅呆了！小酷哥！”谁说他不会想法解读?

※以前，他只是喜欢被我们拥抱，现在，人家偶尔跟我们拥抱还会配一句非常时髦的话：“爱的抱抱！”

当然，如果他不想拥抱的时候我们不知趣地上前拥抱，人家也会很直接：“我不想拥抱了，抱够了！”

※“爸爸不看手机了，过来吃饭，走出误区！”“妈妈陪康康读

书，不看手机，走出误区！”康康最近经常教育我和他爸爸，明明是我们用“走出误区”教育他的嘛。

※“没食欲。”“我没吃饱饭，菜太少了，下次妈妈多做一点菜。”康康这家伙美食家一个，口味越来越高，若哪天少做两个菜或者菜品平平，他就会认真地告诉我们他没有食欲没吃饱。第一次听到他说没食欲我们都笑了，什么时候学会的这个词，还用得这么好。

※17岁生日那天，康康果断地把用了两年的代币扔了。我不过只说了一句：“17岁了大孩子了可以不用代币了。”他似乎早就等着我说这句话。

※爸爸终于淘汰了iPhone手机给康康。我们得到的额外回报是，他自打拥有了自己的iPhone手机，再也不时时刻刻检查我们的手机了。尤其是每天半夜上完卫生间必看手机，困扰之极。康爸说，一些我们觉得无法解决的问题总是在不经意间突然就解决了。

※“顺序，我都有顺序了。”“顺序”一词，目前使用率非常高。康康总是一件事情没做完又想起另外的事情，比如睡觉了想起垃圾还没扔起床扔垃圾，吃饭的时候拿着车钥匙跑去检查车安全带有没有弄好，里程表有没有清零等等。通过讲解做事情的先后顺序，告诉他正确的做事方式，于是他牢记顺序，时常提醒自己按顺序办事。

※“他是我的学生中为数不多的能够感受快乐的。”这是康康的钢琴老师的评价。弹琴唱歌都是他不擅长却无比热爱的，我的原则是喜欢就好，以快乐为主，几乎不设任何目标。或许正因为如此，他才这样轻松愉快。

温暖的小事之九十六

时间：2015年，康康17岁，在北京上庄中学。

※玩电脑，快10点了，问康康玩到10点10分还是10点20，通常我略施小计给个二选一他都会落入圈套。果然，他十份愉快、肯定、响亮地回答："10点20！"10点20分，我提醒他时间到了，这家伙立马嬉皮笑脸说："玩到10点30。"看他那么愉快地跟我讨价还价，我十分爽快地同意他再玩10分钟，然后这家伙又坏笑着说："玩到11点！"他也懂得寸进尺嘛。

※晚上健走，爸爸打了个喷嚏，康康立马体贴地给爸爸拍后背。爸爸说有点过敏，康康问："是什么引起的？"爸爸告诉他花粉和粉尘。然后听那个家伙疑惑地说："不会传染。"我生病住院，他例行来探望，还一再地"祝妈妈早日康复，祝妈妈安康"。由于没法跟他说清楚什么病，就简单地告诉他做了手术。他很认真地询问："妈妈，伤口在哪？"

※参加篮球名星马布里公益活动，在地下停车场停好车，需要上楼穿过一层的商场去另外一幢楼。到了商场，康康快步走到最近的柜台问售货员："请问，马布里在哪？"看对方一头雾水的样子，跟在他后面

的我们忍不住大笑。

※准备去姨奶奶家作客，康康一边吃零食一边提醒自己："不吃东西了，一会去姨奶奶家吃大餐。"

※家里装修，门厅改造，进门的地方弄得乱七八糟很不方便。本来那天康康要跟哥哥一起骑车，后来他决定不去了。问他原因，说："因为工人师傅今天装门了不方便骑车。"

※剃光头是他目前生活中的头等大事，通常隔一天剃一次。某天晚上跟爸爸去门口药店，路过理发店，看到给他理发的哥哥坐在外面乘凉，他看着哥哥一边坏笑一边用手比划，指指脑袋，意思是再帮我剃剃。哥哥也笑着给他摆手，意思是你昨天刚剃过今天不能再剃了。整个过程有趣极了。

※从外面回家，我通常会换上家居服，摘下项链，换上家里戴的轻便眼镜。某天我忙着做饭没顾上换，康康到厨房告诉我："帮妈妈换眼镜。"然后，摘了我的眼镜，取了我的项链，上楼拿了旧眼镜送到厨房替我戴好。贴身秘书也不过如此吧。只是，这秘书理解力有限，总是把"可以"当成"必须"。

※晚上，康康拿着一本流行音乐书下载音乐，时间比较晚了，见我去他房间，没等我说话，立即说："我不刷牙洗脸了，都洗过了。"头也不抬继续下载。我正纳闷今天洗完澡怎么没穿睡衣，一会下载完人家满意地抬起头，说："我洗澡去了！"这小子，怕我干涉，先堵我的嘴。越来越有心眼了。

温暖的小事之九十七

时间：2015年，康康17岁，在北京上庄中学。

※晚上，洗了两小盘樱桃送到二楼给康康和外婆。问康康要哪盘，人家头都没抬，答："要多的。"

※"外婆专门给你做金勾豆瓣了。"吃饭时，我对康康说。康康转头对着外婆，说："太感谢外婆了！"

※中午下课回家，吃饭时，康康对外婆说："外婆辛苦了。"外婆客气，说："不辛苦。"康康看了看我，说："妈妈辛苦了。"然后说："爸爸出差，也很辛苦。"

※某天看《北京新闻》，一贪官下飞机即被捉拿归案。我和康爸议论，康康问什么事，告诉他那个人违法了所以被抓起来。听罢，他立即紧张地说："我可不想当小偷！"

※康康头疼，他不会说头疼，问我："为什么大脑疼呢？"

※"爸爸——！爸爸——！有蚊子！快来打蚊子！"夏天的晚上，

总能听到康康扯着嗓子喊爸爸打蚊子。爸爸说这家伙太傻了，连蚊子都打不死。其实，时常可见他动静很大地打蚊子。

※外婆煮了豆角，我说正好晚上吃。康康接话，说："晚上爸爸喝点小酒。"

※突然下大雨，康康看着窗户外面："我看到外面在下雨，下得像落汤鸡。"

※"打雷的时候不能洗澡，水是导电的，"康康说完，自夸一句，"知识越来越明白了。"

※朋友从日本带回高大上的洗脸毛巾，特别柔软舒服，但看起来不太好看。刚用一次就找不到了，后来发现被挂在卫生间门后面的洗脚毛巾旁边。康康把它当洗脚毛巾处理了。

※这家伙越来越有能耐了。自己给自己剃光头，剃得一点不比理发店差。

※我的车没玻璃水了，这家伙趁我上楼的功夫帮我加了纯净水（听爸爸说过夏天没玻璃水纯净水也可以）。担心他加错地方，假装不会让他重新演示，只见他熟练地打开引擎盖，拧开玻璃水盖，一点没错！我连引擎盖怎么开至今都还不会！

※终于给康康买了钢琴。钢琴送到家装好的那个下午，他一边弹琴一边亲吻钢琴两次。那天早晨起床就笑，爸爸问他什么事这么高兴，答："因为要买钢琴。"

温暖的小事之九十八

时间：2015年，康康17岁，在北京某职业高中。

※提前给康康讲阅兵，准备了小课件。他对阅兵有点自己的储备，比如海陆空三军仪仗队，比如他军训被检阅走正步。讲完9月3号阅兵，有海军、空军、第二炮兵、武警部队，飞机，坦克等等，康康来了一句："太牛了！"

※"爸爸，我回来啦！""外婆，我真的回来啦。月饼也回来啦！"这家伙一边进屋，一边动静很大地告诉爸爸和外婆，他回来了。当然，精彩在于那句"月饼也回来啦！"（他手上拎了一包康纳洲雨人烘焙的月饼）难得的幽默啊。

※阅兵期间，车限号，带康康外出打的的快车。车来了，他准备上车，马上又退回来，看着我疑惑地说："这不是出租车。"以前跟他讲过，不能坐黑车。呵呵。

※外婆手受伤流血，正在弹钢琴的康康听到外婆喊他帮忙拿创可贴，立即起身拿来急救包，用棉签蘸上碘伏给外婆消毒，然后细心地给外婆贴上创可贴。事后外婆告诉我们，说她特别感动，康康给她消毒贴

创可贴都特别小心，生怕把外婆手弄疼了。看来，这外孙没白疼。

※康康打篮球戳伤手指，肿了，他使劲甩手，甩完了说：“没用。”

※某天晚上下雨。康康描述：“今天晚上下的瓢泼大雨，淅淅沥沥。”

※半夜下大雨打大雷，康康在屋里使劲喊：“爸爸，爸爸，打雷了。”他用手堵住耳朵，开始像普通小孩一样害怕打雷。

※某天晚上，听到康康给三姨打电话，说：“小玄弟弟来了黄剑叔叔来了，黄剑叔叔是油麻菜的网名。”估计电话那边三姨已经云里雾里了。

※“小姑娘，来点醋。”在饭馆吃饭，他这样喊服务员。一个20多岁的女孩来到桌前，我们都笑了。平时，我总是把年轻的服务员亲切地叫作“小姑娘”，他听在耳里记在心里模仿。

※有一天，我和他爸爸身体都不舒服。爸爸过敏，我肚子疼。发现康康躺在床上用毯子捂住脸不开心。问他怎么了，答：“我不想妈妈肚子痛，不想爸爸过敏。明天爸爸过敏就好了。”特别强调：“我没有伤心流泪地哭。”

看到他眼角有泪。

※康康参加爸爸公司组织的十渡游活动，我在家休息没去。康康半夜说梦话：“我不想妈妈搧我耳光。”之前我因为他某个行为问题，凶恶地说再这样就狠狠地搧他耳光。康爸平静地转述，我深刻地反省。

※康康热爱海底捞火锅。前两天火锅瘾大发，写日记表达对火锅的向往。让我没有想到的是，他竟然写：“希望在我们家附近的嘉士客开家海底捞火锅，就不用去花园路的海底捞火锅，花园路太远了。”他的思维已再上台阶。

※今天姑姑去公主坟翠薇商场购物，康康帮姑姑指路，指路对了，姑姑奖励他吃海底捞火锅。等姑姑试衣服的时候，他说：“姑姑，口水都流出来了。”（因为太想吃火锅了）

温暖的小事之九十九

时间：2015年，康康17岁，在北京某职业高中。

※阅兵之后整整下了两天的雨，在去看《聂隐娘》的路上，DJ康放了一首《晚秋》。

“爸爸妈妈以前老听这首歌。”我有点怀旧地自言自语。

“恋爱了。”康康坏坏地笑着转过头望着后座的我。

这家伙有时候会出语惊人。

※“油麻菜叔叔教妈妈学摄影课毕业了，你想对妈妈说什么？”我问。

康康说：“谢谢！”

※“儿子，快来举反光板。”他玩电脑正嗨，老大不情愿地下来举着反光板。“妈妈拍照片，要举光的，举光完了就可以玩电脑了！”那家伙一边举着一边嘀咕。明明是反光板，被他说成“光”。

※“今天晚上吃什么蔬菜？”康康问。

“白不老豆角。”我答。

“白菜的白，不可思议的不，老师的老。”

他显得很有知识的样子。

※“我要吃两碗饭！中午没吃饱，没食欲！”康康像在发表“吃饭宣言”一样。这家伙从来对主食不感冒。学校午饭看起来满足不了他的胃。

※“儿子回来啦！”爸爸问候放学的儿子。

“爸爸，职业高中生辛苦了！”康康把爸爸的话也说了。

※“剃须刀是谁的？”看到车上放了一个新的剃须刀，康康问。

“爸爸同学送的。”爸爸答。

“爸爸三楼的剃须刀还要吗？”然后来一句，“爸爸的同学送给我的剃须刀。”他想占为己有。

※“今天我去‘名发廊’理发了。”剃光头的家伙，换第三家理发店了。前面两家都被他炒了鱿鱼。问他为什么不去那两家理发店理发，答：“阿峰哥哥理不干净，名发廊理得短一点。”

※康康想第二天吃鱿鱼，自己头天晚上就把鱿鱼从冰箱取出来解冻。结果，第二天在外面陪方妈妈，不回家吃饭，他担心外婆没把鱿鱼放回冰箱，给外婆打电话安排。

温暖的小事之一百

时间：2015年，康康17岁，在北京某职业高中。

※“妈妈戴这帽子怎么样？”去地铁路上，我问。

“还不错。”康康眼皮都没抬。

“是什么范儿？”忍不住，故意逗他。

“英伦范儿。”

※“康康，你怎么样？”吃饭时，爸爸的同学梁建林叔叔像老友见面一样，很自然地问他。

“梁叔叔，我最近挺好的。”爸爸回家转述于我，感慨这个“最近”用得真是好。

下雪了他会说“大雪纷飞”，下雨了走在雨中他会说“雨中漫步”，什么事情临时改变了他会说“太遗憾了”……

※“康康，快来，妈妈需要拥抱。”爸爸故意搂着我，唤他。

貌似还在厨房忙碌的家伙不情不愿地过来，象征性地跟我们搭肩搂抱。

“哇，我们一家人拥抱在一起，可以怎么形容？”老妈时刻不忘教学。

“三兄弟。”回答“三兄弟”的家伙显得很平静。

本来，老妈想要的答案是：“相亲相爱一家人。”

※“康康，让抱小妹妹的爷爷坐吧。”地铁里，我一提醒，康康就自觉地让了座。

“让座很棒！”当然，让了座的康康还是要表扬一下自己的。

“让他们坐，我坐就没有必要了。”青年人对自己的让座行为作了总结。好一个“没必要”！

※康康参加学校的活动，都会记得拍几张照片发家庭群汇报一下，还会同时发朋友圈晒一晒。很标准的文字配图。比如那天他们去了园博园，他发了两条朋友圈，一条是：“我拍的鸟蛋。”配图是乱哄哄的一群同学前面上方，大大的一个招牌：“世界上最大的鸟蛋”。

哈——哈——，他的朋友们都在留言问他：“康康，鸟蛋在哪呀？”然后就有伯伯说：“还用问吗?认识汉字的都知道鸟蛋在哪！”

另外一条是：“我拍的荷花很不错。”配图是一池子枯黄衰败的荷叶。

又有人问康康：“荷花呢荷花在哪呀？”然后就有哥哥留言：“心中有花的人自会看到花。”

谁说没有人懂他?

※康康去理发店理发，新来的理发师起身迎接。康康绕过他，指着另外一位：“我要这位哥哥给我理，这位帅哥！”回家，我给他爹转述：“这家伙现在居然语言这么丰富！理发的哥哥夸他现在可会聊天了。”

※下雪了，在车上，DJ康很应景地选了一曲班德瑞的《雪之梦》。

“《雪之梦》是班德瑞的吧？我很喜欢。”我发起主题聊天。

“《雪之梦》很好听，很温柔。”通常他形容好听的歌和曲，都是“温柔”。

“班德瑞是哪个国家的？”

“美国的。”但凡问哪个国家，他脱口而出的都是“美国”。

“好像不是美国的吧，一会儿回去查查。”我也不知道。

他立马摸出手机。然后，告诉我正确答案。

“班德瑞是瑞士的。是一家音乐公司的。”暗笑他的音乐公司。后来，上网补课，班德瑞并非作曲家而是乐团，确实属于某个音乐公司。

※饭馆吃饭，康康很礼貌地说：“服务员，请要一点醋。”服务员愉快地拿来醋后，问他是哪个国家的？他很自然地回答：“美国。”服务员又愉快地转头告诉我，她接待过很多外国客人，说汉语都跟这孩子一样。

※“何一风的爸爸叫××，妈妈叫××。”放学回家的路上，康康告诉我。

“何一风是你们班的吗？”

“不是，电脑班的。”

“哦，下午刚刚认识了他的爸爸和妈妈。”

“是的，下午刚认识，知道他们叫什么名字。”

“他们对你友善吗？”

“很友善。”

“友善是什么意思？”故意问他。

“和睦相处，很有礼貌。”这是他的理解哦。

※自打教会康康在家庭群里抢红包，时常发现他检查本人手机时，

在某个某个我几乎潜水的群里，他帮我抢了红包又抢了红包……

※“去宏状元粥店上个厕所就舒服了。”哦，这句话后面的信息是，放学后在去地铁的路上路过宏状元粥店时突然想上厕所了于是自己就去宏状元粥店上了个厕所然后就很舒服了。当然，妈妈解读更深层的意思是这家伙独立解决问题的能力越来越强了——比如，在地铁刷不了卡找工作人员解决；比如，在地铁里没有等到爸爸手机又没电了自己去停车场等爸爸；还比如，常去的理发店休息不开门但自己又特别想理发就去另外一家店……

妈妈之慰：康康帮妈妈做饭

下面是我以康康的口吻记下的日记，原本是一篇图片故事：

今天是星期六，爸爸加班，妈妈有事，妈妈让我做饭。我很愿意。我去超市买了两种蔬菜，还有葱，葱是用来做葱爆鱿鱼的。还买了纯牛奶、酸奶，妈妈问我花了多少钱，可能花了80块吧？我不记得了。我对钱没有什么概念，反正妈妈给的100块钱没有花完。刚走到小区，就看到妈妈举着相机对着我拍拍拍，看到她不停后退，我特意站定，微笑。

在厨房先忙一会儿。中午吃完饭就从冰箱里拿出鱿鱼来解冻了，这些事不用妈妈提醒，我自己都知道安排的，妈妈说只要跟吃的有关，我都会做得好。我很爱吃鱿鱼。

买了菜，我又去理了个大光头，回家玩了会电脑。刚5点，妈妈就在楼上喊我该做晚饭了，我还没玩够呢。不过今天答应了妈妈做饭，我还是说话算话吧。

我先把饭做上，然后切鱿鱼，把切好的鱿鱼放在锅里煮一会儿，妈妈说不是煮，是焯一下再捞起来沥干，然后炒，放了点老姜和辣椒炒，还放了生抽、葱。我没有用我买的小葱，我看到家里有大葱，平时妈妈都用大葱，所以我也改用大葱了。我为什么炒菜拿着剪刀呢，因为我发现有一根菠菜根须没有剪干净，就从锅里挑出来剪掉。

不就炒个菜嘛，妈妈在狭小的厨房外面又是蹲下又是垫脚，对着我拍，还好，她他没有喊我做表情我也不用看她，专心炒菜时我不想被打扰。

我做了三个菜：凉拌菠菜、白焯油麦菜、葱爆鱿鱼。凉拌菠菜和白焯油麦菜放了生抽，还烧了点热油浇在上面。多煎了点热油，凉了后我倒到油辣子瓶子里了。外婆走了，辣椒瓶里油都干了没有油了。我鱿鱼都快炒好了妈妈才从楼上下来，她说她太困了睡了会儿。妈妈什么时候拍的照片我都不知道，我还在厨房收拾忙碌呢，她就知道拍照片，也不来帮忙。

妈妈说我焖的红薯米饭不干不稀刚刚合适，很香很好吃，她吃了两碗。她平时主食吃得很少，今天怎么吃这么多呢？

我做的饭很好吃。爸爸没有回来吃饭，我觉得很遗憾。

吃过饭，我本来想直接玩电脑，妈妈还安排我写日记，说我今天做了饭应该记录一下。我飞快地写完拿下来读给她听，她正在看“焦点访谈”里法国恐怖分子的恐怖袭击，还让我也看，说必须严惩恐怖分子。我觉得太可怕了。她让我把最后一句“今天买菜花了100元”划掉，说前面写的花了80元，后面又是100元，前后不一样。我在垃圾袋里没找到小票，要找到了就不会说不清楚了。看来，下次还得留着小票。

很多年以前，康康爸爸说，这辈子儿子只要叫他一声爸爸他就满足了。他肯定没有想到，很多年以后，儿子不但会叫爸爸，还可以煮饭给我们吃。

今天趴在电脑上整理资料，临时起意让康康做饭，中午煮饺子，下午买菜，晚上做饭，吃什么菜，都由他决定，他全包了。他早已被归为宅男，做饭做家务他都喜欢，想着未来即使他不工作，我们老了他也可以做饭给我们吃，照顾我们，一家人在一起也很好。

2015年11月14日

写给18岁的儿子（代后记）

康康，亲爱的儿子：

仔细想来，妈妈曾经给你写过两封信：第一封信是你10岁生日的时候，那封信里，妈妈有很多忏悔，忏悔那时候不懂自闭症，对你不了解让你受了很多委屈；第二封信是你自闭症确诊10年，妈妈说，10年过去了，我们并没有打败自闭症，但妈妈学会了如何与自闭症和谐相处。当然，那两封信你一直没有读，我也不确定未来你是不是能够读。时隔5年，妈妈再一次提笔给你写下第三封信。这封信，写给你的18岁，再过一个月零十天就是你的18岁生日了。

很多时候，妈妈都不太敢相信，你就要18岁了。妈妈多么希望还能够把你搂在怀里，疼你爱你。可是，妈妈知道，依然幼稚、天真、单纯的你，跟普通孩子一样，也迫不及待地盼着长大，盼着独立。

今天是元宵节，你非常重视的节日。几天前你就安排好了，元宵节要吃元宵，我们一起去稻香村买了什锦元宵。然后你数着日子盼元宵节快到，你惦记着去姑姑家过元宵节，吃元宵，看元宵晚会。记得你从小就喜欢各种节日，甚至连植树节你也十分喜爱。你会翻着日历查看，都有些什么节日，这些节日我们怎么庆祝，你希望天天都像过节一样有意思。

今天早晨，外婆忘了煮元宵。起床后，你给自己煮了一碗，一边吃一边感慨："山楂馅的元宵太好吃了！"你一脸幸福，总是这么容易满足。

晚上，我们和姑姑一家还有亲爱的外婆、蒙蒙哥哥、庆明哥哥一起过元宵节。阿姨做了丰盛的饭菜。你自告奋勇给大家斟红酒。去年，你考上了职高，刚刚学习了酒店服务专业。你像酒店服务生那样站姿标准表情严肃地给大家斟了红酒，端着杯子，祝大家元宵节快乐，还特别祝福做饭的万阿姨阖家幸福。你竟然会用这么美好的祝福词了！

下午钢琴课上得意犹未尽，你要求给大家表演钢琴，你一口气弹了《卡农》《致爱丽丝》《快乐的女战士》《蓝色多瑙河圆舞曲》。看着你端坐在钢琴前，那么投入，那么流畅地弹奏出优美的曲子，妈妈不由得回忆起很多年前试图让你学弹钢琴，钢琴老师在给你上了一堂课之后告诉妈妈，你学不了钢琴。

很多年过去了，当年无数的"不可能"慢慢地都被你变成了"可能"。在我们看来没有一点音乐细胞的你，不但学会了弹钢琴，还学会了吹葫芦丝，3年前在"中日自闭症儿童绘画展"上，你代表中国的小朋友在日本东京塔上吹了一曲《我和你》。

儿子，10几年前，爸爸妈妈怎么敢想，那个像野人一样懵懂无知不懂规矩没有感情的你，怎么可能会有今天的进步？

妈妈很怀旧，总是喜欢回忆从前。你4岁半时第一次喊妈妈的情景至今记忆犹新，妈妈激动的泪水好像还流淌在脸颊；8岁半第一次穿校服背着书包走进学校，你羞涩的小样和妈妈激动的心情仿佛就在昨天；9岁时第一次独立购物，你给小狗团团买了一大袋美味的狗粮，你满意的笑容一直荡漾；11岁时第一次独立坐公交车，我甚至记得那天你穿的是红色外套；第一次自己理完发回家，你得意自豪的小表情还在眼前闪亮； 12岁时你第一次问为什么，问的是“妈妈，我的旧眼镜为什么坏了？”妈妈惊喜的感觉一直绵延至今天； 13岁第一次独自在家，晚上10点多妈妈回家时你已经睡觉，你细心地给妈妈留了廊灯，妈妈除了吃惊更是感动；15岁时跟道然哥哥一起跑5000米，你的汗水和坚韧的毅力都深深印在妈妈的心里……

妈妈啰啰嗦嗦地记录下了你无数的“第一次”和你所有的进步：第一次独立坐飞机、独立坐地铁、参加军训、游泳、打篮球、做饭、拥着爸爸妈妈和外婆说我们是相亲相爱一家人……记得很多年前，爸爸说“这辈子儿子只要叫我一声爸爸我就满足了”，爸爸肯定没想到有一天，你不但会叫爸爸，还能够认认真真地做饭给我们吃。

儿子，你的这些进步的后面，是数不清的爱的凝聚。

从青岛以琳、东马坊小学、上庄中学，到现在的职业学校，还有康纳洲、金羽翼、孤独症儿童康复协会、天真者画室……儿子，一路走来，我们又怎么能够忘记，路上帮助我们的善良的人们：你的老师、同学，志愿者，我们的亲人、朋友、同事。在你成长道路上的每一个脚印都是大家用爱印上的。如果没有这么多的爱和支持，不可能有今天的你。妈妈永远铭记感恩在心。

儿子，时间过得好快啊，你就要18岁了！伴随你成长进步的，同样还有困难和挫折。2014年的那一次突发生病，妈妈至今未能够走出阴影，不愿述说。共病带给你的，无论是情绪还是睡眠包括认知，都有很大的影响，看着你必须每天两次严格按时服药，妈妈甚至觉得，好像又一夜回到了从前。可是，儿子，我们只能一起坚强面对，就像当年面对自闭症。现在，你正经历着最艰难的青春期，以及青春期带来的各种麻烦和困惑。你敏感，纠结，凡事都想做好，但愿望和能力之间又存在巨大差距。妈妈看到你的痛苦，多么希望能够替你分担，妈妈能够做的，只能是更多地理解你，理解你的不易和不能。

现在的你，是一个职业高中生，你学习酒店服务、社区服务、电脑、烘焙、烹饪等专业，你有许多美好的职业理想，你说你想当烘焙师、厨师，还想成为美食家。妈妈希望你能够通过自己的劳动，快乐地生活。儿子，快乐比什么都重要。

我总是说，这些年，妈妈的眼泪比别人多，可欢乐也不比别人少。

谢谢你，因为你，我们的人生更丰富。

今天，谨以此信，作为送给你的成人礼物，祝福你的18岁！亲爱的儿子！

未来，爸爸妈妈会陪伴你，一起往前走。

爱你的妈妈

2016年2月22日元宵夜

《妈妈》 康康 绘

《爸爸》 康康 绘

《外婆》 康康 绘

《我》 康康 绘

《花·猫》（局部） 康康　绘

《大脸猫》 康康　绘

《我们在一起》 康康 绘